U0787804

迷失在白垩纪

④

—— 林中之马的魔王　著 ——

浙江文艺出版社
Zhejiang Literature & Art Publishing House

图书在版编目(CIP)数据

迷失在白垩纪.④/林中之马的魔王著.—杭州：浙江文艺出版社，2023.3

ISBN 978-7-5339-5964-7

Ⅰ.①迷… Ⅱ.①林… Ⅲ.①长篇小说—中国—当代 Ⅳ.①I247.5

中国版本图书馆CIP数据核字(2019)第294125号

图书策划 柳明晔
责任编辑 周 易
营销编辑 宋佳音
装帧设计 仙境 WONDERLAND Book design
版式设计 吕翡翠
责任印制 吴春娟

迷失在白垩纪.④

林中之马的魔王 著

出版发行 浙江文艺出版社
地 址 杭州市体育场路347号
邮 编 310006
电 话 0571-85176953(总编办)
0571-85152727(市场部)
制 版 浙江新华图文制作有限公司
印 刷 杭州印校印务有限公司
开 本 710毫米×1000毫米 1/16
字 数 274千字
印 张 16.5
插 页 1
版 次 2023年3月第1版
印 次 2023年3月第1次印刷
书 号 ISBN 978-7-5339-5964-7
定 价 49.00元

版权所有 侵权必究

第1章

步步紧逼

张晓舟专门派了一个人去把高辉他们叫回来，他们的使命已经完成，现在这个时候急需人力，把五个人放在一个不太可能奏效的陷阱那里，简直就是对资源的极大浪费。

他们排成一堵人墙，小心翼翼地沿着狭窄的走廊慢慢向前走。为了尽可能保证矛阵的稳固，张晓舟在第一排安排了五个人，而另外四个人排在他们后面，把手中的长矛从他们之间的缝隙中向前伸出来。

他们都不知道古时候的长矛方阵是不是这个样子，不过这已经是他们能够想到的比较科学的阵列方式了。人再多的话，维持阵列将会是一件很复杂的事情，配合和协调上反而容易出问题。

其他人则一手拿着自己的长矛，另外一只手拿着一根投矛，跟在矛阵后面向前走。有三个人专门负责用绳子把多余的投矛捆起来背着跟在后面，而另外一个人则专门负责背着一条一条用来做绳索的被单。

经过一间会议室时，他们分成了两组。矛阵继续向前推进到越过门一两米的地方，而其他人则组成一个临时的矛阵，由其中一个人用手中的长矛慢慢地把会议室的门顶开。

没有恐龙在里面，那是最好的结果，负责背被单的人便上前把门关起来，然后用一条被单拧成的绳子把门从把手的位置牢牢地绑起来。所有会议室的门把手都像严烨和王哲描述的那样是立着的“π”形结构，这让他们用被单把门绑死变得非常容易。

有恐龙时，按照计划，如果是小会议室，他们就要站在门口在矛阵的保护下用这一百多根投矛把里面的恐龙淹没掉；如果是大礼堂或中型会议室，那就先想办法把门封起来，留一个人在这里警戒，等到把整条走廊检查完毕之后再回来考虑怎么处置。

不知道是羽龙本身就没有在三楼活动，还是高辉他们的诱敌工作做得太好，直到他们走完了大半条走廊，把大礼堂的两道前门都牢牢地绑死，甚至把卫生间都检查了一遍之后，他们才在转向大堂方向的拐角处遇到了第一只羽龙。

这是一只未成年恐龙，它也许是因为过于旺盛的精力和好奇心而来到这里，又因为走廊里奇怪的声音被引到这里，当双方在拐角的地方相遇时，就像是两只同时被吓得奓毛的猫，不约而同地向后退了一步。

未成年羽龙毫不犹豫地转头就跑。这时候高辉等五人已经过来与大部队会合，走廊的一方是密密麻麻的手持武器的人类，而另外一方则是孤零零的一只还不到一米五高的未成年恐龙，这样的力量对比，几乎不需要什么智力就能做出正确的判断。

人们在那个身影快速地消失在走廊尽头后才懊恼地意识到，他们无意间错失了轻松取得头筹的最好机会。

“大恐龙马上就要来了！”张晓舟在队列后面大声地提醒道。

似乎是为了证明他的话的正确性，他的话音刚落，两只成年雌性羽龙就出现在了走廊的尽头。

“立定！”张晓舟叫道，随即轻声地说道：“安静……别吓走它们。”

这与在开阔的地面与它们相遇时完全不同，走廊两侧坚实的墙壁、背后的人群和大半天的准备给了人们足够的底气，二十个人在这样的地方遇上两只并不算强壮的羽龙，还有一百多根投矛做保障，没有理由会失败。

唯一的问题只在于，羽龙会不会选择在这样的地方与他们对抗？

人们都想到了这一点，很多人下意识地屏住了呼吸，似乎害怕会把那两只恐龙吓走。

“过来啊！”高辉焦急地说道。

但它们却谨慎地停留在了原地，只是不断尖声鸣叫着。过了一会儿，一只雄性羽龙突然出现在了人们的视线里。

双方隔着将近二十米长的走廊对峙着。说对峙也许并不恰当，应该是张晓舟他们这群人满怀希望地等待着对方进入投矛的攻击范围，但那三只羽龙却没有傻乎乎地向着这密密麻麻的人墙冲过来，而是明智地选择了退却。

雄性羽龙对着他们尖声而又快速地嘶叫了几声，随后便带着两只雌性羽龙消失在了他们面前。

巨大的叹息声马上就充满了整条走廊。

“这是好事，至少它们已经明白，我们不是随随便便就能对付的目标了。”张晓舟对这样的结果也很失望，他一直期望着能够在这样有利的地形下杀掉一两只羽龙，这样的话，接下来的事情会简单得多。但这样的结果也并不是完全不能接受。当他们把羽龙的活动范围逐步压缩后，双方总会有短兵相接的时候。

他们按照既定节奏慢慢推进到了靠近大堂的位置，整个三楼剩下的地方都已经可以用肉眼直接看到，空荡荡的什么都没有。

两三只羽龙站在宽阔的主楼梯下面观察着他们的行动，似乎是在等待和寻找着更好的攻击机会，这些天生的猎手果然不甘心就这么被他们赶走。

“怎么办？”

张晓舟考虑了一下。排成队列沿着楼梯向下是很糟糕的选择，下面的楼梯间和大堂面积很大而且四通八达，他们这点人在狭窄的走廊里感觉黑压压的一片，人数众多，但站到那样开阔的地方，好像就没多少人了。

“一半人守住这里，另外一半人去把之前那个路障移过来。”他对人们说道，“我们要把这里彻底堵住！如果它们敢攻上来，就让它们尝尝厉害！”

但那些羽龙却一直只是在下面小心观察着他们的举动，最多的时候有将近十只成年羽龙出现在楼梯下面，但最终，还是只留下了两三只一直在监视他们的行动。

“这些东西简直太聪明了！”高辉摇着头说道。

大多数人心里都有狠狠一拳挥出却打空一般的郁闷。这件事情的好处在于，当羽龙在他们的矛阵面前选择逃离时，已经没有几个人还对它们感到本能的害怕了。

“这应该是动物的本能。”张晓舟说道，“除了野猪、熊之类的东西，应该不会有多少猎食者会选择在这种地方和我们硬拼。”

“我们已经成功了一半!”他大声地给人们鼓着劲,“明天我们到二楼去,如果它们还选择逃走,那我们就彻底把它们从这里赶出去!”

他们在楼梯前面用从会议室里找来的桌椅和更多裁成细长条的窗帘把之前那个路障扩充成了一个巨大的物体,在最终确认了尺寸之后,所有人都退到后面,开始用力地把这个东西往下推。

它的沉重远远超出了人们的预期,他们不得不喊着号子一起用力,甚至把手中的撬棍和长矛作为杠杆来试着撬动它。

“它们上来了!”负责在旁边警戒的人们惊叫了起来。

人们一下子慌张了起来,队伍已经彻底散开,无法在短时间内聚拢。怎么办?

“加把劲!”张晓舟大声地喊道,“只差最后一步了! 快啊!”

警戒者们开始慌乱地把投矛和散落在一边的椅子砸向它们。羽龙不明白他们在做什么,更不明白他们突如其来的大声叫喊代表了什么,两只羽龙小心翼翼地躲避着那些从空中飞来的物体,进一步观察着他们的举动。

就在这时,那个硕大无比的由各种各样的家具粗劣绑扎在一起而构成的东西终于移动了起来,它很快就在楼梯前失去平衡,随后,快速沿着楼梯的斜面整个滑了下去。

一阵木屑乱飞,巨大的冲力把最下端的那些家具撞得稀烂,但它最终还是作为一个整体幸存了下来,并且把那个足有八米宽的楼梯间彻底挡住了。

羽龙垂死的哀鸣从不远的地方传来。严烨小心地爬到这个巨大路障留下的一个空隙那儿向下望去,看到一只羽龙睡在距离楼梯间大约三四米的地方,身上插着几根木刺,血正慢慢地从它身体下面流出来。

“我们……我们好像砸伤了一只。”他有些不敢相信自己的眼睛。

高辉急忙跑了过来。在混乱中受到惊吓四散逃开的羽龙们这时候才重新聚到了它的身边,它们悲鸣着,用吻部轻轻地触碰着那只倒在地上的羽龙,但它显然已经丧失意识了。

“是只雄龙! 哈哈! 妈的,真是!”高辉兴奋得有些语无伦次。

人们纷纷跑到那个地方去看自己的战果,虽然这完全是计划之外的结果,但每个人都像高辉那样喜笑颜开。

“知道厉害了吧?”

“明天就轮到你们了!”

他们大声地用语言发泄着自己内心的恐惧、压力和兴奋。那些羽龙哀鸣起来,其中一些对着他们这边尖厉地咆哮起来,但隔着这个谁也搬不动的障碍物,彼此之间都威胁不到对方的安全。

“明天把它们杀光!”仅有的三只雄性羽龙中的一只被这么杀掉,这让人们的士气一下子高涨了起来。

张晓舟最后一个走到那个空隙时,大多数羽龙都已经离开,但还有两只一直在那只已经死去的羽龙身边不断哀鸣着,用吻部触碰着它的躯体。

其中一只突然高高地扬起了头,向着这边疾冲了几步,随后大声地嘶叫了起来。

它的样子十分恐怖,但更让张晓舟在意的是它目光里那种残忍而又凶横的意味。

明天将是一场恶战。

他对自己轻轻地说道。

这一晚人们显然比前一晚要轻松得多。如果说前一个晚上大多数人考虑的都是怎样才能活下去,那这一晚,人们更多的是在讨论什么时候才能回到家里去。

“谁要是懂旗语就好了。”有人说道。

新洲酒店在城北这片区域就像是一个与世隔绝的孤岛,如果是在别的地方,也许可以通过和附近的楼层大声讲话而把信息传递出去,但在这里,传递信息也变得困难起来。

“我老婆他们不知道怎么样了,不会以为我死了吧?”有人懊恼地说道。

“明天就好了!”另外一个人安慰他道。

严烨悄悄地告诉张晓舟,他的妹妹严淇白天的时候看到有不少老人、女人出现在安澜大厦那边,应该是跟着张晓舟出来的这些人的家人,但因为新洲酒店这边一直都挂着红色旗帜,他们中的大多数人犹豫了一下,并没有过来。有几个人小心翼翼地走到了距离新洲酒店很近的地方,被在酒店周围活动的羽龙发现,它们快步追了上去,杀死那些人之后拖了回来。

老年人和妇女对于它们来说更是唾手可得的猎物。

“那时候我们应该是刚好在三楼对付那些家伙。”严烨低声地说道,“不知道死的是谁的家属。”

张晓舟摇了摇头。

他一直刻意地不让自己去想这个方面的问题，牺牲者一直都存在，哪怕是那几次辉煌的成功也一样。

最初他们在超市烧死那七只速龙时，就有人因为没有预料到速龙的突袭而在撤除挡住药店大门的障碍物时死去。去副食品批发市场的那一次，那些跟随络腮胡抛下车队先走的人也死了不少。

但他一直没有见过这些人的家属，他们也许死了，也许并入了其他团队。他这么多次在城北这片区域来来回回，其实一定见过他们，只是他们没有说，他便不知道而已。

这一直是困扰他的难题之一，所以他在安澜大厦把照顾牺牲者的家人作为最基本的原则之一订立下来，就是为了避免出现这样的事情。但对于其他人，他真的是无能为力。

这次跟着他出来而又死去的人，他该怎么去面对他们的家人？

“不要说这件事情，告诉你妹妹和王哲，对任何人都不要说。”他对严烨说道，“不然军心就散了。”

严烨点点头。

人们的心气好不容易才因为下午的成功而高涨起来，如果他在这时候把这件事情说出来，人们一定会开始担心被杀的人是来找自己的家人。那样的话，明天的行动中，他们要么会变得束手束脚，要么就会变得心浮气躁，甚至是急于求胜，而这些表现都有可能造成毁灭性的结果。

人已经死了，事情已经没有办法改变，这时候告诉他们这个事实，除了动摇军心之外没有更多的作用。

希望那几个牺牲者与这些并肩作战的人无关吧。

第二天一早，张晓舟便把包括王永军带来的那些粮食在内的他们带到新洲酒店的所有食物都倒进了锅里。

“今天不杀掉它们，我们就只能吃自己了！”他对人们说道。

这种破釜沉舟的做法让人们激昂了起来，他们大口大口地吃光了自己的那一份食物，然后便开始再一次磨尖自己的长矛，并且对所有投矛和其他物品进行了最后一次检查。

“今天我们不声东击西了，”张晓舟说道，这些羽龙的智商不低，同样的套路很难在短时间内再发挥作用，“我们直接从二楼杀出去！”

“杀光它们！”高辉大声地喊道。

“杀光它们！”其他人大声地跟着叫道。

所有人聚拢到东侧的那条消防楼梯处，一组人握紧了长矛立在门对面，而其他人则小心翼翼地把那些用来挡住门的东西搬开。

“我们分成两组。”张晓舟说道，“一组人跟我杀出去，另外一组人负责守住退路。杀出去的那组人更危险，但是人更多。守在这里的人也许会安全些，但也很有可能会被那些东西围攻，但就算是死光，也不能让我们的退路被截断！大家自己报名吧！”

人们很快就完成了分组，二十三个人中，十八个人愿意和他一起出去杀恐龙，五个人愿意留下来确保他们的退路畅通。张晓舟只是稍稍调整了一下个别人，让高辉来负责守住退路。

“你们的压力也许会比我们更大，如果这边压力太大，你们就大声呼喊，我们会尽快退回来帮助你们！”

高辉郑重地点了点头。

最后几件障碍物也被搬开，人们猛地拉开消防门，却看到四五只羽龙分散着站在门外四五米外的地方，看到门被打开，有两只马上就冲了下来，在距离他们很近的地方大声地咆哮起来。

人们被这一下弄蒙了，这算是什么？埋伏吗？

“来得好！”张晓舟却大声地叫道，“投矛！”

站在前排的人稍稍蹲了下去，五根投矛并排着被狠狠地投射了出去，那两只羽龙马上灵巧地闪到了一边，其他羽龙也小心地退后了几步。

“前进！在门口排成半圆形！”张晓舟大声地指挥着。

楼梯门口的空间大概有十平方米，三条走廊分别通向大堂、餐厅和后面的卫生间，羽龙们分散着躲开，退到了三条走廊里，小心地保持着与他们之间的距离。远处，更多的羽龙正往这边跑过来。

二楼的走廊比起三楼要稍稍宽一些，而且通道更多，不管他们往哪个方向走，都将面对腹背受敌的局面。十八个人听起来很多，但正面和背面都要有矛阵保护，人手一下子就不够用了。

张晓舟稍稍考虑了一下。

“保持阵形，我们向右走！”

那边的走廊更长，对于他们来说，如果非要选择一个最适合开战的地形，应该就是那里了。

“守住门！”他对身后的高辉等人说道，然后把矛阵分成前后两组，慢慢地调整着队列，向那边的两只羽龙逼了过去。

它们马上就转身沿着走廊快速地退到了十米开外，在那个地方对着他们嘶叫起来。

而这个时候，另外两条通道的羽龙却逼了过来。

这样的局面一下子让人们心慌了起来。

“稳住！我们已经没有退路了！”张晓舟大声地叫道。

王永军和齐峰在人群里跟着他齐声大叫，终于把人心稳定了下来。

“退到走廊里去！”张晓舟叫道。

对他们这群乌合之众来说，越狭窄的地方反而越有利。

人们都清楚这个道理，脚步也就散乱了一些。一只跟在他们身后的羽龙发现一个破绽，悄无声息地扑了上来，幸亏王永军大吼一声，在人群中举矛向它刺去，这才让它的动作稍稍停了一下。但就这么缓了一下，他手中的长矛却已经被那只羽龙死死地咬住。张晓舟和严烨在阵中急忙拿起两根投矛向这边掷来，那只羽龙这才松开嘴，尖叫了一声之后退后几步，灵巧地躲开了他们的攻击。

人们都被吓出一身冷汗，队列一旦崩溃，两侧的羽龙必然会马上蜂拥而上，这些人说不定就葬身在这里了。

“都稳住！”张晓舟的后背不知不觉就这么湿了，衣服凉凉地贴在背上，他大声地叫着，“形势对我们有利！我们怕的就是它们不肯冒头，它们现在自己要来送死，那我们还客气什么？兄弟们，稳住！今晚咱们吃顿好的！”

他的话终于让人们紧张的心情稍稍平复了一些。

他们排着队列向卫生间方向走去，但那两只羽龙却很快就逃到了更远的地方，然后停下来等着他们。而另外一面，那几只追击的羽龙却只有两只并排着跟着他们走进来，与他们保持着将近十米的距离。

“它们太狡猾了！”人群中有人忍不住说道。

“再怎么狡猾它们也只是低等动物。”张晓舟说道，这些羽龙的聪明再一次推翻了他之前的想法，但现在，不能再让人们强化这样的认识，“它们顶多也就是狐狸的水平，你们说，我们总不会被一群狐狸算计了吧？”

人们哄然大笑了起来。

“现在怎么办？”

“它们想和我们比耐心，那就比比好了。”张晓舟说道，“我们先把该做的事情做了，然后看它们是什么反应。”

他们于是缓缓地继续往前推进，然后把路过的所有房间的门都像昨天那样牢牢地绑扎起来。

过大的空间对于他们来说不利，那就要想方设法把空间缩小。

那四只羽龙则一直与他们保持着将近十米的距离，既不靠近，也不远离，而且不断地对着他们发出各种各样的嘶叫，似乎是要以此来恐吓他们。

“它们已经没什么招了。”张晓舟故意很乐观地对人们说道，“等到我们把整条走廊清理干净，它们要么只能上来送死，要么就只能滚蛋了！”

“那可不行！”队伍里有个爱开玩笑的人马上接口说道，“它们就这么跑了，那我们晚饭吃什么？”

人们再一次大笑了起来。

张晓舟暗自把这个人记了下来。一个队伍里必须有各种各样的人，喜欢开玩笑的人能让团队的氛围更轻松。如果这个人接下来的表现过关，他觉得可以考虑与这个人谈谈，看看是不是可以把他吸收进核心团队。

人们继续往前。这时候他们到了中餐厅的厨房门口，张晓舟自己也曾经来过这里寻找可用的刀子和砍骨头的斧头，对于这个地方还算是比较熟悉。

前队跨过了门，他和严烨等人握紧了长矛对着厨房门，负责绑门的那个人则走了上去，准备把一条被单穿过把手，像之前已经做了许多次的那样，把这里封闭起来。

身后的羽龙突然尖叫了起来。

张晓舟心里突然一紧。几乎就在同时，面前这道两侧都可以开闭的不锈钢门突然猛地向外一撞，站在门口的那个人惨叫一声退后了一步，一个青绿色的身影突然从那里面扑了出来，一口咬住他的手臂，让他尖叫了起来。

人们彻底慌乱起来，原本守在他们前后两侧的羽龙在这时突然也疯狂地向着他们扑击过来。

两侧矛阵的成员都只听到自己身后有人惨叫了起来，但却因为眼前的危局而没有办法回头，许多人的手因为恐惧一下子软了，矛阵一下子变得岌岌可危。

张晓舟的脑子却已经什么念头都没有了，或者说，太多的念头绕来绕去，让他的脑子里反倒空空的，什么都想不出来。

他只知道，如果不马上把眼前的这只羽龙解决掉，所有人都会死在这里。

有人的行动比他还要快！一根长矛狠狠地向着那正在拼命撕咬的身躯扎去，这让张晓舟清醒了过来，将手中的长矛向着它的腹部刺去。

“守住！大家守住！”他竭力地大声叫着，与他们俩一起在中间本来作为投矛手的两个人也终于回过神来，慌慌张张地扔下手中那些累赘的投矛，双手握紧长矛，大吼着向那只羽龙扑去。

但他们这里和其他地方不同，这只羽龙突然从厨房门里扑出来，与他们之间几乎已经没有什么安全距离可言，它灵巧地躲开了严烨刺向它的那一击，尖锐的镰爪便直接挥了上来。

张晓舟手中的长矛急忙转变方向，终于把这差一点就把严烨开膛破肚的一击挡了回去。

另外两根长矛这时候终于扑了过来，其中一根擦着羽龙的背脊滑了过去，没有对它造成什么伤害，而另外一根长矛则刺中了它的前肢，让它尖叫了起来。

人们恐慌而又绝望的叫声和羽龙凶狠而又凄厉的嘶叫交织在一起，让人们没有办法思考，也没有余暇去看周围发生了什么，张晓舟的眼睛里也只有自己面前的这只羽龙，其他什么都考虑不了。

严烨踩到了地上的血，重重地摔了下去。张晓舟怒吼一声，再一次向羽龙扑了过去。

不杀掉它，所有人就都会死在这里！

镰爪擦着张晓舟的手臂过去，划出一道长长的血痕，但他甚至已经感觉不到疼痛，只是挺着手中的长矛，向着它的身体狠狠地扎过去。

但它却灵巧地躲开了这一击，非但如此，它还向张晓舟狠狠地咬了过来。

完了……

张晓舟的身体已经完全失去平衡，避无可避，他绝望地闭上眼睛。但就在这时，这只羽龙突然惨叫了起来。

张晓舟急忙睁开眼睛，却看到那只羽龙正尖叫着向后退去，它的爪子被一把匕首穿透，而严烨正拼命地向外侧狼狈地起身。

张晓舟死里逃生，眼前这只羽龙的受伤让他终于看到了获胜的希望。他大吼一声，握紧手中的长矛，再一次狠狠地向它扑了过去。

对于人类来说，羽龙和驰龙最恐怖的凶器不是它们的利齿，而是脚上那如同镰刀一样的钩爪。张晓舟这一击终于刺中了它的前胸，将它推得退回了厨房，但下一刻，那迎面而来的镰爪就让他不得不放开长矛退了回来。

严烨这时候抓起一根长矛站了起来，他的头上都是血，不知道是受了伤还是在地上粘的。张晓舟也没有工夫去管这个，他抱起一堆被胡乱扔在地上的投矛，一脚踢开厨房门，疯狂地向那只因为脚上受伤而变得行动不便的羽龙投掷了过去。

在这么近的距离内，他投出的投矛几乎不可能偏离。但也并不是所有投矛都能刺入羽龙的身体，许多投矛虽然命中了它，却马上就从伤口脱落下来掉在地上。

这只羽龙尖叫了起来。它们对于疼痛的承受能力其实比人类要强得多，但它却没有办法将那把穿透了自己爪子且依然在不断制造剧烈疼痛的匕首拔出来，更没有办法应对那些扎在自己身上的矛。它拼命地挣扎着，却无法再逆转局势，很快就一跤跌在了地上。

张晓舟的目光在周边寻找着。他很快就跳上桌子，奋力举起一个用来剁肉的巨大木砧，重重地向着那倒在地上的羽龙砸去。

这一下足以让它伤筋断骨。它哀鸣了一声，再也没有了反抗的力量。

严烨惊讶而又钦佩地看着张晓舟，张晓舟却匆匆忙忙地向外冲出去。

地上到处是血，这时候每个矛阵所要面对的羽龙已经不是两只而是三只！如果不是走廊过于狭窄，张晓舟丝毫不会怀疑，那些站在后面跃跃欲试的羽龙也会马上就扑上来。

防线已经岌岌可危！他大吼一声，从地上捡起几根投矛，向着最危险的一侧冲了过去。

“我们已经杀掉一只了！大家坚持住啊！”他大声地叫着，手中的投矛越过人们的头顶不断胡乱地向外掷去。

现在这种慌乱的情况下，已经没有工夫去瞄准了。

羽龙受伤后暴怒而又惊讶的叫声很快就传了过来，张晓舟回身去捡投矛，却看到严烨这时候也从厨房跑了出来，跟他做着同样的事情。

“你去支援另外一边！”他马上大声叫道。

严烨点点头，左手抓住四五根投矛，向着另外一边冲了过去。

人们再一次怒吼了起来。已经被逼到了这个份上，也没有人会想要逃走了，张晓舟的叫声消除了他们心里担心背后遭到袭击的恐惧，让他们只需要全力面对自己眼前的这些怪物，局势便马上好转了起来。三只羽龙几乎填满了整个走廊，张晓舟用力投出的投矛很快就命中了目标，也许并不致命，但那尖锐的矛尖刺穿羽龙的皮之后，却给它们带来了巨大的痛苦，这样的攻击让羽龙开始慌乱起来。

“杀掉它们！”王永军突然用尽全身力气怒吼起来。

他的眼睛已经完全红了，人们的尖叫声，恐龙的利爪、尖牙和长长的在空中挥动的尾巴，以及满地的血污让他的脑海里再一次浮现出那个被安澜大厦拒之门外的时刻，这些羽龙并非杀死他妻儿的种类，但他已经无法辨认这一点了。巨大的痛苦和仇恨让他疯狂了起来，在身边的人们只是竭力抵抗羽龙的扑击时，他突然向前，手中的长矛一下子刺中了一只羽龙的胸口。它尖叫一声，锋利的前爪狠狠地挥击过来。但王永军却不管不顾，大吼一声，手中的长矛继续向前，竟然将它直接挑了起来。

他的勇猛让身边的人大受鼓舞，人们狂吼着向前，手中的长矛不断疯狂地突刺，羽龙的攻势终于被遏制住了。

投矛不断地从矛阵后面飞来，三只羽龙并排挤在走廊里，几乎没有躲避的空间，很快就连续被刺伤，其中一只终于承受不了这样的局面，尖叫一声，向后急退了几步，扭头快速地逃了出去。

另外一只羽龙马上也做出了同样的选择，一根投矛狠狠地刺中了它的一条腿，但它尖叫了一声，依然快速地从人们的攻击范围内逃了出去。

但被王永军刺中的那只羽龙却没有这么幸运，它的爪子在王永军胸前划出一条深深的伤口，但他却根本就不理会这一点，而是将它顶在了墙壁上。身边的几个人疯狂地用手中的长矛向它乱刺，它哀鸣了几声，终于彻底死去。

第2章

防　护

欢呼声突然从背后传来，那是另外一个矛阵成功地赶跑了羽龙，人们无法遏制地叫了出来。

人们这时候才有机会回头看看。每个人都狼狈不堪，身上要么是血，要么是汗，好几个人都被羽龙的爪子抓伤，这时候才疼得叫唤了起来。

有两个人倒在血泊当中，其中一个是最先遭到羽龙偷袭的人，他早已经因为失血过多而死了。

另外一个人则脸色惨白地靠着墙坐在地板上。他的肚子上被镰爪狠狠地一抓，肠子都已经流了出来，虽然还没有死，但也没有多长时间可活了。

这样的伤张晓舟完全无能为力，只能沉默地看着他的呼吸越来越弱，越来越急促。

胜利的喜悦在这样的景象面前，突然就变得不值一提。

“杀了几只?”那人突然问道。

人们面面相觑，不知道应该怎么回答。

“两只。”张晓舟半跪在他面前，看着他的眼睛答道，“我们成功了，我们杀掉了两只!”

“两只……那我们不亏。”这个人低声地说道。

好几个人的眼圈都红了。

“张队长,我不是孬种!”他继续一边急促地喘着气,一边说道。

“你不是。”张晓舟答道,“谁也不敢说你是,你是个英雄!”

“我不是英雄。”他放开自己捧着肠子的手,突然紧紧地抓住了张晓舟的手臂,力量之大,就像是一把铁钳紧紧地箍住了张晓舟的手,“我还有老婆,还有一个女儿,还有老母亲。张队长,我不是孬种,你别忘了,我是跟着你出来杀恐龙死的。别让她们没有活路,别让她们……”一口鲜血突然从他的口中涌了出来,呛得他咳嗽了起来。

“不会的!只要我活着,她们就一定会有人管。只要我有一口吃的,就一定有她们一口!相信我!”张晓舟说道。

这个人终于笑了起来,但他抓住张晓舟的手却一直都没有放开。

“别忘了……”他低声地说道。

有人哭了起来。羽龙还在远处嘶叫着,但已经没有人害怕它们了。

“杀光它们!”王永军说道。王哲正小心地替他包扎着伤口,那几条伤口肯定要缝针,但现在没有这个条件。

“杀光它们!”更多人握紧了长矛,等待着张晓舟的命令。

队伍再次出发,但这一次,人们已经完全没有了恐惧,有的只是想要消灭所有恐龙的愤怒和战斗欲。

但张晓舟深知,勇敢并不能完全取代他们现在面对恐龙时的劣势。即便是在对他们极其有利的环境下,他们仍然付出了两人死亡、数人受伤的代价才杀死两只羽龙,如果是在更加开阔的地方,以他们现在的状态,也许能够扩大战果,但必然会付出更加惨痛的代价。

这些人已经在一次次血的洗礼当中成为敢于面对恐龙的勇士,让他们在没有做好准备之前就这样死掉,殊为不智。于是他带领他们对那些羽龙进行了追击,但只是追到走廊的尽头,把所有房间封锁起来。

那些羽龙一直监视着他们,在主楼梯前那个将近一百平方米的空间等待着他们。

“我们回去。”张晓舟说道。

王永军等人愤怒了起来。

“孬种!”他大声地叫道,丝毫也不顾忌周围的人怎么想。

“我是不是孬种，大家自然会有评价。我只想说，因为一时的激动或者是义愤把自己的命白白送掉，绝对不是有勇气的表现。我相信我们这些人经过这么多次考验之后，在未来一定可以杀掉更多的恐龙，为什么要在这种时候白白送死？”

王永军愤怒地看着那些虎视眈眈的羽龙。双方的距离也许只有不到二十米，但冲出这条走廊就是一片开阔的空间，他们依然是这么多人、这么多矛，羽龙却可以从不同的方向同时对他们发动攻击。

他们也许可以杀掉一些恐龙，但也许没有几个人能活下来。

理智终于战胜了杀戮的欲望，人们的怒火也渐渐地平息了下来。

王永军向它们吐了一口唾沫，没有再坚持下去。

“我们回去，但是要慢慢地走。”张晓舟说道。

他们退回到之前那个战场，张晓舟让几个人盯住走廊两侧的动向，自己和其他人一起走进厨房，把里面那些沉重而又硕大的不锈钢桌子抬出来，堵住了走廊的一侧。这个举措一下子释放出了六个人，但是他并不满足，而是叫上他们一起，把厨房里所有的刀具、叉子，甚至是钩子都找了出来。

之前那些投矛的杀伤力太弱，他们必须做出调整，想办法造出更具杀伤力的武器。

“把所有的锅拿上，”严烨突然说道，“特别是大的那些。”

“为什么？”

“拆开了可以用来做盔甲。”严烨说道，“大家受伤的部位都差不多，如果能够防护一下，战斗力一定会大大增强！”

他的说法让人们的眼睛都亮了一下，高辉的防刺服让大家都很羡慕，如果每个人都能弄到一件，在面对恐龙时的生存概率必定会大大提高。他们也曾经想过用木板来制作简易的盔甲，但做出来的东西相当不像样子，沉重，严重影响动作，却没有办法起到多少防护作用，最终只能放弃。

严烨的话让他们一下子醒悟了过来。

中式厨房里有很多用来调味和熬汤的大锅，如果能想办法把它们拆开，所获得的金属薄片怎么看也比沉重的木板要好，加工起来的难度也会大大降低。

人们马上行动了起来。除了严烨提到的铝锅、不锈钢锅和铁锅之外，人们甚至把冰柜上的不锈钢板都拆了下来。东西一下子变得很多,好在有人在厨房的角落发现了一辆用来运菜的平板车,于是他们把找到的所有东西都放了上去,甚至把那两只羽龙的尸体也放了上去。

两名死者的尸体则被他们用桌布包裹起来,小心地放在了最上面。

队伍慢慢地回到楼梯前,羽龙似乎已经失去了在这里和他们作战的勇气,它们在远处鸣叫着,不知道是在示威,还是在为同伴的死亡而哀鸣。

高辉等人马上打开了门。

之前那场惨烈的战斗即使是在这里也能够听得清清楚楚,但一直有两只羽龙监视着他们,让他们没有办法支援,只能死死地守着这条退路。

“这是……”他们看到那堆东西上两个明显被包裹起来的人体,不由得愣了一下。

“两位烈士。”张晓舟说道,“等到把那些羽龙杀掉,要想办法让他们入土为安。”

这样的说法让每个人都深以为然。

他们在这个世界已经朝不保夕,每个人在这么短短的几天时间里这么多次面对恐龙的威胁,与死亡擦肩而过,尤其是在经历了今天的这场血战之后,每个人对死亡的恐惧早已经变得很淡。但如果可以,没有人会愿意自己死后抛尸荒野,或者是变成那些肮脏野兽的食物。

入土为安,这样的一个想法对于每个人来说,都是他们所期望的结局。

高辉等人出来守着,让这些满脸血污的人先退回去,然后才从里面重新把门堵上。

人们其实早已经疲惫不堪,虽然时间不长,但这场战斗已经耗尽了他们的精力和体力。这一次没有等张晓舟开口,他们便主动帮忙把门堵死,然后又一起把那些东西搬到了四楼的营地。

两位烈士的尸体被重新用棉絮和白布包裹起来,然后放进了两个柜子里,放置到了走廊尽头的房间。完成了这一切之后,所有人才疲倦地坐在了火堆旁边。

张晓舟稍稍休息了一会儿,把药箱拿过来用碘酒给人们处理和清洗伤口,把过大过深的伤口用针线简单地缝合起来。

其他人也没有闲着,他们开始用刀子和斧头把那些锅弄开,把它们分解成一个个的金属片,然后在身上比画了起来。

“最危险的地方是手臂、肩膀、胸口、小腹，还有脖子。”张晓舟说道。人们受伤的部位几乎都集中在这些地方，尤其是胸口和腹部，羽龙的镰爪扬起来，几乎就是往这两个地方来。

最先死去的那个人正是因为被羽龙一口咬断了颈动脉而死，而另外一名死者却死于腹部受到的重创。如果身上有一块钢板，他们也许就不会那么容易就死去。

人们开始试验起来，手臂上的防护最容易加工，胸口和小腹的也不难，脖颈位置却很难加工出合适的形状。

“也许可以和肩胛结合起来做成衣领的样子。”高辉说道，“我们主要是防恐龙的撕咬和爪击，其实没必要搞得太复杂。”

玩过不少中世纪战争游戏的他在这种时候突然成了专家，虽然不知道应该怎么弄，但他的脑海里有好几种不同的铠甲的样式，可以画出来给大家作为参考。

人们很快就完成了一套样品，看上去有些搞笑，而且不伦不类，但却是能够带给他们更高生存概率的希望。

“很不错。”张晓舟学着羽龙的攻击动作试验了一下，虽然没有可能百分之百挡住它们的攻击，但盔甲本身就已经护住了身体最脆弱也最重要的部位，生存概率肯定会大大增加。

“但我们没有足够的材料了。”有人说道。

这套盔甲已经用去了他们手边将近四分之一的材料，而他们还有那么多人。

再一次简化盔甲的设计？或者是装备少数站在最前方的人？

人们开始思考起来。

每个人都想要这样一套盔甲，每个人都清楚，有了它，自己活下来的概率就会大很多。

张晓舟叹了一口气，准备出来当恶人，严烨这时候却突然说道：“我知道什么地方有钢板，应该足够我们用了。”

“你确定要这么做？”高辉再一次检查了一下自己手里几条被单拧成的绳索，对爬到窗台上的严烨问道。

“你们拉好绳子就行了。”严烨说道。

他小心翼翼地把那条看上去有些不靠谱的绳索拉出来一截，微微迟疑了一下，然后便从窗台上跨了出去。

人们纷纷站在周围的窗户边看着他的行动。爬出窗台后，天空和大地突然就变得与他毫无阻隔，那扑面而来的广阔空间带给他强烈的战栗感，甚至让他微微地有些尿意，但他还是克服了这种不适，小心翼翼地一步跨到了窗台旁边的空调室外机上。

钢架果然很稳，这给了他更多的信心。

因为气候宜人，远山一般人家里很少会装空调，只有酒店的客房和一些不考虑成本的大企业才会装这种东西，于是人们也很少会想起自己身边还有这么一种东西。

不过严烨刚好属于其中的异类。为了保证他的高考成绩，父母想尽办法替他创造舒适的环境，其中就包括在他的房间里安装空调。这让妹妹严淇很是羡慕，天热和天冷的时候总是溜到他房间里看漫画、吃零食，有时也让他指导一下功课，这反倒让兄妹俩的关系好了起来。

不过那已经像是一个世纪之前的事情了，对于严烨来说，一切都已经像是很久以前的记忆，开始变得模糊了起来。书本，篮球，长发飘飘的学姐，电脑，K 歌，这些东西早已经从他的生活中烟消云散，取而代之的是每天用什么东西填饱肚子，怎么在这个世界里把妹妹保护好。

"小心！"张晓舟的声音传来，让他从无数回忆的断层中回过神来，开始低头做自己的事情。

人们在酒店里找不到可以用来制作盔甲的钢板，但严烨却想到了这些置于窗外的空调室外机，别的零件和材料不论，它们的外壳都是薄薄的金属板，虽然未必有那些钢了的材料结实，但加工起来或许会更容易，防御力也不会很差。

他低头开始用匕首拆除那些螺丝，然后把面板撬下来。四楼的高度对于他来说还好，虽微微有些眩晕但并不严重。

几只羽龙在酒店周围的空地上活动，它们在楼下对着他叫了起来，这激起了他的愤怒，于是他把拆下来的那颗螺丝狠狠地向它们砸去。

"别管它们！"张晓舟在旁边说道。

他点点头，继续埋头做自己的事情。

这个张晓舟是个可以依靠的对象吗？严烨到现在还判断不出来，但他无疑是个值得信任的对象。也许他并不是那种说一不二的强力领导，也许他声称要做到的事情有些可笑，但对于经历过何家营那如同地狱般生活的严烨来说，他已经是自己能够找到的最好的选择。

他很快就把前面的那块面板拆了下来，然后递给了张晓舟。

这项工作并不复杂，但整台室外机能够提供的面板加上风扇外面的隔网也不会超过一平方米，他于是干脆直接站起来，从这台机器一大步跨到了相邻的那台机器上。没想到，这个动作却让高辉紧张了起来。

“你小子小心点儿啊！”高辉大声地说道。

“没事的。”严烨向他挥了挥手。

两台机器的面板和隔网很快就都被他拆下来递回房间，随后他也跟着爬了回来。

“怎么样？”

人们涌回房间，看着张晓舟等人检验那些金属板的材质。

他们把一块板子立了起来，试着用一根长矛扎过去。一开始的时候没有穿透，但用力之后，矛尖却轻松地扎破了金属板。

人们失望了起来。

“用两层试试。”张晓舟却没有气馁，继续说道。

两层金属板合起来并且向外弯曲之后，防护能力明显加强了不少。用上三层之后，长矛就很难一次刺穿它们了。

“它们的爪子和牙齿不可能有矛尖这么锐利，我觉得没问题。”张晓舟说道，“这个隔网的强度更好，而且更轻，用来做胸口的防护应该会很好用！”

新的问题于是马上就来了。扣除已经有了防刺服的高辉和之前做好的那一套，他们还需要十九套这样的简易盔甲，而两台空调室外机上拆下来的面板才勉强够做一套。

也就是说，他们还必须到外面去，把三十六台空调室外机的面板拆下来？

“交给我吧！”严烨说道。

这个主意是他出的，而且他也成功地完成了一次冒险，还有比他更合适的人选吗？

“好吧。”张晓舟点了点头，“高辉你带几个人配合严烨，尽量拆低楼层的这些空调。一定要注意安全！”

人们开始再一次忙碌起来。张晓舟带着两个人开始分割那两只羽龙的尸体，准备午餐，而王永军等人则等待着严烨递回来的材料，然后便开始加工盔甲。

他们很快就把四楼的空调面板拆卸一空，转战五楼，随后是六楼。

“你不恐高吗？”高辉站在窗口拉着绳索对严烨说道。

“一开始有点，现在一点儿都没有了。”严烨答道。

“别逞强啊！”高辉说道。

事实上，高了两层楼之后，爬出窗口之后所要面对的压力明显大了起来，别的不说，地面上那些熟悉的参照物变得更小，风也变得更大了。

恐惧感渐渐强烈起来，但自尊心和野心却驱使着严烨，让他努力表现出一种无所畏惧的态度来。

每个人都能感觉到，一个新的团队正在成形，当他们杀完这些恐龙，把那些现在还放在高速公路上淋雨的食物取回来后，难道又重新分散开，回到那种朝不保夕、无力保护自己和家人的状态当中去？

没有人挑明，但人们显然都有自己的考虑。

经历过这几天的生死与共之后，他们之间已经建立起了信任。也许他们还不知道其他人叫什么，不知道他们以前是干什么的，是好人还是坏人，但当他们被迫把自己的后背交给这些陌生人，而他们也一次次地保证了彼此的安全，信任便由此产生。

经历了这些事情，他们至少能够知道，现在他们身边的这些人能够手持长矛和他们站在 起，而不是突然在某个时候丢下自己逃开。他们知道了身边的这些人能够做什么、敢做什么，而张晓舟的存在则保证了他们出事之后家人的安全，这对于每个人来说都非常重要。

团队必然成立，而现在正是一个关键的时刻。

每个人在这个团队中能够充当什么样的角色，也许就是这些微末的细节所决定的。

为了让自己在这个团队中有更重要的地位，他就必须表现出与别人不同、比别人更强的特质来。

严烨定了定神，把手中拆下来的面板递回去，然后小心地跳向了邻近的那台空调。

但脚下传来的触感却与之前那十几次都不一样。眼前的世界突然猛烈地翻滚起来，他下意识地拼命想要抓住什么，但伸手所及之处尽是一片虚无。

第3章

危 机

“不是反复告诉你们要小心了吗?”张晓舟一边替严烨缝着头上的伤口,一边无奈地摇着头。

严烨疼得直吸气。高辉则因为平白无故被数落一顿,一肚子的气。

严淇眼泪汪汪地站在旁边,抓着严烨的衣服,什么话也不说,只是看着他。

“我没想到那台空调的外壳已经锈蚀了……”严烨低声地说道。

“你们啊……”张晓舟深深地吸了一口气。

如果不是腰上还绑着一根安全绳,严烨的小命估计就保不住了。他在半空中一脚踏空,直接一个倒栽葱摔了下去。高辉和其他几个负责接应的人差一点连魂都吓飞了。好在几条被单之间的绳结和绑在严烨身上的绳结都打得足够结实,否则的话,他大概就成为人们永远的谈资了。

“知道那些车子为什么会倒在那边,一辆都没有回来吗?”张晓舟说道,“暴龙的袭击当然是很重要的原因,但即使是没有暴龙,他们的失败也是注定的。”

这件事情他曾经在安澜大厦的一次大会上对所有人说过,但有多少人听进去,有多少人仅仅是把它当作一个故事或者根本就是左耳进右耳出,真的很难说。

“我们现在不能再出错了,在你这里也许只是一个微乎其微的疏忽,但最终付出的代价很可能就是一条甚至是很多条人命。”张晓舟对所有人说道,“严烨这次是运气好，但下一次呢？我们未来还会遇到很多事情，一次麻痹大意就有可能把性命丢掉。拜托大家，一定要记住这一点。”

人们唏嘘起来。络腮胡他们的那次冒险很多人都知道，当时他们的声势弄得很大，人们都猜想城北是不是又要有一个势力起来，但他们这群人随后却迅速销声匿迹，只剩下一群孤儿寡母。大家都在猜测究竟发生了什么，谁知道，一切竟然只是因为他们修那个坡的时候图省事没有把它压实。

严烨却悄悄地看了看王哲和妹妹。他们当然知道张晓舟他们说的是什么人，那个夜晚的事情他们一直都没有再提起，但事实上，每一个细节都深深地印在他们的脑海中，也许终生都不会忘记。

要告诉张晓舟他们，那些人其实并没有死光，有很多人其实都逃到何家营活了下来，他们所说的那个络腮胡甚至已经成了护村队的一个小头目了吗？

王哲有些犹豫，但严烨却看着他，轻轻地，但却很坚定地摇了摇头。

他们的经历绝对不是什么光荣而又值得炫耀的事情，在何家营完蛋之前，这个秘密都不能让人知道。

“吃饭吧。”张晓舟缝完最后一针，自己摇了摇头。

他的外科技术依然停留在“能治”的阶段，手法什么的简直不堪入目。严烨这辈子额头上或许都会留着这个伤疤，不过这或许能够让他学得聪明一些，并且时时刻刻提醒他冷静并且注意思考。

一顿吃光两只羽龙是不可能的，张晓舟和高辉吃完午饭之后忙着把肉做成风干肉挂起来，而其他人则分成两组，一组继续做简易盔甲，一组继续获取材料。不过在经历了严烨的事故之后，接替他的那个人变得慎重了很多，他不但在身上系了两根保险绳，而且每次出去之前，都用一根长矛先试验一下，看落脚的地方是不是稳固。

“你不准备告诉他们？”王哲小声地问道。

他们负责把做好的甲片用矛尖穿孔，然后缝到衣服上，这已经是最后一道工序，并不需要太多的体力和技巧，算是照顾伤员和小女孩。

与严烨担心的不同，没有一个人对严淇表现出什么图谋不轨的想法，这让他把对这个团队的最后一个顾虑也打消了。

也许只有像何家营那样的地方才会发生那样的事情，也许自己神经太过敏了？

严淇看着他们俩。

严烨摇了摇头。

他相信张晓舟不是那种为了自己的利益而会用别人进行交易或者是出卖他们的人，但这种事情一旦说出来，无疑就是在考验人们的承受能力，逼着人们做出判断和选择。

杀人者、何家营的逃犯，甚至有可能是何家营急于杀之而后快的对象，为什么要让他们知道这些，并且做出选择呢？有时候，坦诚其实只是把问题复杂化，甚至是制造更多的问题而已。

保持现有的身份和给人们留下人畜无害的印象，也许对于他们才更加有利。

“但应该提醒他们何家营的事情。”王哲说道，“即便是不告诉他们在我们身上发生的事情，也得让他们知道，何家营里正在发生什么。不然的话，他们很有可能会对何家营那边抱有不切实际的想法，甚至是被算计。”

严烨点了点头：“你说还是我说？”

“我吧。”王哲考虑了一下之后说道，“我就说我们是因为受不了才从下水道逃出来的。”

“可以。”

“要说严淇的事情吗？”王哲避开严淇，低声地问道。这样的事例也许有助于张晓舟他们对何家营管理层的道德水平做出一个直观而又明确的判断。

严烨犹豫了一下。

“只告诉张晓舟一个人。”他说道，“别多说，就说到张德安的事情就行了。就说我们是从卫生院逃出来的。”

王哲考虑了一下，默默地点了点头。

但他并没有找到合适的机会，虽然只是十八套简易盔甲，但耗费的工夫依然远远超出他们的想象。除此之外，把从厨房里收集到的那些刀子磨尖，重新捆绑在木杆上做成杀伤力更大的武器，也是一件相当耗费时间的事情。所有人从吃完午饭就开始忙碌，天黑之后草草地吃了晚饭便继续在火堆边不停地干活，但直到将近晚上十点才终于把手边的一切都弄完。一天的疲倦甚至让他们没有心思试一试自己的成果，在最后选出几个哨兵之后，其他所有人都倒头就睡了。

“张队长……”王哲终于等到了一个机会。

张晓舟在对面房间里点燃了一个火堆用来烘干那些肉片，顺便值班。高辉已经去睡了，只剩下他一个人。

“王哲，怎么还没睡？”张晓舟有些惊讶。

他其实早已经累得有些撑不住了，但这些肉如果不及时处理，在这样炎热而又潮湿的天气下很容易腐烂发臭，他也只能强撑着来把它们处理完。

“睡不着。”王哲说道，“要帮忙吗？”

“那就多谢了！”

两人一边闲聊一边烘烤着肉干，王哲终于想方设法把话题引到了何家营。

张晓舟一开始还不太在意，他对于何家营的认识还停留在之前那次从村口经过的印象上，出来和他们交涉的那个人虽然一开始对他们抱有敌意，但在他们表明不入村之后，态度其实还算不错。

在他看来，何家营能够以一村之力收留一半多的人口，实在是难能可贵。某种程度上来说，他们也许比地质学院做得更好。

但王哲讲述的事情却完全颠覆了他的认识。

按照王哲的说法，何家营已经沦为了一个欺凌和压榨外来者，以多数人的食不果腹和挣扎求生来维系少数人奢靡生活的地方。

“人们难道不会反抗吗？”

“敢于挑头反抗的人都被护村队抓起来了。”王哲摇摇头说道，“四个护村队加起来有将近一千人，那些零零散散逃进村里的人怎么可能有机会团结起来？不过他们也不是完全不给人活路，年轻的，有一技之长或者是他们觉得有用的人都零零散散给点活计，让他们有活下去的希望，谁会拼命？饿死、病死的多半都是老人和小孩，我原先在里面的时候是负责处理尸体的，一天下来，少的时候死十来个，多的时候三四十个，甚至一天都死过四五十人。现在过去了这么多天，情况也许更糟了。”

“他们就准备这样下去？”张晓舟无法理解。

“村子里原先有好多食品加工厂，都是专门造假货到副食品批发市场那边卖的，应该存了不少原料。原来副食品批发市场里的有些商贩也在这边租地方当仓库，加上村里原先的那些餐馆、超市、副食品店，也许能支撑一段时间。”王哲说道，“村里看着人多，但大多数人都只是靠一点点稀粥吊着命不死而已，应该消耗不了多少粮食。村子里也很早就开始围地方种菜、种粮食，应该是有所考虑。我们逃出来之前，他们一直都在计划着要组织一次大行动，把副食品批发市场那边搬空，但不知道为什么，这么多天都没见他们行动。”

“也许是因为新出现的那些暴龙？”张晓舟猜测道。

“之前你们说的那个络腮胡，我在村里曾经见过他。”王哲在这时候决定撒一个谎，“他带着一支队伍和一些粮食逃进何家营，据说是有可能成为第五支护村队的头头。我听说他向村里的人说了不少城北的事情，甚至还鼓动村里动用护村队的力量来收编城北这些分散的据点。”

“岂有此理！”高辉的声音突然在旁边响起。原来不知不觉间已经到了换班的时候，但张晓舟已经半点睡意都没有了。

“这个小人！我早就看出来他不是什么好东西！”高辉愤怒地说道。

“小声一点，别把人都吵醒了。”张晓舟说道。

王哲告诉他的事情让他深深地吸了一口气。他曾经认为何家营应该是一个值得考虑的合作对象，但现在看起来，他们不但不能合作，还需要小心提防。

在高速公路以南地区活动的那几只暴龙在这个时候反而成了他们的护身符。

“这些事情你和其他人说过吗？”他问王哲。

“以前哪有其他人让我说这些啊？”

“有机会的话，你好好地和他们说说吧。”张晓舟说道，“不早了，睡吧，不然明天我们俩要拖后腿了。”

高辉听得意犹未尽，就像是一部电影看了一半硬生生地被人把电脑给关了。但张晓舟说的也是很实际的事情，他只能把满肚子想问王哲的话硬生生地咽了下去。

但最终他还是忍不住问了个问题：“一天死那么多人，那你们是怎么处理尸体的？烧掉？”

王哲迟疑了一下，但还是据实说道：“一开始的时候是烧掉，但后来死人越来越多，燃料也不够了，他们就决定……直接扔到村子外面去了。”

何家营的残酷让张晓舟很久都没有睡着，对他来说，人与人之间的关系以这么快的速度变成那种样子，实在是一件不可想象的事情。但他更加无法想象的是，那些逃难去何家营里的人们,竟然也就这样接受了这种不平。

“敢于挑头反抗的人都被护村队抓起来当众吊死了。”王哲的话似乎又在耳畔,让他既愤慨,又无法接受。

如果我生活在那样的环境下会怎么样?

张晓舟突然这样想道。

反抗是死,不反抗却又无法忍受这样的日子,唯一的选择也许也只能是逃走了吧?

不知不觉,王哲和严烨在他心里的评价又高了一些。

高辉对于何家营随意抛尸让恐龙吃掉的做法殊为不解,但在张晓舟看来,这里面或许也有另外一种意思。何家营的局势完全建立在人们对于外部环境的恐惧之上,如果没有这样强烈的威胁,人们还愿意忍受这样的生活吗?

何家营的人未必是真的没有更好的办法处理尸体,也未必是没有办法消灭外面这些恐龙。但或许,对于他们来说,留着这些凶恶的野兽,并且让它们始终在村子周围活动,才能更好地把他们的管理维持下去。

他胡思乱想着躺在地上,直到天开始有些蒙蒙亮才终于昏昏沉沉地睡去。

醒来的时候,人们正在分吃着肉汤,相互帮忙把那些盔甲穿起来,并且进行进一步的调整。那些刀叉也被小心地用石头磨尖,装在长矛尖端以增强杀伤力,或者是装在经过调整的投矛上。

人们来来回回,却小心地不发出太大的声音把他惊醒。

张晓舟急忙爬了起来。高辉从旁边拿起一套盔甲,让他试着穿戴起来。

胸口和小腹是用空调室外机上叶片外的罩网做成的,里面还用金属片加固了,以防止罩网被抓破,而其他地方则是用双层或者是三层薄金属片制成,其实并不算很重,甚至比不上一件沉重的皮大衣的重量。但金属片相互之间衔接的地方却不可能做得很精致,行动起来还是稍稍有些受影响。张晓舟拿起自己的长矛试了试,虽然有些不便,但大体行动上并没有太大的问题。唯一受到影响的是投矛手,肩部和颈部的护甲片装上之后,几乎没有办法抬起手来,更别说用力投矛的动作,最终他们只能同意把这两个地方的护甲拆掉。

“不会让它们有机会伤到你们的。”齐峰说道。

“这盔甲以后说不定会成传家宝呢。”高辉开玩笑地说道。

“那换你的防刺服，换吗？”好几个人同时说道。高辉一下子不敢说话了。

大家哈哈大笑起来。所有人都吃饱喝足，休息了半个小时之后，张晓舟杵着长矛站了起来：“出发吧！”

没有必要动员，也不需要再多说什么，如果有枪术高手或者是学习过拼刺的士兵来训练他们，也许他们的战斗力还能增强一些，但现在，除了依然没有材料，没有办法制作出有真正杀伤力的弓弩，这几乎已经是他们能够达到的最佳状态。

他们依然是从二楼的那道门出发，两只羽龙很快就发现了他们，高声嘶叫着奔了过来，然后停在十米开外的地方监视着他们。让张晓舟感到意外的是，已经被他们堵死的走廊的方向竟然有一只羽龙跑了过来。

“那边有盘送上门的菜！”他对人们说道，“先杀掉它！”

他让受伤的王永军、严烨和另外三个人守住楼梯门，但他们却坚决不同意。

“胜负就在今天了，为什么要把我们的力量分散开？”严烨说道，“我们五个就能守住一条走廊。”

“好！”张晓舟点了点头。

但让恐龙跑进去，在人们放松警惕的时候跑出来咬伤人也是一种危险，张晓舟干脆把人们分成两队，一半人守住楼梯门和前面的走廊，与其他羽龙对峙，而他则带着另外一半人去杀那只自寻死路的羽龙。

它似乎已经感觉到了自己的危机，但眼前这些生物已经完全和之前不同，他们踏着坚定的步伐，缓缓地向它走来。它飞快地向后逃走，但转过墙角，前面是已经被堵死的通道，它绝望地叫了一声，转过头来对着矛阵发出了凄厉的嘶吼。

人们只迟疑了几秒钟，张晓舟本来想用改装后的投矛来对付它，但王永军一声大吼当先冲了上去，其他人便跟着他向前猛冲。

尖锐的爪子狠狠地抓在胸口、肩膀，击中前臂，但对于人们来说，这原本足以致命的伤害已经变成了无足轻重的重击，被击中的人闷哼一声，动作变形，或者是后退几步，但他身边的人却竖起手中的长矛，狠狠地向这只羽龙刺去。

尖锐的金属穿透羽毛，刺入皮肉，切开血管和内脏，长矛如同暴雨一样向着那已经退无可退的羽龙刺去，只过了半分钟，它便呜咽一声倒在地上，不再动弹。

“杀其他的去！”王永军一脸暴戾地叫道。

张晓舟好不容易才叫住他们，让他们到厨房里把几个大消毒柜抬出来，推到楼梯口堵住了门。

“上吧！”人们纷纷叫道。

他们沿着眼前这条通道向餐厅门前的开阔空间走去，所有成年羽龙几乎都集中在这里，它们用各种各样的声音嘶叫着，恐吓着他们。

但之前的胜利已经给了人们无穷的信心，人们甚至稍稍站开了一些，以便手臂能够更灵活地发力捅刺。

“向前！杀光它们！”王永军大叫起来。他的脸已经扭曲得像是一个从地狱来的恶鬼，但此时此刻，他却成了队列中最勇猛的箭头。

矛阵以一个不规则的半圆形向前推进。四只羽龙嘶叫着从不同的方向突然扑了过来，但人们却丝毫也不胆怯，他们握紧了手中的长矛，狠狠地向它们直刺过去。

“杀！”王永军大吼一声。那只离他最近的羽龙在半空中咬住了他刺出去的长矛，镰爪重重地击中了他的胸口，但却只是震动了他昨天的伤口，让他痛得退后了一步。下一刻，一把绑了锋利切肉刀的长矛便狠狠地从侧面刺入了它的脖颈，血液像喷泉一样喷了他们满头满脸，但他们却哈哈大笑了起来。

“杀！”

“杀光它们！”

张晓舟手持投矛站在矛阵后面，但他却惊讶地发现，自己已经没有了可以针对的目标。

几乎所有在射程之内的羽龙都已经被几根长矛同时刺中，在人们的咆哮声中，它们仓皇地尖叫了起来。

局势已经完全超出了张晓舟的控制范围，但这一次，却是他所希望的方向。

有人腿上被镰爪刺中，跌倒在地上，但那只羽龙却马上就被四五根长矛硬生生戳死在地上。张晓舟让王哲去替那个伤者扎止血带，暂时止血，自己则继续大声地指挥着已经渐渐陷入狂热的人群。

他没有任何指挥长矛方阵的经验，只是本能地想方设法把人们拉回来，竭力让他们保持着一个相对完整的阵势。

四只羽龙在不到半分钟的时间内就被杀死，不但张晓舟没有想到，那些羽龙也似乎没有反应过来。又一只羽龙咆哮着试图解救在数根长矛戳击下的同伴，但齐峰等人却马上就挡住了它。它试图用尖啸、利爪和牙齿像以往那样把他们赶走，但却无法突破那三根一直对准自己的尖锐矛尖，非但如此，侧面还不断有长矛向它身上招呼，很快就让它伤痕累累。它悲鸣一声，终于理智地放弃了拯救那已经被杀死的同伴的念头，转身向后逃去。三根投矛这时候从后方呼啸着向它刺去，其中一根狠狠地刺进了它的大腿，让它再一次哀鸣起来，但它还是逃了出去。

“杀光它们！”王永军眼睛红红地看着那些站在远处的羽龙。人们都跟着他大吼起来。他们重新排成阵列，开始向它们走过去。

领头的那只雄性羽龙终于意识到了危险，事实上，它们这个族群中，已经有一半的成员死在了这个地方。它无法理解是什么让眼前的这些生物突然从软弱而又唾手可得的猎物变成了对他们极具威胁的杀手，但这样的损失已经远远超出了它的承受范围。

片刻之后，它便做出了决断，在它急促的鸣叫声中，所有的羽龙突然疾速向楼下跑去，从被暴龙撞碎的大门跑出去，然后消失得无影无踪。

这样的结果让人们一下子愣住了。

“我们赢了？”有人低声地喃喃自语道。

那轻松攻破他们的队列，杀死了三十个同伴的凶恶野兽就这样被他们赶走了？

从交战到羽龙逃走，中间耗费的时间还不到二十分钟，胜利来得太过突然，让所有人都有种极度不真切的感觉。

羽龙的血浸透了大厅的绒毯，踩在上面黏糊糊的，但人们突然从激烈的厮杀中解脱出来，全身的力气都像是突然被抽走了，很多人就这样跌坐在血泊中，甚至是直接躺在了上面。

“严烨，你到高一点的楼层去看它们的动向。”张晓舟也心潮澎湃。三楼到二楼的主楼梯可以堵起来，但二楼到一楼的楼梯间却是一个非常开阔的空间，根本就没有堵起来的可能。他之前还一直担心是不是必须得和这些动物在一楼那样极其不利的环境下作战，担心出现大面积的伤亡。

但恐龙毕竟是低等动物，它们没有人类这样寸土必争的理念，也无法理解，他们这些人其实只有在某些特定的空间才能发挥出这样的战斗力。他们突然爆发出来的战斗力和威胁让它们很快就丧失了斗志，彻底把这个地方留给了他们。

他强迫自己冷静下来，把那些已经彻底放松了的人重新叫起来："我们得确认它们是不是真的离开了，大家不要掉以轻心！不要忘了，我们现在的任何一点疏忽都有可能带来严重的后果！"

人们终于重新回到阵列。张晓舟也清楚，这些羽龙假装离开，实际上却留下个别成员埋伏，或者是突然杀回马枪的可能性并不大，但他还是把人们分成两队，把二楼剩下的空间和一楼小心地搜索了一遍，然后才重新回到这个地方。

"我们赢了。"他终于可以这样对人们说道。但热情却早已经在搜索中被浇灭，他们在二楼西餐厅门口发现了大量被吃剩的尸体，这让成功的喜悦几乎马上就消失无踪。

"得把他们埋了。"齐峰说道。

尸体已经开始发臭、腐烂，难以辨认，也许对于羽龙来说他们是难得的美食，但对于他们这些人来说，这堆尸体只会让他们感到强烈的不适。

楼上那两个死者的尸体也是如此，必须尽快入土为安。

但他们没有合适的工具挖土。严烨这时候回来通报说周围已经看不到那些羽龙，于是张晓舟安排高辉带着两个人到安澜大厦去报平安，顺便带一些挖土的工具回来；让其他人一起把被他们杀死的那五只羽龙搬上楼，着手分割，处理那些可以使用的材料；自己则和王哲一起把那个受伤的人扶到楼上，替他处理伤口。

幸运的是，镰爪抓中的地方与大动脉之间还有一段距离，但却把他小腿上的肌腱给切断了，那伤口看上去触目惊心，让人对恐龙的攻击力和他们这些盔甲的实际防御能力没有办法放心。

手头的资源有限，张晓舟也没有能力做缝合肌腱这么大的手术，他只能简单地帮他处理了伤口，尽可能地缝合起来，然后找出一些抗生素让他先吃着。他的这条腿只能靠自己复原，以后很有可能会变成一个瘸子，甚至是没有办法再走路。但在现在这个时候，他只能做到尽可能保住这个人的命，其他的东西，他没有能力，也没有条件去做。

"我会死吗？"

血流了一床，这个人虚弱而又惊恐地问道。

“不会的。”张晓舟疲惫地对他说道，“好好休息，多吃肉，按时吃药，你一定会好起来的。”

他走出临时作为手术室的房间，严烨等人正对那些羽龙束手无策，于是张晓舟也不藏私，不顾自己身体的疲倦，一边做，一边把自己所知的东西教给了他们。

肉自然不用说，必须尽快切割成薄片，晾干，然后挂在火堆上靠热气和烟烘干做成风干肉保存。那些大而粗的羽毛可以用来以后制作弓箭或者是轻型投矛使用，短绒毛可以用来做被褥，筋则是制作弓弦和细绳的绝好材料，爪和牙齿可以用来制作箭头和武器，羽龙正面的皮已经被他们用矛扎得千疮百孔，但背部依然能够剥下一块面积不错的皮。

杀死这些羽龙只花了他们不到二十分钟的时间，但把它们处理妥当也许需要消耗掉一整天的时间。

“高辉他们回来了！”负责放哨的人突然叫道，“安澜大厦那边有人过来了！”

张晓舟放下手中的东西站了起来。

和高辉一起过来的是钱伟和王牧林，虽然只是短短的几天没有联系，但在现在这个世界，却像是已经过了很久。

几人忍不住拥抱了一下，他们应该是从高辉那里听说发生了什么，神情看上去稍稍有些激动。

但张晓舟敏锐地感觉到，似乎发生了什么事情。

他于是和他们一起上楼找了个没有人的地方，果然，钱伟马上就说了出来：“张晓舟，对不起，这几天我们一直没有办法过来帮忙……”

张晓舟摇了摇头：“发生了什么事情？”

“前天中午，康华医院那边派了两个人到安澜大厦来。”钱伟的神情有些激动，“这些该死的家伙，不知道是从什么人那里听说我们这里有很多粮食、肉和种子，一张嘴就是狮子大开口！”

“他们要我们交出一吨种子、一吨肉干和五吨粮食，不然就要动手！”王牧林说道，“昨天他们甚至派了一支将近五十人的队伍过来示威，要不是有一群驰龙经过，他们说不定就直接动手了！”

张晓舟的脸一下子阴沉了下来。

“孬种!”高辉在旁边愤怒地说道,“不敢对恐龙下手,对人倒是这么狠!”

“全体大会怎么说?”张晓舟问道。

这样的事情不可能由钱伟他们几个人决定,对方既然已经有那么多人的队伍逼到面前,那安澜大厦的人们肯定已经讨论过这个事情了。

“大部分人支持和他们开战,保卫我们的粮食。”钱伟说道,“但也有人希望我们能先和他们谈谈,看能不能让他们把要求降低一些。”

他顿了一下,然后说道:“这些人差不多有三分之一了。”

张晓舟深深地吸了一口气。

康华医院的那些人做出这样的事情,他一点儿也不惊讶。在一切刚刚发生的时候,他们就已经开始毫不犹豫地对自己的同胞下手。那在局势渐渐平稳之后,他们出来刷存在感,出来抢夺别人的存粮也就理所当然了。但让他惊讶而又无法接受的是,安澜大厦内部竟然有那么多人想要和他们谈判?

在经历了这么多的事情之后,他们竟然还希望能够息事宁人?

“那些人有一支枪。”王牧林说道,“而且他们远远地向安澜大厦投了两个燃烧瓶,说是如果我们不就范,他们就放火。”

“所以他们就害怕了?”张晓舟气得笑了起来,“他们有这些,难道我们没有吗?李洪的枪呢?”

“他们怎么可能有枪?假的吧?”高辉说道。

“李洪第一天就拿枪出来吓唬过他们了,但大家都知道他的枪没子弹了,只有打不死人的橡皮子弹。”王牧林叹了一口气说道,“老常觉得他们的枪应该是真的,如果是假枪,那就不会是小左轮,而是别的枪了。”

“橡皮子弹也可以拿来吓人的!”张晓舟说道,“你们想过吗?这些人的目的真的是要粮食?给了这一次,怎么保证他们不来第二次?这些粮食都是我们拿命拼来的,给了他们,哪怕只给他们十分之一的量,安澜大厦的人们会怎么想?还会有谁愿意老老实实地靠努力工作来换吃的?周围的人又会怎么看安澜大厦?当初宁可让他们死在门外都不愿意收留他们,见到这些人之后就不一样了?那好,以后他们也集合起来跟你们要粮食,你们给不给?如果你们来是要问我的意见,那我现在就可以告诉你们，一颗粮食都不能给他们！就算要给，也是给周边的团队，游说他们一起来和我们对付这些人，而不是像孬种一样，被他们一吓就满足他们的无礼要求！”

王牧林苦笑了起来：“你的反应果然和我们猜的差不多。这些道理我们都清楚，但问题是，康华医院那边一次出动就有将近五十个人，而这显然不是他们的全部力量。仅仅靠我们的力量对付不了他们，必须联合周围的人，但……我们没法说动他们。”

康华医院这些人的目标很明确，他们在过来的时候就已经广而告之，只对付安澜大厦，不涉及其他人，任何队伍如果敢和安澜大厦联手，那他们就转过头来先把这个队伍灭掉。

“安澜大厦那些人会救你们吗？就算他们想救，他们有这个本事，过得来吗？自己掂量清楚！别糊里糊涂为和自己无关的事情死掉！”

这样的威胁非常有效，钱伟和王牧林去找周围关系比较密切的团队时，他们都问起了这个问题。

周围分散的小团队人数最多的也没超过四十人，里面能打的男人不会超过十五个，哪怕康华医院不增加人手，只动用这次的这近五十人，要攻下任何一幢房子都不会是很困难的事情。在那个时候，安澜大厦会为了救他们而全体出动，与这些人在外面打一场接触战吗？

“你们是怎么回答的？”张晓舟问道。

“我说安澜大厦当然会来救他们，但是他们不信。”钱伟有些沮丧地说道。

只要把周围这些团队联合起来，总力量肯定远远地超过康华医院。但问题是，他们不愿意为了安澜大厦的安危而付出代价。

即便是王牧林苦口婆心地向他们分析，当安澜大厦被抢劫之后，这些人的矛头必然会指向他们，必然会开始抢劫他们，他们也不以为然。

“那是因为他们一开始就把矛头指向了你们，你们当然会这么说，现在你们当然希望把所有人都和自己绑在一起。”人们冷笑着问道，“钱队长，王副队长，如果他们不动你们，而是先来找我们这些小团队的麻烦，你们安澜大厦会马上就来帮我们？”

“当然！”

“哈哈，那当初那些人向你们求救的时候，你们为什么宁愿眼睁睁看着他们死在你们门口也不放他们进去?”人们这样问道,“别把自己说得那么伟大,如果这些人的目标是我们,你们根本就不会帮我们,只会同样见死不救!”

王牧林和钱伟哑口无言。

当初他们把那些来求救的人拒之门外时,从来也没有想过,这一点会成为人们对他们丧失信心的根源。

“那些家伙今天还会过来吗?”张晓舟问道。

“不知道,但他们一般都是中午阳光最强的时候过来,应该是觉得那个时候恐龙不太会出来活动。”

“那快了。”张晓舟看了看太阳的位置,“我跟你们过去,看看他们今天会怎么说。如果他们不过来,那我就去找周围的团队谈谈,看他们到底怎么想。但我想先弄清楚一个事情。”

“什么?”王牧林问道。

“如果要付出同样的代价,一种选择是交给康华医院的人带走,一种选择是分给周围的团队,让他们和我们站在一起对付康华医院,你们俩选择哪一种?”

“当然是第二种!”钱伟毫不犹豫地说道。

“其他人呢?你们觉得其他人会怎么选?”张晓舟问道,“这意味着我们和康华医院将会不死不休,将要和他们战斗,而且将和周围的团队绑在一起,永远也不能无视他们的求助。你们觉得其他人会怎么选?”

钱伟愣了一下,而王牧林则深深地吸了一口气。

从王牧林的内心深处出发,他其实并不支持张晓舟和钱伟的想法。

他不知道康华医院是从什么途径弄清楚了他们的食物储备量,但他们所要求的三个数字都几乎正好是安澜大厦所拥有的总量的三分之二,这就很蹊跷了。

他私底下和梁宇讨论过这个事情,安澜大厦里面的人不可能也没有机会出去乱说,外面的人也不可能知道安澜大厦的实际情况,那他们究竟是靠什么猜到了安澜大厦内部的情况?

梁宇猜测,附近一定有非常熟悉安澜大厦情况的人投奔了康华医院。如果他一直在密切关注安澜大厦的情况,那么,他也许可以从安澜大厦一次次的收获和人员构成当中猜到一个近似的数字。因为总量比较大,消耗又比较固定,他有可能得到一个比较接近真实的数字。

王牧林觉得存在这样一个人的可能性也并不大，但有一点是显而易见的，康华医院在选择对他们动手之前，已经大致上摸清楚了他们的底细。他们甚至清楚他们与周围这些团队的关系并不十分密切。

但与之相对的是，他们对康华医院却一无所知。

他们只知道那些人占据了医院附近一个位置很好的街区，并且把它封锁了起来，形成了一个如同堡垒的区域。他们知道那些人心狠手辣，在异变发生没有多久的时候就已经开始血腥地驱赶敢于冲击他们的人。他们知道那些人应该有不少人手，而且精壮很多。

但就这么多了。

他们有多少人、多大战斗力？他们采用的是什么样的团队架构？内部是铁板一块，还是山头林立、分崩离析？

来安澜大厦勒索，他们仅仅是想要捞一票走人，还是准备拿安澜大厦这个附近区域中规模最大实力也最强的据点当鸡，杀给周围那些猴看？

没有足够的信息，就没有办法做出正确的判断，更没有办法做出正确的应对。

如果他们只是想要随便勒索一点走人，王牧林认为这并不是完全不能接受。韩信尚有胯下之辱，在实力明显不如对方的情况下，付出在承受能力以内的代价，同时让对方看清楚安澜大厦并不是那种好欺负的软柿子，应该是最好的选择。他相信安澜大厦内部应该会理解这种迫不得已的选择，并不会出现张晓舟所说的那种人们感到不满后不愿意继续以劳动换食物的结果。

在对方并不准备和你死拼的前提下，不管不顾地就和这样一个强大的团队发生激烈的冲突，在他看来是绝对不理智的行为。双方现在并没有一个必须分出胜负的理由，以安澜大厦的实力，即使不向康华医院屈服，在某个时候也必须向某个有管理全市趋势的势力低头，这是必然的选择。

王牧林并不认为安澜大厦能够在这样的趋势下独善其身，但很明显，这个最终管理全市的势力不太可能是康华医院，也不可能是安澜大厦，而应该是地质学院和何家营中的一个。双方在现在这个阶段所要做的事情应该是相同的，那就是尽可能保全自己，扩大力量，以求在未来的格局中获得一个更好的地位。

如果是这样的话,双方甚至应该能够就某些事情达成共识,甚至是达成某种合作关系。如果康华医院能够承担起比如消灭肉食龙之类大型团队本来应该承担的责任,王牧林认为交一些食物给他们其实也并不是完全不能接受的事情。

毕竟他们人手更多,资源更丰富,行动起来应该会更有组织,效果更好。

虽然看起来安澜大厦因此失去了在城北这个区域中的核心地位,但安澜大厦本身先天不足,没有发展成大势力的可能,大部分人也缺乏拼死战斗的勇气,与其像现在这样勉强承担着与自身力量不相符的责任,倒不如老老实实服软,发挥自己的长处——种田。

王牧林对于康华医院的所有认识都来源于钱伟对他们那场“暴行”的转述。钱伟和张晓舟这样的人显然无法容忍这样的做法,但其实在王牧林和梁宇看来,在当时那种随时有可能引发大规模骚乱的情况下,这不失为一个果断的解决办法。第一次就把敢于上门闹事的人彻底打怕,以后再也没有人上门,这样的做法,比起安澜大厦的软弱和犹豫不决不知道高明了多少。看上去的确是凶狠了一些,也的确是没什么人性,但站在团队利益的角度,这并没有什么问题。

但话又说回来,从这样一个简单的事情也可以看出,对方并不是什么善茬,也不会像安澜大厦的这些人一样,面对事情缩手缩脚。他们如果决定了要对安澜大厦动手,那随之而来的必然是凶狠的一击,绝对不会有什么顾虑,更不会考虑后果。

王牧林有种感觉,梁宇内心深处其实更加认同那样的做法。如果对方提出要收编安澜大厦,不知道他们会做出什么样的事情?

如果对方真的要收编他们,那倒或许是一个不错的结局。但问题是,从几次简单的会面和交谈中,王牧林能够清楚地感觉到,对方根本就没有这样的意思。

如果那个中间人没有故意演戏的意味,那他所传递的信息就非常清晰了:他们的目的就是让安澜大厦交出足够多的粮食,不会管安澜大厦内部如何解决之后的问题。那么,安澜大厦在满足了他们的要求之后,唯一的结果大概就只有解体。

因为这里已经没有了足够所有人生存的粮食,也无法再提供一个安全可靠的环境,这么多人聚在一起,周围的绿地不可能提供足够他们果腹的食物,分散到城市各处寻找可以吃的东西更有活下去的可能。

这或许就是他们的目的?

用这样的办法消灭掉一个有可能对自己造成威胁的团队，同时夺取一批宝贵的给养？

如果是这样的话，什么样的选择对自己更有利呢？

和钱伟、张晓舟他们一起为了维护这个团队而冒险战斗？

他微微地摇头。

怎么想，怎么看，安澜大厦都没有丝毫胜利的可能。王牧林完全没有办法理解，张晓舟和钱伟想要战斗的勇气从何而来？

凭借安澜大厦的那些人？这就是个笑话，即便是所有食物都被抢走，也不是完全就没有活下去的可能，但如果和康华医院开战，却有可能马上就死掉。虽然在钱伟的鼓动下，超过三分之二的人投票同意开战以保卫安澜大厦，但王牧林很清楚，人们只想做出这样的姿态把对方吓走，并不是真的就愿意为之拼命。如果真的发生冲突，真正敢于拼命的人也许不会超过二十个，如果康华医院那边开过来两百人，王牧林可以肯定连二十个人都不会有。

依靠周围那些比安澜大厦更加如同一盘散沙的团队？那就更加不可能了。所有团队加起来，人数当然比康华医院多很多，这是一目了然的事情；但即便是把安澜大厦所有的粮食都分给他们，他们也未必会站在安澜大厦这边。

安澜大厦的这些粮食看起来很多，但是分出去，每一家能够得到的却未必能有多少。换成是王牧林自己，也不会在这种时候为了这么一点代价和必输的一方联手。

安澜大厦能够想到这一点，会拉拢这些团队，难道康华医院就傻乎乎地看着他们这么做，什么行动都没有？

他看着张晓舟和钱伟，突然觉得，自己当初选择留在这个地方，也许是搞错了。

如果没有康华医院这样的竞争对手，这里也许是一个不错的求生之地，但在这样更加狠辣也更加果决的团队面前，这里毫无胜算。

第4章

谈判

在离开之前，张晓舟专门去找了一下王哲和严烨。

“有件事情要拜托你们。”

“什么事？你说。”

王哲感到有些奇怪，到目前为止，张晓舟用得上他的事情都与医疗有关，但现在，那个受伤的人伤情还算是稳定，应该没有什么事情要他做的吧？而严烨就更觉得奇怪了，什么事用得上他？

“现在有个情况。”张晓舟简单地把发生的事情和他们说了一下，然后说道，“我希望严烨你能够找个合适的机会在这里和大家说一下你在何家营所经历、所看到的事情。王哲，我希望你能跟我走一趟，对更多的人讲讲你对我说的那些事情。”

虽然不知道康华医院现在的情况，但张晓舟仅有的对于他们的了解和接触都不是什么好事情，加上曾经与他打过交道的那群混混似乎也并入了康华医院，成了其中的成员，这让他对康华医院那个地方本能地有着一种强烈的抗拒和反感。

他有一种感觉，康华医院一直不见动静，此刻却突然一改常态，高调地到安澜大厦来示威，所图的绝对不会仅仅是这些粮食这么简单。他们内部一定发生了什么事情，让他们改变了一个多月以来一直采取的收缩策略。

而这对于在这个区域求生的人们来说，绝对不是什么好事。

张晓舟绝不相信康华医院的人会站出来带领大家共渡难关,从他们对安澜大厦的态度和钱伟他们所转述的手段来说,他们要走的就绝非正途。不论他们是准备开始站出来谋求对城北这片区域的主导权,以此来谋取与地质学院和何家营分庭抗礼的地位,又或者是要从人们手中夺取更多支撑自己生存下去的资源,对于所有人来说,都是一场灾难。

他们可以拉出一支近五十人的队伍来威胁安澜大厦,却因为一群驰龙而仓皇逃离,这样对人类残忍狠毒,对异类却软弱无能的人,正是张晓舟最看不起,也最痛恨的那一种。

张晓舟坚信,他们的管理绝对不会比何家营更好。

必须让人们看清这一点,必须让他们知道,如果向康华医院的人示弱,被他们踩在头上,结果会是什么。

何家营就是一个最好的例子,所以他需要王哲和严烨这两个当事人站出来现身说法。

严烨和王哲对望了一眼,最后点了点头。

"我跟你去吧。"严烨却说道,"王哥留在这里的话,还可以照顾一下伤员。"

张晓舟愣了一下,随即点了点头。

在王哲的叙述中,严烨在何家营的遭遇要远远比他更加凄惨,所见到、所接触的环境也不是他这个一直坐在办公室里的人所能比拟的,这些话由严烨说出来,也许比王哲要更具体,也更有说服力和感染力。

"你怎么——?"王哲却有些不能理解,他找了个机会悄悄地问道,"这样抛头露面,那岂不是人人都认识你,如果何家营那边来人……"

"你觉得我们躲起来就能保证安全?"严烨反问道。

王哲摇了摇头,答案显而易见,除非他们能够躲到一个与其他人完全没有接触的地方,永远不要被人发现,永远不要和何家营的人打照面,否则的话,一旦何家营获得最终的胜利,他们所面临的都必将是悲惨的结局。

"现在对张晓舟他们来说是一个非常关键的节点。"严烨说道,"如果他们能够迈过去,就有可能成为远山的第三大力量!而我们如果能在这里面起到关键性的作用,以他的为人,我觉得我们很有机会进入核心圈子。那样的话,只要我们再努力一下,就有可能成为新团队里的重要成员。这是我们的好机会！而且，也许是我们唯一的机会!”

他早就已经想过，为了活下去，就必须想尽办法阻止何家营成为最后的赢家。但以他现在的身份和所处的环境，这简直就像是一只蚂蚁在盘算着要怎么伸出一条腿把路过的大象绊倒。

难道就只能眼睁睁地等着一切发生，自己什么都不做吗?

他不甘心。

也许张晓舟并不是一个很好的选择，甚至还完全看不出任何成功的迹象，但现在却有着他唯一能够接触到的机会。不把握住它，那他也许就再也没有用自己的力量去改变命运的机会了。

“替我照顾好严淇。”他只是这样说道。

王哲叹了一口气，没有再说什么。

严烨上楼去和妹妹说了一下自己要去做的事情，告诉她自己有可能会在外面耽搁一两天才能回来，严淇的眼泪一下子流了下来，但她没有说什么，只是帮严烨收拾了一下东西，叮嘱他一定要小心。

“你放心，我一定会没事的!”严烨说道。

一行人赶在正午之前回到了安澜大厦。大厦里面正人心惶惶，工作显然并没有正常开展，但看到张晓舟回来，不知道为什么，所有人的心里一下子都安定了不少。

“张队长!”人们大声地和他打着招呼，好像他来了，康华医院那些人就不敢上门了一样。

张晓舟用微笑回应着，刘玉成、梁宇等人匆匆忙忙地从楼上下来，拉着他就要上去开会讨论怎么解决这次的危机。

就在这时，有人惊慌地叫了起来：“来了！他们来了!”

人们都聚到了窗边，一支大概三十人的队伍从东北方向走了过来。他们的队伍看上去并不严整，但每个人都是身强力壮的中青年，手里都拿着明晃晃的砍刀或者是铁棍，看上去气焰非常嚣张。

队伍在距离安澜大厦三四十米的地方停住，随后人群分开，露出了两个安装在三轮车上的金属架子。

钱伟的脸色一下子变得很难看，那摆明了就是照搬他们之前用来攻击暴龙的可以发射燃烧瓶的弹弓。

“里面的人听着！”一个三十多岁的男子走到距离安澜大厦不远的地方大声地叫道，“今天就是最后的机会！你们要是不交粮食，那我们也不要了！你们就抱着那些东西一起烧死吧！”

那些人嘻嘻哈哈地大笑了起来。有人从旁边搬过来一大堆燃烧瓶，一个个地放到那两个金属架子旁边，足足有四五十个。

“张队长！这可怎么办？”人们慌张地看着张晓舟，“你快点拿个主意啊！”

张晓舟却站在窗前，用望远镜仔细地观察着那些人脸上的表情，观察着他们的装备，观察他们带来的那些燃烧瓶，一句话也没有说。

“张队长！”人们越发焦急了起来。

“你们仔细看看，那些燃烧瓶大部分都是空的。”张晓舟说道，然后便低声地对钱伟说，“人怎么都集中在这里？调人到楼上去，就算不打，也要摆出不怕他们，要和他们对着干的架势！”

钱伟这时才反应过来，急忙把李洪叫过来，让他把大家都组织起来，一部分到楼上去，一部分拿起长矛站到一楼和二楼示威。王牧林在旁边帮忙，安排人们到关键的地方做好救火的准备。

张晓舟微微地摇了摇头。

钱伟是个行动派，也是自己的铁杆，这一点绝对没有什么话可说，如果你告诉他要做什么，他再怎么困难，加班加点也会帮你弄出来。但张晓舟自己的管理能力就严重不足，而他明显比张晓舟更加不足。

如果说这些人今天是第一次过来，那这样的手忙脚乱情有可原，但这些人明明已经来过好几次，而且他们也猜到这些人今天中午有可能回来，大家却只是像一群没头的苍蝇那样聚在一起，既没有讨论出解决问题的办法，也没有提前做好应对的准备……钱伟说安澜大厦的人们已经开大会通过了向这些人开战保卫大厦的决议，但现在看起来，他们心里也许根本就没有做好这样的准备。

更加奇怪的是梁宇等人，钱伟也许想不到要做这些准备工作，但他们为什么也没有想到？

“不可能就这么把他们晾在外面吧?”梁宇这时候说道,“不管是要打还是要和,总得要先给他们一个回话。”

“之前你们是在什么地方和他们谈的?”张晓舟问道。

“就在大厦前面。”钱伟答道。

“我们这边是哪几个?”

“我、王牧林和梁宇。”

“那再和他们谈一次。”张晓舟说道,“我跟你去。”他回头看了看周围的人。王牧林本来是更好的人选,但他已经到楼上去指挥防火救火的事情了。“梁宇你也一起来。”

“我们和他们谈什么? 是强硬的回绝,还是和他们谈一下看能不能降低要求? 或者是别的什么?”梁宇问道,“如果我们自己不把意见统一了,出去怎么谈?”

“先想办法拖延时间,”张晓舟说道,“探探他们的底再说。”

“之前我们已经拖过两次时间了。”梁宇摇了摇头,“这些人看着流里流气,实际上也很狡猾,什么底细都不露,就一口死咬着非要那么多东西。这次还想继续拖下去,估计很难了。”

“细节你们谈过吗?”

“细节?”钱伟问道,“什么细节?”

“五吨粮食,他们要什么? 我们有什么? 罐头、大米和饼干都同样按照重量来算? 从价值和营养成分来说这就不可能。还有,是他们过来拿还是怎么着? 这么多东西,多长时间交清? 几天、十几天,还是几个月? 如果想拖时间,有的是办法。”

“张晓舟,你不是说要和他们……?”钱伟诧异地问道。

“现在是他们强我们弱,我们在明他们在暗。即使是真的要打,我们也不可能在这种情况下和他们正面硬拼。我们现在需要的是更多的时间,一方面是要想办法搞清楚他们的底细,另外一方面是要找到更多的同盟军。如果有可能的话,最好是让他们麻痹大意起来。他们既然是用假燃烧瓶来吓唬我们,那说明他们也不想真的开打,至少现在他们还不想开打,应该可以谈!”

钱伟和梁宇都有些惊讶地看着他,随后点了点头。

“如果是这样的话……”梁宇说道,“那就交给我来办吧,这没问题。”

外面的人又在大叫。梁宇便让人把门打开,三人低声地商量了一下说话的要点,慢慢地走了出去。

“怎么样?”那个人看到他们出来,便停止了大声叫喊,而是站在原地等着他们过去,“考虑清楚了吗? 要死还是要活?”

“樊总,你就准备让你这个兄弟和我们谈吗?”梁宇皱着眉头,对站在人群后面抱着手看着这些人的一个中年人问道。他的个子很高,看上去非常精悍。

“废话! 给不给? 他妈就一句话的事情,痛快点!”那个小弟不高兴地说道。

“樊总,”梁宇却直接无视了他,“这件事情我上次就和你说过,如果你们还是之前的要求,那没什么好说的,大家直接开打就行了。按照那个数量给了你们,我们吃什么? 靠什么活下去? 既然你们不给活路,那无非就是鱼死网破而已! 但你们想把我们吞下去,也要做好付出几十条人命的准备!”

被他称为樊总的人却只是看着他,不说话。

“我管你们吃什么! 地上有草,路边有树,土里有虫,你们不会自己想办法? 鱼死网破? 呵呵,那你们也要有这个资格才行!”

“我们是没有办法对抗你们康华医院,但就你们几个,真打起来,你们觉得自己能活着回去?”钱伟怒气冲冲地说道,“想让我们死,那你们先陪葬好了!”

“哈哈!”这个小弟大笑了起来,“吓唬谁呢? 就你们里面那些歪瓜裂枣,大爷我让你一只手也能灭了你信不?”

“老子连暴龙都杀了,还怕你?”钱伟愤怒地向他走去,梁宇急忙挡在了他前面。

这个人被吓了一跳,下意识地向后退了两步,回头向樊总望去。这时候,他那边的人也过来了好几个,于是他的气焰一下子又嚣张了起来。

“来啊! 你今天要是敢动我一指头,分分钟让你变成恐龙屎你信不?”

钱伟这下子真的生气了,张晓舟和梁宇急忙用力地拉住了他。

“樊总,你是什么意思? 不想谈了? 准备开打了?”梁宇对着那边大声地说道,“那行,大家就一拍两散吧!”

他拉着钱伟转头就走。就在这时,那个一直不吭声的樊总终于说话了:“梁队长,今天你的底气很足啊!”

“不是我底气足,是你们欺人太甚了。”

“哈哈。”樊总打了个哈哈,转头看着张晓舟,“这位是……?”

“我是张晓舟。”张晓舟丝毫也没有隐瞒的意思。如果对方在附近有眼线，那自己的样貌肯定会是一个重要的信息，躲躲闪闪反而显得小家子气。

“果然是你！”樊总哈哈笑着向这边走了过来，“张队长的大名，我们也是久仰了。我叫樊武，幸会，幸会。”

张晓舟觉得这个名字有些耳熟，但却不知道是在什么地方听过。他和对方简单地握了一下手。

“既然是张队长来了，那今天应该可以有个结果了？”樊武问道，“我给张队长面子，种子八百公斤，肉干一吨，粮食三吨，怎么样？足够有诚意了吧？”

“樊总，你开玩笑吧？”梁宇说道。他们出来的时候就商量过，为了让对方相信，他们一定要尽可能谈判争取，最后再谈细节问题，对方应该不可能考虑得这么细，也不可能在这里拍板，那他们应该就能争取一天的时间。

“你什么意思？”樊武突然就翻了脸，“你说承受不了，要我们让步，我诚心诚意地和你谈，你说我开玩笑？”

他面目狰狞地向前一步，梁宇突然就说不出话来了。

张晓舟这时候终于想起了自己是在什么地方听过这个名字，樊武，这是之前那个挟持他的混混头子明哥曾经提过的，他们留守在家里的头目的名字。

也是把他们骗到副食品批发市场的那个人的名字。

也许明哥和那个诨名叫作泥鳅的混混只是把自己的失败迁怒到别人头上，但对于张晓舟来说，这是无论如何也不能忽略的一个信息。

这个名叫樊武的人也许很危险。

“武哥是吧？”他向前一步，挡在樊武和梁宇之间，把突然升温的气氛缓和了一下，“不知道你在康华医院是坐哪把交椅？我们能不能见见各位大佬，当面请他们通融一下？”

“张晓舟？！”钱伟和梁宇都吃了一惊，之前他们只说要想办法拖延几天时间，让张晓舟有机会去联合和说服周围那些团队，但他怎么突然又冒出新主意来了？

“你什么意思？武哥说了不算吗？”之前那个小弟大声地叫道。

过来的那几个混混把手里的砍刀和铁棍举了起来，却丝毫也没有吓住张晓舟，只是让他更加鄙视他们。

面对暴龙,任何人都只能转身就逃,但如果是对付行动迅速群体行动的中型肉食龙类,最好的办法其实还是矛阵。很难想象有人能够手持砍刀和铁棍赶走它们,甚至是杀死它们。这群人以这样的武器傍身,说明他们从来就没有想过与恐龙为敌,他们心中的对手只有人类。

一群败类。

张晓舟心里已经对他们定了性,但表面上并没有显露出来。

“你们误会了!武哥给我这么大的面子,我当然是感激不尽。武哥这么豪爽的人,根本就不可能在这些事情上斤斤计较。但安澜大厦能力有限,一下子真的是拿不出这么多东西,这不是不给武哥面子吗?那怎么行!所以我有一个想法,既要给武哥面子,大家又不伤和气,开开心心把事情办好了,大家还是朋友嘛!”张晓舟一面给樊武贴着标签,一面说道,“武哥这边我相信肯定是没问题的!但我就怕康华医院那边的其他大佬没武哥这么好的心肠,这么好的眼光和远见,非要搞得大家一拍两散。武哥又不方便替我们讲话,所以我想,自己去和他们说说看。”

“不用给我灌迷魂汤。”樊武却笑了起来,“张队长的名声我可是听得耳朵都起茧子了,比起我这个无名小卒,张队长你可是这片区域大大的名人了。想见我们老板?这不是不行,但你有什么想法,先说来听听。”

张晓舟对他的评价和提防又上升了一层,于是他对樊武说道:“一吨种子你们拿去也没有用,一亩地最多也就五六斤种子,肥力不够量还更少些,康华医院那边有多少亩地?”

“你管我们拿去干什么!”一个小弟叫道。

“这些种子都是晒过的,很硬,吃是不好吃的。就这么放着,顶多就是一两年内能保证发芽,时间久了就没用了。现在这样湿热的气候下保存不当很容易就霉烂了,放着也是浪费。”张晓舟说道,“但如果留给我们,我们就能把它们在城北这块区域全部种下去。”

“你的意思是……?”樊武的眼睛眯了起来。

“康华医院那边应该还没到断粮的地步吧?粮食你们拿过去只是放着安心,但为什么不让它们发挥更大的作用呢?”张晓舟却反问道。

“你说说看。”

“种子你们要多少都没问题，但多了也是浪费，种不完又吃不了就是白白烂掉，不如留给我们。肉干没问题，你们要的话可以给你们，只是没有那么多，一公斤鲜肉熏干了顶多就是三四两，你们可以算算，我们手上能有多少？但粮食不行，给了你们我们就活不下去了，一点也给不了你们。”

小弟们又鼓噪了起来，但樊武却回头让他们把嘴闭上。

“让我们饿死，你们顶多也就是拿到五吨粮食，能撑多久？这些东西吃光了怎么办？”张晓舟问道，“如果你们不是等着马上要这些东西吃，而是留给我们，让我们支撑到把玉米种出来，别说五吨，十吨、二十吨都有，而且不是一次性的，是永远都会有。”

他盯着樊武的眼睛，似乎是要从他那里看出他真正的想法，但樊武却笑了起来：“听上去很有道理，但你们现在才种，要什么时候才能收？”

“三个月。”

“三个月？”樊武再一次笑着摇起了头，“谁知道三个月之后会变成什么样子？你们活着还是死了？这块地方归谁管？为什么我们要放弃自己手边的东西，去等三个月之后虚无缥缈的结果？三个月之后的事情，和我们有什么关系？”

“所以我说这是需要眼光和远见的事情。”张晓舟也笑了起来，“别人也许没有，但武哥你一定有。难道康华医院连支撑三个月的信心都没有？难道你们不考虑吃完了手边这些一次性的粮食之后，日子该怎么过？这片区域很大，至少还有几千人在这里挣扎求生，难道康华医院的各位大佬不想有所发展，不想更进一步？只想缩在那个小小的围城里，等着别人来收编自己？如果是这样的话，那你们继续躲着就好了，出来搜集粮食是为了什么？为了以后像安澜大厦一样，成为更大的团队抢夺的目标？安澜大厦对于周围来说是一个巨无霸，你们对于安澜大厦来说又是巨无霸，但你们知道地质学院有多少人？最少五千。你们知道何家营有多少人？将近两万！安于现状，今天的安澜大厦就是明天的康华医院。武哥，你觉得呢？”

小弟们面面相觑，他们也不是真的就没有脑子，张晓舟的话他们听懂了，而且觉得还挺有道理的。

现在他们是衣食无忧了，可以后怎么办？

就算是最没有头脑、最醉生梦死的那个人，也不会只想活三个月就死掉，更不想被别人欺负到自己头上。

“武哥，他说的好像也有道理啊，要不，我们回去问问？”一个小弟低声地说道。

“闭嘴！”樊武大声地叫道。

他盯着张晓舟的眼睛，随后摇着头大笑了起来。

“你知道吗？”他把嘴靠近张晓舟的耳朵，低声地说道，“如果我们真的想要对这个区域动手，那我们要杀的第一个就是你。”

“比我厉害的人多的是，你们杀不光的。杀了我，对你们没有任何好处。”张晓舟也笑了起来，“如果有我帮忙，你觉得康华医院要统治城北会不会容易些？”

“张队长，”樊武突然重重地拥抱了张晓舟一下，用力地拍着他的肩膀，哈哈大笑起来，“果然是闻名不如见面！好，今天的事情就算了，你跟我回去，看老板他们怎么说。”

樊武同意让张晓舟回去准备一些送给康华医院统治者的礼物。为此，他告诉张晓舟，除他之外，康华医院还有四个主要的统治者，分别是康华医院的老板赵康和他的老婆倪敏、包工头出身的康祖业、保安队长出身的许俊才。

“其实还有一个医疗方面的负责人段宏，不过他这个人没什么用，不必管他。”

张晓舟带着钱伟和梁宇往回走。钱伟满肚子的疑惑，刚进门就一把抓住了张晓舟，急切地问道：“张晓舟，你到底是什么意思？”

“什么意思？”张晓舟感觉有些莫名其妙。

“你要投靠他们？”

“这怎么可能！”张晓舟说道。

“那你怎么——？”

“不这么说，他们今天怎么会善罢甘休？我又怎么会有机会去看看他们内部的情况？”

“你都是骗他们的？”

“当然！”

梁宇忍不住悄悄叹了一口气。

其实在他看来，张晓舟与樊武所说的那些东西，未必不是极好的处理办法。

只要能把那两只暴龙杀掉，再想办法把那些驰龙、羽龙和速龙赶走，让他们能够大规模地在这片土地上种植玉米，其实交出去一些粮食也并非完全不能接受的事情。

“他们未必会这么想。”张晓舟却在接下来的短会上马上泼了他们一盆冷水，“这个樊武也许会支持这种做法，但他在康华医院显然并不是真正核心层的人物，如果其他人看不到长远利益只考虑眼前呢？”

“这怎么可能？”梁宇说道，“就像你对他说的，难道他们不考虑粮食吃完之后怎么办？”

“你要明白，他们并不是这片土地的统治者，以前不是，现在不是，将来也不会是。”张晓舟摇了摇头，“换个角度说，他们并没有办法对城北这个区域实行有效的统治。如果玉米种下去，收获的时候何家营来了，你觉得他们一定会有勇气和何家营硬碰硬？你觉得他们会有信心带领城北的这些人和何家营周旋？就像他一开始说的，现在何家营还没过来，抢到的东西就都是他们的，可三个月之后，他们也许什么都得不到。”

梁宇不说话了。

康华医院的人会怎么想，他们在这里是无法控制也无法干预的，但他还是没有办法接受张晓舟和钱伟非要和康华医院对抗的想法。

“如果想办法让他们相信呢？”过了一会儿，他忍不住再一次说道，“就像你刚才做的，想办法让他们相信自己可以，难道不行吗？对于我们来说，这应该才是最好的结果啊！”

“你当他们是傻瓜吗？”张晓舟说道，“如果他们真的接受我之前的建议，那就意味着他们必须统合整个城北的人口和资源，必须把所有人管理起来。你真的觉得，到时候你还能保住自己的这点家当？不，不会的。梁宇，你的心乱了，你太怕发生暴力冲突，这让你表现出来的水准严重下降。如果是你，站在他们的角度，难道就真的什么都不做等着玉米成熟？”

梁宇再一次沉默了。

的确如此。张晓舟提出的建议只是一个缓兵之计，如果他们不接受这样的建议，那没什么可说的，他们必然会继续强迫安澜大厦交出粮食；但如果他们真的接受这个建议，那他们也不可能就这样退回去等着结果，而是必然要更多地走出来，统计人口，把劳动力和可以充作武力的男丁控制在自己手里，驱逐恐龙，大规模地开辟耕地。最关键的是，所有物资的管理和分配权一定会收在他们手里。

唯有这样，他们才能确保自己对城北的控制力，也才会有底气在何家营来袭时与他们别一别苗头。

这或许能够争取到一些时间，但对于安澜大厦来说，两种选择都不是什么好事。

这里面的难度可想而知，如果康华医院有这个野心和能力，应该不会等到这几天才走出来。在梁宇看来，他们更有可能否定张晓舟的新提议，继续逼迫安澜大厦交出粮食。

那样一来，张晓舟相当于自己跳进了火坑。

“但如果我不走这一遭，我们对他们一无所知，就根本没有办法做出正确的判断和应对。”张晓舟说道，“放心吧，我不会死在他们那里的。”

“如果他们把你直接扣押起来呢？”梁宇说道，“你送上门去给他们当人质，他们为什么不要？”

这样的可能性非常大。

“如果我们主动把何家营引进来呢？”王牧林突然说道，“既然不管怎么样都对我们没有什么好处，那我们为什么不干脆做得更彻底一些？我们可以给他们种子，给他们粮食，可以成为他们插入城北的一根钉子，可以做他们整合全市的桥头堡。他们什么都不用做，只需要为我们站台，把康华医院吓回去就能得到这一切，没有理由不接受这么好的条件，而我们则不必再担心康华医院的威胁。今后何家营真的统合全市之后，我们也可以因此而获得有利的地位。”

他的话让人们兴奋起来。

驱虎吞狼永远是弱者所能使用的最好的计谋之一，站在安澜大厦的角度，既然要站队，那也必然是选择站在一个更强大、更有希望的队伍里。

张晓舟却苦笑了起来：“何家营的胃口也许会比你想象中更大，而且他们那边也不是什么乐土。如果让我选，我宁愿选择康华医院也不会选何家营。”

他的话让人们惊讶了起来。

“关于这一点，现在没有时间细说，你们之后可以详细地问跟我过来的严烨，他就是从何家营逃出来的。”张晓舟说道，“如果可以的话，让所有人都听听，也许会让大家明白一些事情。”

他匆匆忙忙选了一些东西。因为不知道对方的喜好是什么，他最终选了六七个水果罐头，两瓶本来是留作医疗用途的名酒，两条高档香烟，一套护肤品和洗护用品，两饼好茶，两把从派出所找到的多功能军刀，一副防割手套。

在选择一起去康华医院的人选上，张晓舟也犯了一会儿难。钱伟必须留下，否则的话，很难说人们不会在关键的时候做出错误的选择。有他在，至少人们不会犯最低级的错误。

王牧林和梁宇也不行，张晓舟感到他们俩的立场有些动摇，最起码，他们在对康华医院开战这件事情上一直摇摆不定，甚至是抱着反对的想法。让他们去，张晓舟担心节外生枝。

李彦成之类的年轻人又帮不上什么忙，而且也太容易被人套出东西来。

“我陪你走一遭吧。”最后，一个几乎被人们遗忘的人站了出来。

“老常？”

“我学过点侦查和反侦查的技术，对周边的情况也熟悉，看人也算是看得多了。大事做不了，探探他们的虚实，想办法问点内幕应该能做到。”

他的确是最好的人选。

第5章

出　走

张晓舟把所有礼物收拾好，放在背包里和老常一起背着出去。临行前，他再一次单独对钱伟说道："我们去了之后，你们一定不要放松警惕，一定要加强警戒，防止他们搞突然袭击。如果他们真的把我们俩扣下来，你们不用顾忌我们，该怎么做就怎么做。"

钱伟摇了摇头。

"别犯傻。"张晓舟说道，"别忘了他们是什么样的人，如果事情真的到了那一步，你越顾忌我们，我们就越惨，越难回来。如果真的逼到撕破脸的份上，你就想办法偷袭他们，投入我们所有的力量，坚决地打他们一个措手不及，杀掉或者是俘虏他们一批人！那样的话，我们也许会更安全，回来的概率更大！"

钱伟思考了一会儿。

"我明白了。"他最终点点头说道。

"都他妈半个小时了！你们在里面磨蹭什么？"看到张晓舟他们终于出来，之前那名小弟不高兴地叫道。

现在不比以前，以前在街上待着顶多也就是吹吹风、晒晒太阳，以他们的脾气，找到一个感兴趣的话题，就这么站在路边喝着啤酒和饮料吹一天风也没有问题。但现在，城市里到处都是那些不知道什么时候就会出来的恐龙，虽然他们特意挑选了恐龙不爱出来活动的正午时间，但谁能保证它们就真的不会出来？

“抱歉抱歉，不知道各位大佬喜欢什么，难免浪费了一点儿时间。”张晓舟还没开口，老常就笑眯眯地上前说道，同时拆开两包烟散给这些混混。

烟不是什么好烟，但在现在这种时候，已经是绝对的奢侈品了。康华医院里不是没有这种东西，但能够分给他们的数量也不多。老常散完一圈，把剩下的干脆全都交给了这个混混，他的气马上就消了。

“这位是……？”樊武问道。

“我叫常磊，在安澜大厦负责点内部管理的小事情。”老常笑眯眯地说道。

樊武看了看他。对于安澜大厦的主要成员他们知道的就是那么几个，常磊并不在其中，而且他的年龄和态度都让人感觉是个普通的老油子，于是樊武微微地点点头，转身道：“走吧！”

得益于张晓舟建立起来的这个预警体系，他们在这个区域活动时大致上是安全的，有人躲在房子里看着他们从外面走过，明显想过来对张晓舟说什么，但这些混混围拢在他们身边，让他们打消了这样的念头。

也许是之前跟自己去找汽油和粮食的那些人的家属？

张晓舟这时候才想到，自己为了安澜大厦的事情匆匆忙忙地离开，当时也没有想过有可能会耽误一天甚至是几天的时间，并没有对接下来的事情做什么安排。

他们现在还在忙着处理那几只羽龙，忙着掩埋那些死难者的遗体，但等到这些事情做完，他们会做出什么样的选择？

各自带着一份肉干回家？回家报平安之后重新回来想办法把那些粮食运回来分了，还是带着家人回到新洲酒店？

张晓舟当然希望是最后一种，但他不在，高辉和王永军有没有这样的能力和魄力去做这件事情？

如果他们决定冒险去把那些粮食运回来，在高速公路那片开阔地上会不会遇到什么危险？

但他现在已经没有余力再去考虑和处理那边的事情了，即便是考虑得再多，担心得再多，也没有任何事情可做。于是片刻之后，他便把这件事情从自己的脑海中驱逐了出去，全神贯注地投入到了应对康华医院这件事情上。

“武哥。”他走到樊武身边，低声地和他打了个招呼，从背包里拿出一把军刀和一副防割手套递了过去。

“这是……?”樊武的眉毛扬了一下。

“一点小意思，不成敬意。”

这样的礼物放在以前大概会被直接丢出去，但在这样的世界里，却是所有出门在外的人都喜欢的东西。樊武原本对防割手套爱不释手，但他把军刀拔出鞘之后，才发现这把刀看着不起眼，实际上却是真正的好东西。

“这是警用装备，钢火好，不是那种工艺品。”

“我知道。”樊武点点头，他也算是玩刀的老手，当然知道其中的差别，“那就多谢了。”

“客气了。”张晓舟说道。

樊武的态度看上去并不算恶劣，但张晓舟知道，很多人内心在想什么，从表面上是看不出来的。不过他还是希望能够从樊武这里入手，多弄到一些关于康华医院的情报，但樊武却只是笑笑，道：“你到了自然就知道了。”

反倒是老常在那边和之前一副嚣张模样的小混混聊了起来，只是声音不大，听不清楚他们在聊什么。

安澜大厦与康华医院的直线距离其实并不算远，但中间隔着一片工业区，只能从旁边绕过去，他们为了保证安全，刻意又沿着张晓舟开辟出来的预警体系走，这样一来，绕的路就更多了。

“张队长，听说每幢楼都在楼顶插三色旗子向周围示警这个主意是你推广开的?”樊武突然问道。

张晓舟笑了笑，既不居功也不示弱：“只是为了大家方便一点。”

“你很有想法。”樊武说道，“不过有时候，想法太多太好也未必就是什么好事。”

这样的话让张晓舟有些摸不着头脑，樊武是在警告他不要太活跃，还是提醒他不要锋芒毕露？他看了看樊武，他却只是在队伍里慢慢地走着，看上去放松，实际上却一直都在关注着周围的情况。张晓舟毫不怀疑，一旦周边出现什么危险，他必定会马上就变成另外一种模样。

但走在他们旁边的小弟们却完全是另外一种情况，队列一开始还排得像模像样，但很快就变得松散了起来，这样的状态即使是用散兵游勇来形容也太过于美化他们了。如果康华医院里全是这样的人，那根本不用考虑，哪怕是刚刚经历过一次与恐龙厮杀后成长起来的小队伍也能碾压他们全部的人。

但会是这样吗?

张晓舟有些怀疑，之前在康华医院门口见到的那一幕让他一直记忆犹新，那时候冲出来的那些人的状态都比眼前这些混混要好得多，能够在那么短的时间里组织那样一支队伍的人，没有理由会犯这样的错误。

以樊武表现出来的城府和能力，他手下也不应该会是这样一群乌合之众。

这是为什么?

这里面有没有什么可乘之机?

张晓舟马上盘算了起来。这时候，樊武的脚步突然一停，然后举起了手。

几个小弟马上紧张了起来，他们低声地相互呵斥着。几秒钟之后，人们都原地戒备了起来。

这里已经是张晓舟所建立起来的预警体系的边缘，张晓舟平时活动的区域最远也就是这里。从这里向东走过去，大概四百多米外就是康华医院所在的街区，但却被路边的房子挡住，只能看到一个角。

这段路两侧大多数都是工厂和写字楼，中间有一所小学，双向六车道的道路边停着少量的车子，看上去寂静得可怕。

“警醒一点儿!”樊武第一次威严地对小弟们说道，“最后一段路了，别把命送在这里!”

他们之前出来的时候是什么状况?

张晓舟突然感到有些奇怪。

一切看上去都太不合常理，让人有些摸不着头脑。

“走吧。”樊武走到了那两辆安装了弹弓的车子旁，对其他人说道。

混混们开始聚拢在一起小心地向前走，这样的队形其实极不科学，一旦有恐龙出现，所有人都将没有反应的时间。但乌合之众往往喜欢这么走，因为没有人有勇气离开群体，所有人都只有在和自己的同伴挤在一起的时候才能有安全感。

路上的井盖也都没有揭开，两侧的房屋虽然都有被撬开过的痕迹，但里面的情况不明，如果真的有恐龙出现，他们甚至连躲藏的地方都不会有。

张晓舟微微地对老常摇了摇头，示意他做好逃跑的准备。

他自己则瞄好了一名手中拿着铁棍的混混，如果真的遇上恐龙，他唯一的选择就是马上打倒他，从他手中把铁棍抢过来，想办法撬开一个井盖，和老常一起跳进去逃生。

幸运的是，或许是因为这个区域已经到了城市的边缘，而且沿途也没有什么居民点，虽然走得战战兢兢，但一直到他们走到康华医院所在的那个街区的入口，都没有任何恐龙出现。

入口的地方用三辆大巴并排挡住，车里面明显是装满了用来增加重量的沙土，有几个人手持长矛站在车顶。

“你们怎么又空着手回来了？”其中一个人大声地说道。

“少废话！”之前那个混混没好气地叫道。老常这时候悄悄地告诉张晓舟，他叫樊兵，是樊武的堂弟。

车顶上的人相互之间不知道说了什么，突然哄笑起来，樊兵的脸色变得很不好看，低声地骂了一句什么。

这正是张晓舟想要看到的东西，很显然，康华医院内部并非铁板一块，负责守卫据点的这些人和到安澜大厦来勒索食物的这群人显然并没有多好的交情。

“这两个人是干什么的？”车顶上的一个人问道。

“安澜大厦的人。”樊兵没好气地答道。

两辆大巴之间留着一条只够一个人行走的通道，他们推着的那两辆小车和装着燃烧瓶的背包则用绳子吊到了车顶上，并没有要拿到里面去的意思。

樊武对眼前的这一幕似乎并没有什么想法，他从背后轻轻推了张晓舟一下，示意他跟着前面的人进去。

这个街区紧挨着康华医院的大楼，楼宇之间的距离很近，在以前，这简直是容积率高的典范，但现在，这却让这个地方很容易就成了一个堡垒。不多的几个地方都用卡车或者是大巴堵了起来，而这些车子里面明显都装满了用来增重的建筑垃圾和沙土，轮胎也被直接拆掉。这样一来，即使是暴龙这样的庞然大物也很难攻破这些入口。

这些车子的上方用钢柱和角钢为支撑，拉着密密麻麻的铁丝网，这大概是用来防备那些善于跳跃的中型恐龙。在张晓舟看来，如果只是为了应对恐龙，这样的防守已经可以说是固若金汤。

但他更加关注的始终是那些站在楼上和车顶上放哨的人。与安澜大厦不同，康华医院这边的区域要大得多，而且明显对于防守要重视得多，如果按照他们所经过的这片区域的密度来算，张晓舟估计他们少说有五六十人在周边放哨。

也许更多。

安澜大厦负责放哨的都是老人或者是孩子，对于他们来说，敌人是那些无法冲进楼内，但却会对在外面工作的人们构成威胁的恐龙，所以他们的工作更多的是示警；而这里则多半都是精壮的男子，显而易见，他们同时也要充当守卫者的角色，而他们的敌人只会是人类。

把这么大的力量投入到防御工作中，要么是他们拥有的人手已经多到足以在支撑内部劳动的同时还有这么大的余力，要么，就是这里的统治者极度缺乏安全感。

张晓舟和老常一路小心地观察着路径和守卫者们的武器装备，大多数守卫者集中在外围，多半手持长矛，应该是准备站在高处向下刺击。一些人手中拿着铁棍和砍刀，这样的武器对上矛阵和投矛应该会一击即溃。但张晓舟比较担心燃烧瓶，他们应该是有大量的汽油，许多守卫者脚边都放着塞了布条的酒瓶，数量很多，应该是用来驱逐恐龙的主要武器。

这样的武器对于以密集队列取胜的矛阵来说简直就是灾难。这样的发现让张晓舟有些担忧，如果双方真的爆发冲突，这或许是对他们最大的威胁。

街区内部却没有多少人在活动，一些老人和妇女在街区内部的空地上侍弄着一些农作物，张晓舟认出其中一些应该是辣椒、番茄、某种瓜类，而老常则低声地告诉他，有些植物应该是豌豆和马铃薯，但或许是因为温度和湿度都过高，这两种植物的长势明显不好。

很多地方都还空着，张晓舟猜测，他们应该是缺乏足够的种子。

除了守卫者和这些农夫，他们并没有看到很多人，周围的房子里看上去也是空空的，一些房子甚至直接封闭了起来。

如果安澜大厦有这样一块地，那该多好。

张晓舟忍不住这样想。

那样，很多问题将迎刃而解，而他们也能够容纳更多的人。

正这样想着，康华医院的大楼已经出现在面前，樊武把他们带到一楼的值班室里，让几个小弟看着他们，自己则上了楼。

“还有烟吗?”樊兵突然问道。

老常看了看张晓舟，把自己包里之前准备好的几包散烟拿出来递给了他们。

“兵哥，”他低声地问道，“等会儿如果见到几位大佬，要注意点什么啊？帮帮忙，提点我们一下？”

樊兵看了看手里的烟，回头看了看外面，这才低声地说道：“别的人不用管，伺候好赵老板和康祖业就行了，现在这个地方，就他们两个……”他隐秘地做了一个手势，张晓舟没有看懂，但老常却点了点头。

“两头大?”他低声地问道。

“这个地方原本是赵老板的，他和他老婆管着物资，还拉着一票人。但康祖业，工地上来的那票人都听他的……许俊才手底下那些保安也都听他的。”

张晓舟尽力让自己的面部表情不要有太大的变化，但这样的情报还是让他激动了起来。

“那武哥算是哪边的？兵哥，你别怪我多嘴，这可得搞清楚！我们算是武哥引荐的，那就是武哥的人了，一会儿站错了队那就糟糕了!”

这话让樊兵笑了起来：“我哥他？他两不相帮，不过嘛，我觉得还是赵老板好说话一点。”

“那就赵老板?”老常看着他的眼睛问道。

“我可什么都没说!”樊兵说着，拉着其他人出去了。

张晓舟和老常对望了一眼。

这番话究竟是樊武授意他讲的，还是樊兵自己的意思?

樊兵说的究竟是真实的情况还是故意散布出来的迷魂阵？樊武一直都没有表态，但他应该并不反对张晓舟的提议，那他应该可以相信?

樊兵等人就在门外，这让他们没有办法做太深入的讨论。没过几分钟，就有一个相貌清秀的年轻人从楼上跑了下来：“老板让你们上去!”

第6章

进退两难

年轻人一路上都用好奇的目光观察着他们，但就在张晓舟准备试着和他套套近乎的时候，他却突然加快了脚步。

“到了。”

会面的地方是三楼的会议室，一进门，张晓舟就看见大约十几个人，不过其中大部分都站在后面，真正坐在会议桌前的只有六个人。

张晓舟马上就认出了他曾经在康华医院门口见过的那个男人，他此刻脸色阴沉地坐在会议桌的最左边，右手放在桌上，食指下意识地不断轻轻点着桌子。一个三十来岁的看上去有些憔悴的女子坐在他旁边，她也是房间里唯一的女性。

这应该就是赵康和倪敏了。

坐在他们对面的是一个其貌不扬的四十来岁的男子，他有点微胖，皮肤呈现出那种长期在太阳底下暴晒导致的黝黑，脸上带着点憨厚的微笑，看上去就像是一个你经常会碰到的那种和气生财的没什么魄力的小老板。他应该就是康祖业，但这样人畜无害的形象与张晓舟的心理预期落差实在是太大。

坐在他下首的是一个干干瘦瘦、看上去应该有五十来岁的男子，同样是一副长期劳作后皮肤粗糙黝黑的样子。

和坐在他们对面白白净净的赵康夫妇形成了鲜明的对比。

樊武坐在右边最后一个，而他对面则是一个戴眼镜的年轻人，他穿着一件白大褂，一副心神不宁的样子。这应该是樊武所说不用去理会的段宏，而他给人的感觉也确实是被硬拖来凑数的。

他们所坐的位置有没有什么讲究？但如果是这样的话，那樊武为什么会坐在右边？

正当张晓舟考虑樊兵是不是给了自己错误的信息时，康祖业突然很热情地站了起来："张队长，久仰久仰！我是康祖业，哈哈，不知道小樊是怎么说我的。"

他走过来和张晓舟握手，于是许俊才也跟着站了起来，过来和张晓舟握了一下手。

场面变得有些尴尬，张晓舟他们进来的位置正好距离康祖业他们比较近，这样的动作也显得很自然，但赵康夫妇坐得比较远，他们没有动。段宏先是站了起来，然后又犹豫不决地坐下了。

房间里沉默了片刻。张晓舟突然哈哈笑了一下，转身把背包拿了下来。

康祖业背后站着的人下意识地动了一下，却被他挡住了。

张晓舟和老常一起把准备好的礼物拿了出来。张晓舟把送给赵康夫妇和段宏的礼物送过去，老常则赔着笑把礼物交给了康祖业他们。

"不知道各位都喜欢些什么，小小的一点意思，不成敬意。"

气氛终于缓和了下来，会议桌这边放了两把椅子，张晓舟和老常便坐了下来。两人坐下的时候对望了一眼，相互提醒接下来的每一句话都要小心。

正常来说，任何团队即使是内部有严重的分裂，也不可能把它赤裸裸地表现在外人，尤其是有竞争关系的谈判者面前。他们这样的表现，要么是矛盾已经大到了无法调和的程度，哪怕是在外人面前也没有办法遮掩的地步，要么就是在故意做戏给他们看。

会是哪种？

张晓舟打起精神。他最怕的就是对方不问青红皂白，仗着人数和资源优势直推过来，那是阳谋，反而没有办法应对，只能硬碰硬以实力说话。但对方既然采取这样的手段，那他们就有机会。

康华医院的内部矛盾大到无法调和当然是最好的情况，但如果他们是故意设一个陷阱，那就说明，他们也有心虚的地方，这也许就是安澜大厦获胜的希望。

"张队长，我听说你已经离开安澜大厦了，为什么这次又是你代表他们过来？"抢先问话的却是赵康。

张晓舟点了点头，笑着说道："其实我也不算是离开安澜大厦，只是不再继续担任队长的职务，而是集中精力对付那些恐龙。"

"我听说了。"赵康点了点头，"你很有本事。"

他看张晓舟的目光有些复杂，多少有点让张晓舟感觉到古怪。

"其实都是大家的功劳，"张晓舟想起樊武曾经说过的话，心里微微有些迟疑，"我只是让他们相信自己可以做到。"

"带着那群乌合之众杀了一只暴龙，那可不是什么小事。"康祖业突然接口说道，"就说我们这里的队伍吧，每天都训练，但你让他们守守城、赶赶人还可以，让他们出去杀恐龙……那简直就是逼母猪上树。我也拿他们没辙了。"他微微地叹了一口气，"我们这里就是缺张队长你这样的人才啊！赵老板，你说是不是？"他一脸笑容地对赵康说道。

赵康笑了笑，表示同意。

"既然张队长已经不是安澜大厦的人了，那不如屈尊到我们康华医院来任个职？"康祖业说道，"你要是肯，我愿意退位让贤，把这个队长的位置交给你！"

这话让张晓舟一下子惊得站了起来。

"康……康大哥，你这……"他急忙说道，"这怎么行？"

"怎么不行？"康祖业却再一次站了起来，过来热情地拉着他的手说道，"我这个人没别的好处，就是有自知之明，既然我在这个位置上干得不好，那有本事的人来了，当然应该退位让贤！"

康祖业后面的小弟一下子全都围拢了上来，拉着他吵吵嚷嚷着："那怎么行，我们就服康哥你一个！""谁他妈敢说康哥做得不好？""不就杀只恐龙？惹急了老子连天王老子都敢杀……""康哥你别生气，不值当！"

他们一下子围拢了过来，赵康身后的那些人也马上迎了上来，双方不像是同一个团队中的两组人，倒像是两个黑帮在谈判抢一块地盘。

张晓舟这时候才隐隐约约感觉出点什么，这次会面或许赵康是有想法的，但对于康祖业来说，根本就和安澜大厦的事情无关，不过是和赵康对抗的舞台，自己只是其中的一个由头，一个砝码，而安澜大厦的事情也许也不过是另一个砝码。

樊武这时候已经退到了一边，表情古怪地微笑了起来。

“老康！你怎么这么冲动！”许俊才苦口婆心地说道，“这个地方也算是你带着大伙儿亲手一砖一瓦建起来的，谁敢说你的不是？你这个人，什么都好，就是这点不好。咱们有什么事情不能好好说？赵老板也不是那种不讲道理的人，你的辛苦他肯定都明白，不会让你受委屈的！”

赵康的脸色已经变得铁青。

张晓舟和老常被挤到了一边，事情已经变得和他们完全没有关系。

“让两位看笑话了。”康祖业突然说道，“张江，你先带张队长他们去休息，一定要照顾好两位。哎，两位，不好意思，你们的事情，先等一等吧！”

“他们不会轻易放我们回去了。”张晓舟对老常说道。

这样的判断很容易就能得出。

不知道樊武当初是出于什么样的考虑把他们引进康华医院，也许他部分认同了张晓舟的提议，也许是想从中获取一点什么利益。张晓舟觉得他应该没有预料到康祖业和许俊才的突然发难，但现在，樊武显然想置身事外，这让张晓舟对于他在康华医院的立场深感怀疑。

赵康对他们显然没有明显的敌意，他或许真的想招揽张晓舟，又或者是真的希望听一听张晓舟的建议，从康华医院现在的困局中走出去，争取更大的空间。

但康祖业则显然从头到尾就没有想过要和他们谈什么关于安澜大厦的事情。

他们的到来只是碰巧成了康祖业向赵康发难的一个契机。

不知道他是怎么鼓动自己的手下的，张晓舟本来是代表安澜大厦来谈判，但在他的口中也许变成了赵康用来取代他的人选，这成了赵康的阴谋。

但这些都只是张晓舟和老常的猜测。他们俩被康祖业的手下带到隔壁的那幢楼，关押在三楼的一个房间里，门口有两个持刀的人守着，这让他们说话的时候也只能把声音放得很低。

“康华医院的情况比我们想象的更复杂。”老常低声地说道，“来的时候我向樊兵打听了一些东西，他们这里的所有物资都被赵康和他老婆控制着，控制得很死，除了他们和他们的亲信之外，没人知道他们到底有多少东西，每天每个人消耗的物资都定量发放，这让人们对他们非常不满。”

“也许康祖业就是利用了这一点？”张晓舟说道。

康华医院内乱是他很愿意看到的事情，但如果这场风暴发生在他们身边，或者以他们为起点，那就绝不是什么好事了。

最好的情况是，无论赵康和康祖业中谁最终获得胜利，都把张晓舟视为一个可以使用的人选——从康祖业的行为来看这或许有可能成为现实。但张晓舟在那个时候又必须面临一次艰难的选择，看是不是要和他们虚与委蛇。而安澜大厦究竟能不能因为这次风暴而幸免于难，这真的很难预料。

最糟糕的结局则是康祖业把他们杀了，以此来证明自己夺权行动的合法性，然后把夺取安澜大厦的物资作为聚拢人心的功绩。这样的可能性虽然不大，但同样存在。

“我们要想办法逃出去，”老常说道，“趁他们内乱。”

张晓舟却摇了摇头。

“那样的话，我们来这里就没有任何意义了。”他对老常说道，“等到他们内部的问题解决，安澜大厦还是要面对他们的威胁。”

“但我们那时候已经有时间去说服其他团队……”

“也许我们能说服他们，也许不能。”张晓舟说道，“但如果我们能够利用康华医院的这次内乱，一切就会简单得多……”

“怎么利用？如果我是他们，在事情解决之前，绝对不会让我们俩出这个房间一步，更不会让我们接触任何人。我们在这里就是瞎了和聋了，虽然知道外面一定在发生什么事情，但却什么都不知道，什么都做不了。”

张晓舟摇了摇头，他有一种感觉，就是樊武很乐于看到这样的突发情况，并且肯定想要在其中获利。他这个游离于赵康和康祖业之间的人，或许会成为这件事情中的一个推手。

“他们不太可能杀得血流成河。”他对老常说道，“如果是那样的话，对我们来说就简单了。康祖业根本不用借我们来的机会发难，选一个月黑风高的晚上偷袭，把反对派杀光就行了。但他如果这么做了，以后自己手下的小弟有样学样，他该怎么办？消耗的人手去哪里补充？受伤的人怎么处理？赵康手上的人也许比他少，但管着物资，收买的死党也不会少。他们之间的斗争应该是制造内部的舆论，比谁的声音大、谁更占理、谁的支持者更多。”

“所以我们的到来就成了抹黑赵康的一个借口？”

“应该只是个发作的由头。”张晓舟说道。

他回想着会议室里当时泾渭分明的两拨人的样子，站在赵康身后的多半是白白净净的城里人，而站在康祖业和许俊才身后的却显然都是皮肤黝黑的劳动者。他当时只觉得有一种奇怪的违和感，但现在回想起来，双方却明显难以相容。

这或许是他们最终渐行渐远的原因之一？

两人站在窗边，看着隔壁医院的医技楼，却什么都看不出来，既没有发生明显的流血事件，也没有大声的喧哗，就像是什么事情都没有发生。

这种强烈的反差让张晓舟和老常越发不安。老常观察了一下窗外，窗下有一道大约五厘米宽的屋檐，如果要逃的话，这或许会是一条出路。

整整一个下午都没有人来管他们。桌上放着一个水壶，还有两个杯子，两人喝了水之后分别去上了一次厕所。张晓舟以为会有某个人等着和他接触，但却什么都没有发生。

到吃晚饭的时候，门终于打开，康祖业走了进来。

“康……康队长。”张晓舟对于称谓迟疑了一下，最终这样叫道。

“怎么？一会儿不见就不把我当大哥了？”康祖业依然是那么笑眯眯的，但张晓舟和老常绝对不会再把他看作是一个普通的小老板了。

“不敢，不敢。”

“张老弟啊，不瞒你说，我和你真的是一见如故，之前那些话也不是糊弄你，真的是有感而发。”康祖业自来熟地坐下，对张晓舟说道。

这样的话让张晓舟很难回答，只能点头。

“你别看那个赵康文文静静的样子，其实他不是什么好人。”康祖业继续说道，“康华医院以前是干什么的你应该知道，坑蒙拐骗！一般的小病进来，不被当成大病重病治一次，不花个几千块，你根本就不可能出去！但你如果真的有什么严重的病，到了他们这里基本上查不出来，等到你知道，已经过了能治的时候了！”

他不停地摇着头，看上去义愤填膺。

“这些人心比阴沟还黑啊!”他对张晓舟说道,“这个地方刚刚建立起来的时候发生了什么事你应该知道吧?”

张晓舟只能点头。

“都是和我们一样的人啊！他们就下得了手去！真是灭绝人性!”康祖业说道,“我也不怕告诉你,我和他是有矛盾,主要就是因为这些事情！来投奔我们的人很多,好多都是拖家带口的,求我们收留。人心都是肉长的啊！那种惨状,谁看了不心软?可他们那些人就是铁石心肠,不但不收人,还一次次地往外打！我实在是看不下去,劝过他几句,他就开始记恨了,想着法地排挤我。要不是老许和下面的兄弟们挺我,我大概早就被他给阴了。”

张晓舟隐隐约约地觉得他对自己说这些东西的意图并不简单,但主动权在康祖业那一方,他实在是没有转换话题的权力。

“这次要动安澜大厦那边,也是他的意思。”康祖业继续说道,“我和老许都劝,但他非要说存粮不够了,得想办法弄,尤其是想从你们那里弄种子。”

他突然停顿了下来,张晓舟知道这是在等他表态,他只能顺着康祖业的话骂了两句。

“今天我和他算是撕破脸了。”康祖业点点头说道,“他的心思我明白得很。当初把樊武他们那班混混都接收进来,图的是什么?不就是想捧他起来和我斗?但混混就是混混,都是烂泥,扶不上墙的。樊武也算是个有眼力的人,知道谁是好人谁是坏人,知道跟着谁更有前途,没有站在他那边。”

这话说得大有问题,樊武是混混的话,当然是谁坏站在谁那边。当然,这样的话张晓舟绝不可能说出来。

“他这次又想故技重施……张老弟,你以为他真的看重你?他只是想借你的手练他的人,等到有个样子,你以为他会信任你?还不是一脚把你踢开！这个人谁也不信,只信他自己。”

张晓舟只能赔笑。

“张老弟,我一看你就是个做大事的人。我就喜欢和你这样的人交朋友！来！吃饭吃饭!”康祖业让人把吃的东西送上来。时局如此,也没有什么可吃的,唯一奢侈的大概是新鲜的豌豆尖和瓜叶做成的蔬菜,而那些罐头中,有两个明显是张晓舟之前送给他们的礼物。

饭局上也一直是康祖业在主导话题，张晓舟和老常摸不清他的意思，只能尽量顺着他的话说。

酒足饭饱之后，康祖业终于把自己真正的意思说了出来。

“我算是看透了，只要赵康在一天，我们大家都没有好日子过，不管是我们康华医院还是你们安澜大厦，全都一样！”

张晓舟愣了一下，不知道该如何说下去。

康祖业把他之前送给许俊才的那把军刀放在了桌上。

“老弟，你杀那些恐龙也是为了替城北父老乡亲除害吧？”他低声地问道，“我保证，以后康华医院和安澜大厦就是兄弟，大家在城北这块地方，共进共退！”

“康大哥……”张晓舟的喉咙一下子干涩了起来。

“你好好考虑一下吧，晚一点我会安排人来找你，大家考虑考虑该怎么动手。你连恐龙都杀了，这种小事算什么？”康祖业笑着拍了拍他的肩膀，大步地走了出去。

康祖业就这样走了出去，丝毫也没有给张晓舟拒绝和推托的机会，几个小弟进来把他们吃剩的东西小心翼翼地收了出去。

门重新关上了。

张晓舟和老常看着桌子上的那把刀，沉默不语。

“这件事情我不会干的。”张晓舟说道。

这么明显而且毫不遮掩的借刀杀人之计，即使是没有脑子的人也看得出来。他们如果真的去杀了赵康，可以想象，康祖业便会既占据了大义名分，又消灭了竞争对手。赵康和他有私怨，但他是被张晓舟他们这样的外人暗杀，对于他来说就没有任何名声上的问题。

到时候他把张晓舟和老常杀了替赵康报仇，名正言顺地掌控康华医院，甚至可以凭着这个借口，理直气壮地把安澜大厦灭掉。

“我就怕你不想干也得干。或者说，即使你不干，他也会让人干了然后硬栽赃在我们头上。”老常阴沉着脸说道。

康祖业这样做的可能性也极大，不，简直就是一定的。

康祖业绝对不会把成事的希望寄托在他们俩的身上，他们愿意杀了赵康那自然是好事，但如果他们不肯，康祖业绝对会安排后手。

两人对于这样的困局简直束手无策。这幢楼的下面现在多了两个人守卫，他们面前的这扇窗户显然是在防止他们逃离。与刚才相比，唯一的依仗是多了一把刀。

但张晓舟再有勇气也不会相信自己能变身成赵子龙，单枪匹马在康华医院这个地方杀个七进七出。

“要和他谈，”张晓舟说道，“拖时间，然后想办法和赵康的人联系上。”

“难。”老常说道。

他们现在基本上就是待宰的羔羊，康祖业留着他们的唯一理由就是要让他们在赵康死后到达现场，成为凶手。

“所以要和康祖业谈。”张晓舟说道，“答应帮他杀赵康，但不能用他的办法，要我们自己来。”

这是他唯一想出的死中求活的办法。

即便是有限的人身自由也比现在这种情况好，哪怕只是让康祖业在他们杀赵康前给他们几分钟自由活动的机会，也比现在这样茫然无措地等死要好。

有时候，即使只是几分钟的时间，也能彻底改变一件事情的成败。

他们俩于是安静了下来，闭着眼睛养精蓄锐，准备接下来的事情。

天蒙蒙黑，突然有人走了进来。

是樊武！

他是康祖业派来的人？

“康队长让我们来商量一下今天晚上怎么做事。”他面无表情地说道，同时把一名精瘦的男子介绍给张晓舟他们，“这位是刘广，他是康队长的小老乡，我们商定的结果他会回去向康队长汇报。”

他的表情让张晓舟马上明白了他所面临的问题，两人在这个事件中所处的位置其实是一样的，第一选择是让张晓舟动手，如果张晓舟不动手，那这就是樊武的事情。这个锅康祖业终究是不会跳出来背，承担这个责任然后去死的人，要么是张晓舟，要么就是樊武。

为了保证自己在康华医院的地位和利益，樊武必然只能选择想尽办法逼张晓舟动手。

真是好算计！

“今天晚上？赵康那里难道不会有戒备？是不是太急了？”老常说道。

“康队长的意见很明确，夜长梦多，既然已经想好了要动手，那就是今天晚上，这一点绝不能改。”樊武说道。

“我们的人会去闹事，讨要物资，把赵康的人引到医院正面的楼梯那儿。”刘广说道，“闹一两个小时也没有问题，剩下的就是你们的事情了，我们既不知道，也不管。”

“张队长你可以从东侧的窗户爬进去。”樊武说道，“里面的结构图我一会儿画给你看，赵康住在五楼，但是正面有人闹事他一定会出来处理。你可以选择潜入他住的地方，或者是守在半路偷袭干掉他。他们上下楼已经很熟，一般不会用火把或者是打手电，你躲在暗处，他们应该发现不了。”

他们显然已经有了大致的计划，所谓的商量，其实是强迫张晓舟接受。

“如果我们失手了呢？”张晓舟问道。

“这你不用管，只要你制造了混乱，就会有人补上的。”樊武说道。

补位的多半是他的人，要么就干脆是他。

“那么，我们怎么撤离？走哪条路？”张晓舟问道。

樊武看了看刘广：“只要杀掉赵康，康队长的人就会马上进来控制局面，到时候你混在人群里逃出去就行了。”

张晓舟笑了起来。

“武哥，你这是在开玩笑吧？”

“开什么玩笑？！”

“我们要是真的杀了赵康，康队长能很轻松地把我们保下来？”

“你这是什么意思？”刘广站了起来，“你这是不信康哥了？”

“我不是不信，但我怕那个时候，群情激愤之下，康队长也没有办法违逆民意，只能挥泪斩马谡。”张晓舟说道，“于情于理，我们都不应该留下，给康队长制造麻烦。如果我们逃了，大家都不为难，这不是很好吗？”

樊武眯着眼睛看了看他。张晓舟觉得他的目光里别有深意。

“你要怎么逃？”刘广却冷笑了起来，“外面黑灯瞎火的，你跑出去了也是喂恐龙。”

“如果被恐龙吃了，那也是我们俩运气不好，不怪康队长。但我宁愿去试试运气，也不想让康队长为难。”

“那不行!”刘广说道。

“那就不好意思了。”张晓舟说道,“同样是死,那我宁愿死在这里。”

“你!”刘广狞笑了起来,“你以为现在还由得了你吗?”

“我觉得这恐怕不会是康队长的本意,说不定是他贵人事多,一时没顾过来。”老常在旁边打着圆场,“他一看就是那种义薄云天的人,说不定早就把我们的退路想好了,只是因为太忙,一时忘记了说。这位大哥,你看,是不是问问他?反正也只是一句话的工夫?”

刘广还想说什么,樊武轻轻地拉了他一下。

“没有退路你就宁愿死在这里?”刘广有些诡异地笑了一下,“行,那我们去问问康队长,看他是个什么反应。”

“你们从这里逃出去。”刘广带来一张康华医院外围的示意图,手中的笔在一个地方画了一个叉。

“这里距离医技楼最近,你杀了赵康之后,趁乱原路返回,从医技楼东侧的窗户翻出去,然后直接往这里跑。这个地方的兄弟都是我们的老乡,信得过,康哥已经安排下去了,他们会放你们出去。”

张晓舟把那张图拿到自己面前,用手做尺子,对比着几幢房子之间的距离,测量着长度。

“跑过去应该要不了半分钟,如果你们动作够快,赵康的死讯还没传开来,你们就已经到外面了。”

“那地方原本是路?是用公交车堵起来的?”张晓舟问道,“两辆车中间留了一条路出来?”

在得到肯定的答复之后,他点点头,随手把那张示意图收了起来。

刘广犹豫了一下,没有说什么。

樊武这时候已经把医技楼的内部结构示意图画了出来,因为康华医院不是那种规模很大的综合性医院,结构并不复杂:一幢“U”字形的建筑物,开口对着正北方向,正南方向是主入口,但两侧各有楼梯,一共有五道楼梯上下。

因为是医院内部,一楼的窗户都没有防盗栏,只要窗户没锁起来,爬进爬出就不会是很大的问题。

“里面是一条内走廊，但所有病房外面还有一条回形走廊环绕，对于你的行动应该很有利。”樊武说道。

“的确如此。”张晓舟点了点头。

看起来是这样，但他很清楚，事情不会这么简单。

康祖业这边在活动，这几乎已经是明摆着的事情，赵康那边就傻等着？以他曾经表现出来的作风，这绝不可能！

赵康的对策会是什么？

也许他们在这里盘算，最后却一头扑进赵康的罗网，然后成为他用来攻击康祖业的罪状？

张晓舟看了看樊武，不知道是不是应该把这种可能性说出来。

“你们考虑过赵康那边的应对吗？”老常这时候说道，“如果我们被抓住，那康队长就很被动了。”

“他手边只有五六十个人可以用，要守住那么大一幢楼，还得和我们对抗……”刘广不在意地说道，“赵康现在是抓到什么就当成救命稻草，樊队长的人就在那边帮忙，要是有什么布置，我们肯定会提前知道。为什么一定要你们今晚动手？就是要打他们一个措手不及！你们放心，我们在正面闹得凶一点，尽量把他的人都吸引过去，你们就有机会了。”

张晓舟看了看老常，隐秘地摇了摇头。

“那就这样吧。”张晓舟说道，“一把刀不够，我们还得要两根铁钎或者是撬棍，可以用来撬窗户，如果被围住，逃脱的机会也大一点。”

“这没问题。”刘广说道。他马上打开门，让人去找了两根撬棍过来。

“你们有表对吧？”他说道，“现在七点半，八点半我们开始闹，到时候门口的人会离开，你们想办法溜到楼下去行事，这事我们不知道。明白了吗？”

第7章

计　策

樊武和刘广离开，房间里又一次安静了下来。

“康祖业算计得好。”过了一会儿老常才说道，“我们能杀掉赵康当然最好，就算杀不掉，捅伤他让他一段时间没法出来主持大局，那康祖业也赢定了。如果我们被抓住，空口白牙也指证不了他，对他来说没什么损失，他反而可以说是赵康诬陷他，要置他于死地。如果我们把樊武供出来，那就更好了，那是逼着樊武这根墙头草直接跳反。要我看，等会儿他们故意让路出来给我们下楼之后，我们什么都不干，趁这个机会直接离开，让他们狗咬狗去！”

“你觉得康祖业会让我们有这样的机会？”张晓舟摇了摇头，“一定会有人在暗处盯着我们，确认我们摸进医技楼动手。如果我猜得没错，事成之后他们也不会让我们离开，要么是在医技楼外面埋伏人手，要么是在画给我们看的那个地方埋伏人手，一定会把我们截住的！”

这样做对康祖业有百利而无一害，第一时间抓住凶手，替赵康报仇，绝对是他占据大义、迅速统合康华医院的不二法门。

“我们从东侧进去，让康祖业的人放松警惕，然后等待时机，找个机会从西边或者别的地方出去，直接跑路。”张晓舟对老常说道。

“如果我们和赵康联合呢？”老常突然提出了另外一个设想。

这个想法张晓舟也曾经有过，但康祖业和许俊才加起来，手下的人明显比赵康多。赵康在当前的情况下或许愿意和张晓舟他们达成某种协议，可安澜大厦方面很难对他有什么实质性的帮助。

这种时候签订的协议根本就没有任何意义。

而且赵康这个人也未必可信。

康祖业说的那些话未必是真的，但也未必就全是假的。赵康能够对那些人毫不留情地下手，那他对安澜大厦的人也不会有任何恻隐之心。如果他消灭掉康祖业的势力，重新掌握康华医院的大权，对于安澜大厦他未必就真的不会有动手的念头。

还是要消灭他们。

张晓舟这样想道：把希望寄托在这些野心家的身上根本就没有任何意义。就像是狼，你永远也没有办法期望它们不吃肉，你只能先让它们屈服，然后再喂饱它们，但你永远也不能放松警惕，因为在你虚弱的时候，它们随时都有可能突然向你扑过来。

唯一彻底解决问题的办法就是杀掉它们。

这样的想法让他自己都吓了一跳，他看了看老常，他正站在门口听着外面的动静。

突然有声音从医技楼那边传了过来，楼下的人们三三两两地向那边跑去，走廊里响起一阵急促的脚步声，有人大声地叫着："我们的人吃亏了！快点去帮忙！"

几分钟后，走廊里彻底安静了下来。

八点二十，他们提前了十分钟。

老常迟疑了一下，又把耳朵贴在门上听了几秒钟，然后轻轻地拉开了门。

外面空无一人。

行动开始了。

张晓舟和老常小心翼翼地各提着一根撬棍进入走廊，所有人似乎都已经跑到医技楼前面去闹事了，整幢大厦都空空的，很多房间的门都没有关。

黑暗中，只能凭借月光来辨别方向，好在他们来到这个世界这么久，已经多多少少习惯了这样的情况，并没有因为黑暗而变得什么都做不了。

他们慢慢地走向楼梯。这时候，突然有一群人打着火把从楼上吵吵嚷嚷地冲了下来，他们俩连忙退缩到一个房间里等他们过去，然后远远地跟在他们身后向楼下走去。

人群直接向医技楼的正面涌去，老常试着在黑暗中向西边走，却听到树荫里有人咳嗽了一下。

有人在监视他们。

这种情况下，其实不需要有多少人盯着他们，只要有人大叫一声，以现在聚集在那个地方的人的数量，他们俩马上就会被抓住。

张晓舟于是伸手拉了老常一下，两人一起躲在树荫当中，快步向医技楼东面无人的角落走去。

一楼的窗户果然虚掩着，轻轻一推就开了。

张晓舟首先爬了进去，然后转身把老常拉了进来。但就在他们准备往里走时，却听到了一个奇怪的声音。

老常马上拉住了张晓舟。

“你果然是警察。”樊武的声音响起，“一般人听到这个声音哪会知道是枪？”

“你想干什么？”张晓舟问道。

适应了这里的黑暗之后，他能够看到房间的角落里站着一个黑影，他手中有一个金属似的东西，在夜色下微微泛着光。

这样的举动显然不是来帮助张晓舟他们行动的。

“我们换个房间说话。”樊武说道。

黑暗应该不利于他的射击，但在这样的距离，而且不清楚他的目的，张晓舟暂时还不想搏一把。

他们在樊武的指引下上了二楼，进了一个病房，樊武让他们坐在中间的那张病床上，自己则靠墙站着。

“你不是康祖业的人。”张晓舟说道。他的举动已经很明显了。

“当然不是。”樊武说道。

“为什么？”

“康祖业手下有七八十人，许俊才手下也有五六十人，斗倒了赵康，他们俩在这个地方就能说了算，我又算哪根葱？”

“因为赵康更弱，所以你反而支持赵康？”

“不是因为赵康更弱，而是因为支持他，我能获得的东西更多。”樊武笑了起来，“因为他能赢。”

“你要杀了我们？”老常问道。

“你说呢？”樊武反问道。

这样的问答毫无意义。如果樊武真的想要杀掉他们，那他大可以安排众多的小弟在这里埋伏，不必自己一个人来找他们两个。

“你想让我们干什么？”张晓舟直接问道。

“好问题！”樊武说道，“康祖业想让你们杀了赵康，那你们觉得，赵康会怎么打算？”

“我们根本靠近不了康祖业。”张晓舟马上就明白了他的意思。这个晚上，他和老常就像是风暴中的两只蝴蝶，根本就没有依靠自己的双翅飞翔的能力，他们竭尽全力，所能做的也许只是让自己不被风暴撕碎。

可笑的是，康华医院内斗的双方都不愿意自己担上杀死对方的恶名，于是，他们俩就成了凶手最好的人选。

“我自然有办法。”樊武说道。他突然把一副手铐扔在他们面前，“常警官，这东西你应该会用吧？”他冷笑着问道，“麻烦你把自己铐在这张床上。”

“这些东西你是从什么地方弄来的？”老常突然激动了起来。

“这就不是你现在应该操心的事情了。”樊武说道，同时把手中的枪举了起来，对准了老常的脑袋，“我听说这枪的威力不大，不过两三米的距离内，应该能打死人吧？”

张晓舟轻轻地拉了老常一下。他们现在和樊武之间隔着两张病床，扑过去把枪抢下来的可能性很小。虽然并不是完全没有搏命的机会，但现在显然不是一个合适的机会。

老常默默地捡起手铐，穿过病床上的铁架，把自己的双手铐了起来，挣扎了一下给樊武看。

“我们时间已经不多了，所以我就长话短说。”樊武说道，“张队长，这件事情里我算是左右逢源的人，所以他们的打算我都清楚。我也不瞒你，康祖业和赵康两个人都没打算让你们活着离开。杀掉你们，除了能把杀死对手的污点洗干净，还能替对方报仇收拢人心，这样的好处他们两个都不想错过。”

“你为什么告诉我们这个？”张晓舟反问道。

“因为我不希望他们把这个污点洗干净。”樊武说道，“他们身上干干净净了，人心一下子都被他们聚拢了，那我还有什么机会？这你应该明白吧？”

张晓舟点了点头。

“所以你们应该和我合作。”樊武说道，“我不保证以后绝对不会对安澜大厦下手，在这个世界，谁敢保证以后发生什么事情？任何承诺都只是在画大饼而已。我只请你想想，如果康祖业被杀了，你们又跑了，污水都在赵康身上，许俊才这个庸人孤掌难鸣，康华医院会发生什么？”

“内乱？”

“不错！”樊武笑着点了点头，“这是我的大好机会，也是你们的大好机会！在我们相互抹黑，拉拢人心，钩心斗角一番，最终解决这个事情，把事态平息下来之前，康华医院都不会有精力去考虑对外扩张的事情。这对于安澜大厦来说意味着什么，张队长，没人比你更清楚了吧？”

张晓舟没有回答。

“你可以考虑，但要尽快，已经没有多少时间了。”樊武说道，“如果你们不同意，那我就杀了你们，再想办法去干掉赵康！我顶多就是维持现状，慢慢等待机会。但是张队长，你们俩今晚就会死，而且康祖业一定会很快对安澜大厦下手。孰重孰轻，自己考虑吧。”

他退到墙角的黑暗中，默默地等待着。张晓舟和老常没有办法商量，他看着那团随时有可能射出子弹的黑影，终于点了点头。

“我要怎么靠近康祖业？”

“赵康的手下和我的人会配合你。康祖业现在就在正门那里，你直接从正面挤过去，表情惊恐一点，直接说要找他。他这个人在人前总是喜欢装得义薄云天，没有搞清楚你是否得手以前，他肯定不会动你。但事关重大，他肯定想知道发生了什么事。”樊武胸有成竹地说道，“然后你低声地告诉他是关于赵康的事情，这样的事情不可能在大庭广众之下说，不然他这一手就白费了，所以他一定会带你去一个僻静的地方。”

“他不可能单独和我见面。”张晓舟说道。

“这是当然的。”樊武说道，“但赵康向我保证，只要你找到机会，有人会帮你动手杀他！”

张晓舟和老常都愣了一下。

“很奇怪吗？赵康手里有吃的有用的，有酒有女人，康祖业只有大话和空头支票，难道赵康没本事在他身边收买一两个肯在关键时候下手的人？”樊武问道，“他想把赵康灭了取而代之，难道他手下的人不想灭了他取而代之？”

“但那样的话，我跑不出来。”张晓舟说道。

“这道关卡只能你自己过。”樊武说道，“不管是你还是赵康收买的那个人，你们都只能靠自己。杀掉康祖业和他身边的其他人，趁事情闹大之前逃进医技楼，我就能安排你跑掉。”

“怎么跑？”

“地下室的太平间里有一条暗道，通往外面的下水道，这是赵康给自己准备的后路。这次他为了收买我，专门带我去看过。哪怕是康祖业真的攻进来，他也会烧掉所有物资从那里逃出去。”

张晓舟似乎看到樊武的眼睛在黑暗中闪闪发光。

“现在就给我答复。”他低声地说道，“张队长，你是选死中求活，还是选现在就死？”

“貌似我没有别的选择了。”张晓舟答道，“什么时候动手？”

“现在。”樊武说道。

“那么，钥匙呢？”张晓舟问道。

樊武笑了起来：“我可不是康祖业，常警官这么好的人质，我没有理由不用。”

“卑鄙！”老常骂道。

“卑鄙不卑鄙我不知道，但我知道，张队长的口碑一向很好，不会丢下同伴独自逃走的，对吧？”

“我怎么知道你不会翻脸不认人？”张晓舟问道。

“那样做对我有什么好处？”樊武反问道，“抓住你们，得利的是赵康；但放走你们，让他焦头烂额，受益的是我。张队长，这么简单的问题，你想不通？”

张晓舟点了点头。

“好吧。”他对樊武说道，“你已经都安排好了？是你带我出去吗？”

“不用。”樊武说道，“康祖业看到我反而有可能怀疑。我已经安排好了，你只要出去，杀掉康祖业，然后逃回来就行。我会在这里接应你，把你带到地下室去。”

“张晓舟!”老常忍不住叫道。

樊武这样的人绝不可信。他看到那支警用枪的时候就已经开始怀疑,看到手铐之后,他就彻底明白,在他们来到这个世界的那天晚上,樊武一定对某个出去帮助人们的警察下了毒手。

在绝大多数人都还不知道发生什么事情的时候就敢这样做,这个樊武绝对是比任何人都要危险的凶徒!

“常警官,别给自己找麻烦。”樊武对他说道,“现在这样不是很好吗?对我也好,对你们俩也好,对你们安澜大厦也好,都有好处!”

“老常,我不会有事的,你先跟樊武到出口去,我很快就来和你会合。”张晓舟深深地吸了一口气,把那把刀拿出来,向门口走去,“樊武,我希望你信守诺言……”

樊武就站在门口的那个墙角,张晓舟的妥协让他也松了一口气。

他笑着对张晓舟说道:“张队长,你放——”

张晓舟突然向他扑了过来,一拳狠狠地打在他的鼻梁上,樊武的眼泪和鼻涕一下子流了出来,让他的眼前一片模糊。他挣扎着拿起枪,另外一只手想要抓住张晓舟的脖子,一阵刺痛突然从心窝里传来。张晓舟死死地掐着他的脖子,让他一点声音也发不出来。

一刀,然后又是一刀。

老常惊讶地看着眼前的这一幕。黑暗中,他只看到张晓舟的身影突然一动,然后便是极其轻微的“刺刺”声。樊武的喉咙里嗬嗬地哼着,很快就断了气。

浓重的血腥味扑面而来,这样的反转让他的脑子一下子变得一片空白。

张晓舟抱住樊武的尸体,慢慢地把他放倒在地上,从刀口里喷出来的血溅得他整个胸口都是。

可以想象,如果何家营那样的地方试图统治这座城市,他的双手必然会继续染上鲜血。这样的血,他永远也不想沾染,但现实却让他没有更多的选择。解剖过无数动物的双手让他可以快捷而又准确地在肋骨的间隙中找到刺穿心脏的缝隙,可这对他来说永远也不是什么值得骄傲和炫耀的事情。

他的手哆嗦了起来,但他只是停顿了几秒钟,就开始在樊武身上寻找钥匙。

“张晓舟,你……”老常依然无法相信自己的眼睛。

“武哥?”外面突然有人轻声地问道。

张晓舟动作一下子凝滞了,老常也一下子屏住了呼吸。

“武哥?”他们都听出来了,是樊兵。

“干什么?”张晓舟尽力学着樊武的声音,含含糊糊地说道。

“刚才我听到有什么动静?”樊兵想不到手中有枪而且在他们这群人里最能打的樊武会这么无声无息地就被人干掉。他的精神过于紧张,以至于没有听出那个声音其实并不是自己堂哥的。

“你过来一下。”张晓舟再一次说道。因为过于紧张,这一句的声音其实和樊武根本不像,但樊兵满脑子都是惊恐不安,竟然没有听出来。

他向这个房间走了过来,刚刚走到门口,张晓舟便扑了出去,左手捂住他的嘴,手中的军刀重重地抵在了他的喉咙上。

“樊武已经被我杀了!出一点声音我就杀了你。”他对樊兵说道,“清楚了吗?”

樊兵惊恐地点了点头。

张晓舟用刀逼着他,把他拖进了房间。浓重的血腥味让他惊恐地哼叫起来。张晓舟狠狠地用刀柄在他脖根敲了一下,把他打得晕了过去。

老常彻底惊呆了。张晓舟终于在樊武身上找到了钥匙,帮他打开了手铐。

“张晓舟……”老常的声音有些沙哑。他虽然是个老警察,见过无数的事情,但还从来没有见过一个人这样杀死另外一个人。这个樊武不是什么好人,该杀,这样的杀戮发生在任何人身上他也不会觉得接受不了,但为什么偏偏是张晓舟?

“赵康应该已经死了。”张晓舟低声地说道。

“什么?”老常惊讶地说道。

“这是我的猜测。”张晓舟掰开樊武的手指把枪拿起来,递给了老常,“也许是错的,但我觉得应该如此。樊武既然能背叛康祖业,当然也能背叛赵康。他只有在双方对立的时候才有被利用的价值,如果一方倒下,另外一方也绝对不会重用他。他说杀掉康祖业让我们逃掉对他来说是利益最大化的结果,但很显然,康祖业和赵康都死掉对他来说才是最好的结果。他可以把事情推到他们各自身上,也可以推到我们身上。那样的话,他同样可以占据大义名分,利用自己的地位趁乱迅速拉拢一批人,甚至是成为这个地方的统治者。如果说利益最大,这才是对他的利益最大化。”

“但是……”老常心已经乱了，不知道该说什么，也无法判断张晓舟说的话是不是有道理，还是仅仅在为自己的行为寻找理由。

“我们正好有两个人，也许在我离开这里去杀康祖业的时候，他会把你带到赵康被杀的现场，然后等待我的消息。我一旦得手，他就会杀掉你，做成你刺杀赵康然后被他击毙的样子。”张晓舟继续说道，“所以他没有多少时间，等一个小时，谁都看得出来赵康是之前就被杀的了。”

“他根本就没有想过要放过我们？”

“地下室里根本不可能有一条通往外面的密道。”张晓舟说道，“如果挖得出来，我们在安澜大厦的时候吴工早就已经指挥我们动手挖了。就是因为他撒了这个谎，我才明白他根本就没想过让我们活着离开。”

他在房间里寻找着可用的东西，很快就找到了一些水。

“花几分钟审一下就清楚了。”他对老常说道。

冷水浇在脸上，虎口被人重重地掐着，樊兵渐渐地醒了过来。

黑暗中什么都看不清楚，只感到全身都疼，他的手脚都被人死死地捆在一张椅子上，嘴里面塞了一大团布，然后又被布条勒住，根本就叫不出来。

“我有几个问题问你，老实回答，你就能活下来，不然你就下去陪你堂哥吧。”张晓舟的声音从很近的地方传来。他急忙点点头。

“很好，就是这样，点头或者是摇头就行了。”张晓舟说道。他把军刀放在樊兵的腿上，突然扎了进去。他痛得一下子挣扎了起来，冷汗直流，但却什么也做不了。

“迟疑或者撒谎就是这个下场，明白了吗？”

樊兵疯狂地点头。

“赵康是不是已经死了？”

他迟疑了一下。张晓舟拿起刀，他便猛地点起头来。

老常重重地吐了一口气。

“樊武杀了他？”

点头。

“你们把他藏起来了？”

点头。

“樊武想把赵康和康祖业都杀死，自己趁乱上位？”

点头。

“他也想杀了我们？”

短暂地迟疑，点头，然后又是摇头。

“你不知道他怎么想？”

连续地点头。

“这幢楼里有一条逃生通道？”

茫然地摇头。

也许他还知道更多的内幕，比如樊武是怎么获得了赵康的信任，怎么让他离开安全的地方，然后怎么在没有惊动其他人的情况下杀死了他，尸体藏在什么地方。

但这些问题对于张晓舟他们来说没有什么意义，他们也没有更多的时间来了解和分析这些事情。

老常终于平静了下来。

两人把樊武的尸体藏进病房里的衣柜中，然后把樊兵关进卫生间，重新检查了一遍所有的绳子。

杀掉他或许是更好的办法，但张晓舟和老常都不是那种残忍好杀的人。

“我们快点逃吧！”老常检查了一下那支枪，已经很久没有保养过，但应该还能用。

“不。”张晓舟摇了摇头。

“什么？”老常无法理解。

“如果我们就这样走了，那就彻底遂了康祖业的意了。”张晓舟说道，“他会很快把康华医院整合在一起，那样安澜大厦就完了。樊武的话里大多数都是谎言，但这一点他没有说错。”

“张晓舟你？！”老常彻底惊住了。

“我们的任务只完成了一半。”张晓舟说道，“五分钟之后，你想办法在这幢楼里引火，火势越大越好。”

“那你……”

“我要去杀了他。”张晓舟说道。

第8章 冒险

张晓舟的衣服上沾染了樊武的血，但他并没有把它换掉，而是胡乱地用水擦了一下。

樊武在这个事情上应该没有说谎，那么，要让康祖业感到情况有变而急切地想知道发生了什么事，这些血也许反而能够成为一种助力。

接下来就完全要拼命和碰运气了。

如果樊武的判断有误，或者是赵康收买的那个人突然后悔变卦，或者是康祖业身边留下的心腹比他们能够应付的更多，这也许就是一场有去无回的冒险。

但他必须去。这次冒险的理由甚至比以往任何一次都要充分。

在赵康和樊武都已经死去之后，如果康祖业不死，康华医院就能在很短的时间内被他统合起来，成为安澜大厦和城北所有人的威胁。

杀死樊武是为了保命，但如果不杀死康祖业，最终他们也将面临更加糟糕的未来。

“枪你拿去。”老常沉吟了一下，然后说道，“我只是在这里放火，用不着这东西，有把刀就足够了。”

张晓舟点点头，把枪又接了过去。

时间已经不多，他们俩都没有多话。

“火烧起来之后,他们的注意力一定会被吸引过来。”张晓舟把那张从刘广那里得来的地图铺在地上,小心地用打火机照亮,“他们指给我们看的地方多半是陷阱,那么我们就反其道而行之,从西南方向的出口逃出去!”

“好!”老常点点头,“我会在沿路继续放火制造混乱。我们在这里碰头?”他的手指在地图的一个点上。

张晓舟点点头:“你等我十分钟,如果十分钟内我还没有到,那你就想办法先逃出去。一定要把这里的真实情况带回去告诉大家,让钱伟他们抓住这个机会,把康华医院的问题一次性解决掉!”

老常万万没有想到他会这么想。能够在这样的环境下杀死对方的头面人物,制造混乱并且逃走已经是他能够想到的极限,没想到,张晓舟竟然会有这种想法。

“这是我们最好的机会,也是唯一的机会。”张晓舟说道。如果不是两个人更容易逃出去,他甚至想让老常先走。

“好。”老常迟疑了一下,随后点了点头。

张晓舟身上带了两把刀,一把是康祖业给他用来当凶器的军刀,就拿在手上;另外一把则是从樊武身上缴来的之前他送给樊武的那把军刀,用布绑在了小腿上。手枪被他藏在衣袖里,它本身的体积不大,在黑暗而又混乱的环境下,应该能够被忽略过去。

随着他向医技楼正门靠近,鼎沸的人声越来越大了。

四五十人手持铁棒站在大厅里面,与外面的人僵持着。外面的人都点着火把,房子里却是一团漆黑,这让外面的人气焰越发嚣张。

“赵老板出来说清楚!”

“凭什么我们就低人一等?!”

“城里人了不起吗?出来试试啊,看谁能打?”

外面的人大声地叫喊着,里面的人却不知道应该怎么回应。

张晓舟慢慢地从人群边上向门口挤去。

有人看到了他,对身边的人说了几句,于是他们让出一条路,让张晓舟从一道没有关闭的侧门走了出去。

外面的人愣了一下。

这人是干什么的？出来谈判的？要拿他怎么办？

大多数人并不知道张晓舟的身份，今天看到他和老常进来的只有西面那条通路的人和在会议室里的人，绝大多数人听说外面有使者来了，但并不知道具体发生了什么。

但人群中也有康祖业的少数心腹认识他，他们正按照计划在人群里鼓动着人们闹事，在火把的光线下看清了张晓舟的脸之后，一下子愣住了。

“我有要紧的事情要见康队长！”张晓舟在他们反应过来之前，抓住一个看上去眼熟，应该是在会议室见过的康祖业的手下，对他说道。

那个人多多少少知道一些今天晚上的事情，他看到了张晓舟身上的血迹，心里微微有些发慌，但又不知道该怎么办，于是点点头，带着他从人群里钻了出去。

康祖业和许俊才就在人群后面不远的地方。

“康哥！”那个带张晓舟出来的人低声地叫道。

康祖业很快就看到了跟在他身后的张晓舟，脸色变了一下。

杀赵康这件事情，他并没有告诉许俊才。

一方面是因为他觉得许俊才是个没什么本事的庸人，这样的事情告诉他，很有可能被他无意中透露出去，对自己将来的名声不好；另一方面则是因为，赵康一旦被干掉，康华医院就变成了他和许俊才两家最大，两人之间的盟友关系很可能会破裂，在这种情况下，把许俊才蒙在鼓里，他才能掌握主动，更快地采取措施吸收和消化赵康留下的遗产，把医技楼里的物资纳入自己的管理之下。

到了那个时候，人是他最多，东西也归他管，将没有人能够挑战他的权威。

但在一切即将收网的时候，最关键的棋子之一突然面带惊惶之色跑到他面前，这是怎么了？

“张队长？”许俊才疑惑地说道，“你不是……”

张晓舟明明应该是在康祖业的控制之下，怎么突然从医技楼里跑出来了？

“老许你看着点，别让他们过火了，我问问张队长这是怎么了。”康祖业马上说道，用言语把许俊才钉在了这里，自己则拉着张晓舟走到了旁边。

他身边那四五个心腹犹豫了一下，只有两个跟着走了过来。

他们甚至没有想到要搜身，这简直比张晓舟所能预想的任何情形都要顺利。

但这也难怪，他们虽然已经到了这个世界一个多月，但一直都只是被困在这个小小的街区，内斗渐渐激烈，但却因为对于外部世界的恐惧而一直维持在一个相对比较理智的水平。

康祖业虽然成功地利用大家身份的差异大做文章，成功地制造矛盾，把一大批身强力壮的农民工和进城打工的农村人拉拢到了自己的身边，但因为害怕赵康一把火把物资给烧了，一直都不敢逼迫过甚。他们之间的斗争远远没有达到图穷匕见、你死我活的地步，反而更像是一家大型企业内部两个派系之间的办公室斗争。

如果不是因为偶然的机会知道了外面的情况，他们也许还会一直保持着这样的内斗，直到外面更大的团队一路收编过来。

张晓舟握紧了手里的那把刀。时间肯定还没到五分钟，老常还没有开始放火，眼前的混乱根本还没有到能够让他趁乱脱身的地步。

怎么办？

他看着康祖业距离自己不到一步之遥的身体，微微地迟疑了一下。

“到底怎么了？”康祖业在黑暗中却没有看到张晓舟手上的动作，而是心急火燎地问道。

不远处，一个火把的火焰在夜风中抖动着，明暗交替反而让他们彼此之间都看不清楚对方的脸，但张晓舟可以清楚地感觉到，到目前为止，康祖业对他丝毫也没有怀疑。

或许是觉得大局在握，凭借他一个人的力量根本就不可能改变什么。

张晓舟回头看了一眼大楼那个方向，火光依然没有亮起来，于是他贴近康祖业，低声地说道：“樊武死了！”

“靠！”康祖业吓了一跳，口中下意识地骂道。

这完全出乎他的意料，在他看来，以樊武的滑头程度，这件事情里，最容易死的应该是张晓舟，其次是赵康，樊武很有可能在事情对自己不利时抽身跑掉。但现在，樊武死了？

“赵康呢？”他马上问道。

不过樊武的死活在他眼里也没有什么大不了的，当前最重要的事情依然是赵康的死活。

张晓舟一面密切关注着大楼那边的动静，一边斟酌着词语："我没有见到他，我进大楼没有多长时间就碰到樊武，他……"

他在这里故意停顿了一下，康祖业果然中计，他的身体靠近了张晓舟，急切地问道："他说了什么？"

"康队长，你答应我的事情，现在到底还作不作数？"

"当然作数！你快点说，他到底说了什么？"康祖业焦急地问道。

张晓舟密切观察着他身边那两个人的举动，两人都很想听到他们究竟在说什么，但其中一个人看上去特别紧张，满头大汗。

"原来是你！"张晓舟于是说道。

"原来是你？"康祖业诧异地重复了一遍。

烟火的气味突然随着夜风从大楼那边传来，站在门口争执的人们这时候都已经闻到了这样的气味，声音也渐渐小了。

东面突然有人隐隐约约地叫了起来："着火了！着火了！"

人群终于真正地慌乱了起来，站在这里已经能够清楚地看到二楼的一个房间里，火焰正在里面跳动着，呛人的烟雾在这时候也弥散了过来。

康祖业的注意力再一次被吸引过去，张晓舟不再迟疑，低声地叫道："还不动手！"

那个人哆嗦了一下。康祖业突然意识到了什么，但这时候他和张晓舟已经站得很近，张晓舟早就已经把刀从刀鞘里悄悄拔出来，从侧面一刀扎进了康祖业的身体。

剧痛和鲜血喷涌的感觉一下子抽掉了康祖业所有的力气，他惊讶地用手捂住伤口，刚想大喊，背后靠近后腰的地方突然又是一阵剧痛，这让他彻底失去了尖叫的力气。

"康哥?!"另外一名心腹这时候才意识到发生了什么。但张晓舟的注意力从一开始就一直在他身上，就在他大喊起来之前，张晓舟将手中的军刀用力挥出，让他的声音骤然而止。

张晓舟趁此机会向黑暗中猛冲过去。终于有人看到了这边的情况不对，但他们的关注点首先在康祖业身上，就是这么几秒钟的空当，让张晓舟得以逃过他们的视线，沿着房子的阴影向着和老常约定的地方跑去。

人们大多集中在医技楼那边。

就在这时，附近的一个地方也有火焰冒了出来。

人们彻底惊慌了起来，许多人惊叫着“着火了”，从住的地方慌乱地跑出来。

“快点拿东西盛水！”有人在黑暗中高声地叫道。

人们于是又一股脑地奔跑起来。

在这样的混乱中，根本就没有人注意到张晓舟的行动，他混在人群当中，快步地向约定的地方跑去。

“张晓舟！”老常在旁边的阴影中低声而又兴奋地叫道。

“成了！”张晓舟简单地说道，“我们走！”

“我刚刚去看过，有四个人守着！”老常说道，“中间的通道好像也被什么东西挡住了！”

“四个人？”张晓舟说道，“没事。”

他带着老常向那边跑去。街区里的火光和混乱早已经让守卫们紧张起来，他们马上就看到了张晓舟他们俩的影子。

“什么人？”

“康队长让我们来传命令！”张晓舟大声地叫道，“现在着火了，里面的人手不够！留一个人守着，其他人快点跟我们去医技楼那边救火！”

“但是……”守卫当中有人迟疑了一下。

“快点！粮食都要被烧掉了！”

这样的话让人们不再迟疑，他们马上就从车顶上爬了下来，慌慌张张地向医技楼那边跑去。就连旁边楼上的守卫听到这样的话之后也跟着行动了起来。

张晓舟和老常假装和他们一起往回跑，等到了周围有人的地方，他们便往黑暗中一躲，然后再一次悄悄地摸了过来。

剩下的那个守卫忧心忡忡地看着起火的地方，根本就没有注意到张晓舟他们已经摸到了自己的脚下。张晓舟沿着侧面的一道爬梯摸上了车子，悄悄地到了他的身边，然后突然发力，将他直接从车顶推了下去。

守卫猝不及防，直接被他推了下去。老常抓住这个机会快速地爬上车顶。两人绕过了挡在那条通道之间的挡板，踩着两侧的窗户，跳到了地上。

两侧楼房上的守卫这时候都还没有发现这里发生的事情。张晓舟和老常看着眼前一望无际的黑暗，深深地吸了一口气，向着安澜大厦的方向狂奔而去。

好几只秀颌龙被他们吓到，向周围的小巷跑去。它们细小的爪子抓在地面上，发出沙沙的声音。

张晓舟建立的预警体系在夜晚不起作用，康华医院周围的这片区域也从来没有建立起预警体系，周围影影绰绰的一幢幢房子制造了大量的阴影，让他们只能看到距离自己很近的地方。

在失去了电力和灯光之后，夜晚已经不属于人类，而是恐龙和昆虫的时间。这个区域已经远离他们平时活动的范围，即使是在白天进入也是一种冒险，但现在，他们别无他路可走，只能冒险。

撬棍已经在之前被抛弃，张晓舟把枪重新交给老常，自己双手各握了一把刀在前面开路，慢慢地向安澜大厦的方向走去。

康华医院的喧嚣声渐渐被他们抛在身后，取而代之的，是一片令人惊惧的寂静和无尽的黑暗。

突然，前面有一阵轻微的脚步声传来，就像是有一群动物正迅速向他们靠近。

恐龙？

避无可避，老常的心一下子沉了下去。

黑暗之中，看不清周围的情况，也看不到哪里有逃生的地方。

张晓舟他们本来一直贴着街边的阴影行走，但如果对面来的是一群猎食恐龙，那凭借它们敏锐的嗅觉，他们在这种环境下根本就没有逃生的可能。张晓舟一咬牙，用最快的速度冲向街道中心的位置，丢下一把军刀，拼命地用另外一把去撬地面上的下水道井盖。

如果能够赶在它们到来之前……

但这些井盖长期没有人疏通，所有的缝隙早已经被泥灰填塞，和周围牢牢地粘在了一起。如果手边有撬棍，凭借杠杆的力量和撬棍本身的形状，也许还能快速地把它弄开。可凭借手中的军刀，却根本连一点希望都没有。

脚步声越来越近。老常绝望地举起了枪，而张晓舟则愤怒地低吼起来。

“张晓舟！？”前面却突然传来了钱伟的声音，已经准备做殊死一搏的张晓舟和老常瞬间经历了从地狱到天堂的过山车。张晓舟愣了一下，随即再也忍不住，哈哈大笑起来；而老常却觉得胸口一阵发闷，一口气喘不过来，倒了下去。

这把张晓舟和黑暗中赶过来的人们都吓了一跳，张晓舟担心老常是心肌梗死，急忙把他的身体放平。正当他准备做其他急救措施时，老常摆了摆手说："我没事，就是一下子大起大落，身体一下子没缓过来。"

钱伟他们这时候已经到了面前。黑暗中看不清楚具体有多少人，但应该有四五十人，张晓舟在里面看到了高辉、严烨等人。新洲酒店那个小队的人应该都到了，从阴影中走出来之后，他们身上的简易盔甲看上去非常醒目。而站在他们身边的，是来自安澜大厦的人。

他们不像这些人一样经历过生与死的考验，手拿长矛看上去有些惊慌，有些恐惧，但他们还是站在了这里。

"你们一直没有回来，我们就把人集中了起来，后来，他们在新洲酒店楼上看到了康华医院那边的火光……"钱伟说道。

张晓舟突然有些激动。所有人都知道夜晚是猎食恐龙活跃的时间，虽然在这片区域它们已经因为夜晚很难找到食物而渐渐改变了作息规律，但它们的天性却很难马上改变。在这样的夜晚从安全的大楼里出来，绝对需要很大的勇气。

康华医院的火从着起来到现在，总共也不过半个小时的时间，有一段时间火焰并不是很大，能够被钱伟他们看到的火光最多也不过十几分钟。但新洲酒店的人们穿戴这些护具并不是几分钟就能搞定的事情，也就是说，他们应该是早就已经做好了出发的准备，在发现康华医院起火后直接就把队伍拉了出来。而安澜大厦的人们，以他们一贯的状态，竟然在这么短的时间里就组织起这么多人，真不知道钱伟他们是怎么做到的。

张晓舟不知道应该说什么，他并不是没有组织过比这规模更大的队伍，但每一次都是以胜利之后能够获得的物资作为筹码来鼓动人们，每一次都是尽可能地提前策划好一切，尽可能地保证安全和成功之后才去说服他们。他还从来没有鼓动过这样只有危险却没有任何收益的行动，也从来都没有信心能够让人们甘愿去这样做。

他为安澜大厦付出了这么多，做了这么多事情，但人们却总是鼠目寸光，总是无法改变末日之前的那些陋习，好逸恶劳，爱占小便宜，爱发牢骚散布谣言，不愿付出。

有时候他也在怀疑，自己费尽心力所做的一切，只不过是让一群在梁宇等人眼中根本就不能适应这个世界，根本就不配在这个世界上生存的人活了下来，究竟有什么意义？

但看到眼前的这些人，哪怕他们只是所有人中很少的一部分，便让他的胸口暖暖的，而他之前所做的那一切，突然也就变得有了意义。他所背负和承受的那些东西，突然也变得有了意义。

“谢谢。”他一一地拥抱他们，低声地说道。

这样的表达让很多人都觉得有点古怪，但却很高兴。

“那边究竟怎么了？”钱伟问道。

康华医院那边的火光已经照亮了一小片天空，也不知道老常是怎么放的火，竟然会弄出这么大的阵仗。

张晓舟看了看老常，简略地把事情的经过说了一下。

钱伟等人惊叹不已。

“那我们现在……？”高辉问道。

张晓舟犹豫了一下。

凭借眼前的这一支精兵，他完全有把握带着他们从刚才他和老常逃出来的那个地方反身杀回去，在里面制造更大的混乱。

如果心够狠、够黑，继续趁乱放火，在这样的乱局下以有心算无心，以有组织对无组织，把里面所有精壮都杀光也不是不可能的事情。

但这样做有什么意义？

除了让更多的人在这场混乱中死去，让许多物资被白白烧掉之外，什么作用都不会有。

杀死那几个人可以说是被迫自卫，是为了保护安澜大厦和城北的人们不受侵害，但除了康祖业、赵康和樊武这几个野心勃勃而且心狠手辣的领头人，除了可能存在的少数野心家，其他人都是无辜的，有什么理由非要让他们死去？

康华医院此刻必定处于极度的混乱之中，他们所有的物资都集中在医技楼，所有人也都应该正在那个地方忙碌，要么救火，要么就是想办法把那些物资搬出来。

那些粮食非常宝贵，但对于这个世界来说，更加宝贵的却是那些已经不可能再生的医疗器械、那些药品。康华医院再怎么坑人，里面的东西终究不完全是假货，也肯定会有一些真正的医生和护士。

那些人和那些物品在未来也许会拯救很多人的生命，不应该，也不能白白地让它们在这场大火中付之一炬。

在赵康、康祖业和樊武三个人都已经被杀的这个特殊时刻，光靠许俊才和段宏，能够终止混乱，带领人们把火情控制住吗？

“我想回去。”张晓舟对钱伟等人说道，“那些东西对于所有人来说都有着非常重要的意义，我们之前为了能够逃生，没有想那么多，也没有想到火势会发展到现在这个地步。这场火是我们放的，我们有责任帮助他们把火势控制下来。但我一个人做不到，你们愿意帮我吗？”

钱伟回头看了看其他人，点点头说道：“走吧！”

“什么人?!”守卫惊慌地叫道。

那个被张晓舟从大巴车顶上撞飞的倒霉蛋已经被人发现，并且送到了安全的地方休息，但因为要忙于救火，这个地方还是只安排了两个人守着。原本的防御体系中，一旦某个地方遭到袭击，周围的房屋马上就会进行支援，他们只要坚持几分钟，后面营地里马上就能有几十人出来帮忙赶走敌人。

但这样的防御体系还从来没有真正投入过实战，周边没有什么强大的力量能够对康华医院这样有着将近六百人的据点进行攻击。唯一对他们有威胁的只有恐龙，但在燃烧瓶和铁丝网的保护下，它们还从未真正对康华医院造成过威胁。

眼前突然出现的队伍让这两个守卫彻底乱了方寸，他们大声地叫喊起来。但人们都已经集中在医技楼那边，连另外一幢房子的火情都没有时间理会，又怎么会听得到这个角落里发生的事情？

这也是地方大的坏处，虽然有着更大的活动空间，但真正面对攻击的时候，却也处处都是破绽。

“我们是来帮忙救火的！”张晓舟大声地答道，同时带着队伍迅速向他们靠近。

这样的回答让两个守卫稍稍迟疑了一下，但他们马上就意识到不对，这种时候怎么会有人这么好心赶来帮忙？别是来趁火打劫的！

“你们别……我们要……”他们大声地叫道，其中一个抓起了放在脚边的燃烧瓶。但就在他们迟疑的时候，张晓舟等人已经冲过了路障前的空地，快速地向大巴车顶爬了上来。

燃烧瓶还没有点燃,他们俩就被扑倒了,尖锐的长矛对准了他们的脑袋,让他们马上放弃了抵抗。

“我们真的是来帮忙的。”张晓舟叹了一口气说道。

这是最危险的阶段,只要有一个燃烧瓶扔到密集的人群当中就能带来灾难性的后果,好在这两个守卫都不是那种果决的人,否则的话,他们也许就只能离开了。

“留五个人守住这里。”他对钱伟说道,目光随即在人群里停留了一下,“高辉,你来带队!一定要确保这条退路的安全!”

“好!”高辉大声地答道。

“我们走!”张晓舟带着剩下的人,带着哨兵快步向火场方向跑去。

靠近这个地方的那幢楼已经从一楼烧到了三楼,将近一半的屋子都在熊熊燃烧,火光照亮了周围一大片区域。这个地方应该因为重要性不高已经被放弃了,只留下了七八个老弱者在这里监视着火情,不让火势往周边蔓延。

他们看到这群组织严密的陌生人,吓得惊叫着四散逃开,张晓舟他们也没有工夫解释,直接往医技楼那边跑去。

这边的情况要好得多,康华医院几乎所有的人现在都集中在了这里。大火已经完全吞噬了医技楼东侧的二楼和三楼,正在向一楼和四楼蔓延。人们惊叫着,不知道从什么地方运水来扑火,勉强控制了火势,但火情显然仍在发展。

到处都是人在慌乱地跑来跑去,到处都有人在高声地叫着,现场一片混乱。

“许俊才在什么地方?”张晓舟随手抓住一个从他身边匆匆跑过的人大声地问道,“段宏呢?”

“我不知道!我不知道!”这个人惊慌地答道。

他的手里拿着一个大桶,应该是准备去弄水。

“什么地方有水?”张晓舟再一次大声地问道。

“那边!”这个人指了一下。

张晓舟抬起头,发现那是不远处花园里的一个鱼池,但是看不清楚里面有多少水。

“这样效率太低了!”张晓舟大声地叫道,“钱伟!带着大家把人组织起来!排成两路!”

人们很快就发现了这群奇怪的陌生人,他们一开始惊骇地以为他们是在什么地方看到火起之后赶来趁火打劫的人,在被钱伟等人抓住让他们排队的时候想尽办法逃跑,但很快,他们就发现,这些人是来帮助他们的。

张晓舟他们花了几分钟聚集了七八十人,把他们从鱼池往大楼排成了一队,两个人专门负责打水,而其他人则通过传递的方式迅速地不断把水桶向火场的方向传递,然后又不断把空桶传回来。这样做比他们之前自发的行动高效了很多,也省力得多,运作起来之后,几乎每三四秒就有大半桶水可以运到火场旁边。很快,周围的人们自发地组成了另外一支队伍,按照这样的方式行动了起来。

医技楼外面的人多半已经组织了起来,越来越多的水开始往火头上浇去,但两个水源点对于眼前的大火来说依然只是杯水车薪。这里稳定下来之后,张晓舟开始在人群里寻找许俊才和段宏这两个康华医院仅剩的负责人。

“小心!”老常对他说道。这样混乱的场面上,如果有人心存歹念,张晓舟很有可能会像之前的康祖业那样不明不白地倒下。

“我知道!”张晓舟答道。

张晓舟匆匆向大楼里跑去。老常伤还没有全好,跟不上他的脚步,钱伟等人又不在旁边,无奈之下,老常随手把跟在张晓舟身后的严烨抓了过来:“有可能有人会对张晓舟不利。”他焦急地说道,“你什么都不要做,就盯好他周围的人,保护好他,可以做到吗?”

严烨用力地点点头。老常迟疑了一下,把那支枪递给了他:“他一定不能出事!”

严烨再一次点了点头,快步地追了上去。

张晓舟终于在楼道里找到了许俊才,他正在大声地指挥着人们从地下室里提水到楼上去灭火。他们在这里倒是已经形成了两条人链在向上传递水桶,效率也比外面没人指挥的要高得多。

但因为楼梯的宽度问题,这里也只能容纳这两条人链了。

“许队长!”张晓舟抓住他大声地叫道。

许俊才被吓了一跳,看到是他,马上吓得退后了几步。他想要大声叫人,但张晓舟身边那些身上披着奇怪盔甲的人显然不是康华医院的人,这吓住了他。

“你……你想怎么样?”他惊惧地叫道。

“我们是来帮你们救火的!”张晓舟大声地叫道,“医院里的灭火器呢?”

许俊才愣了一下,然后才意识到张晓舟在说什么。“都用光了!”他用怀疑的目光看着张晓舟他们,慢慢地向后走着,想要脱离他们的威胁。

“这样不行!”张晓舟明白他的顾虑,但康祖业确实是他杀的,火也是他们放的,几句话根本就不可能改变许俊才的想法。于是他一把抓住许俊才,把他拖了过来,随后将他身上的刀子搜出来递给站在一边的严烨,然后大声地说道:“不管你怎么看我,当务之急是把火灭掉!”

“这里已经不需要你守着了,让他们干着,我们到楼上去!”他拉住许俊才,大声地对他说道。

许俊才本能地想要拒绝,谁知道张晓舟是不是要把他也杀掉?

但周围乱糟糟的,他的心腹虽然还有几个在旁边,可既没有武器也没有准备,显然不是张晓舟他们的对手。

张晓舟没有给他更多思考的机会,半拉半拖地和他一起到了楼上。

从鱼池打来的水主要是在控制一楼和二楼的火势,而从地下室打来的水则多半用在了三楼。这里已经是赵康用来堆放物资的区域,很多房间里都堆得满满的,这反倒让从二楼上来的火势在这里一下子猛烈了起来。

人们通过内走廊和外侧的环形走廊朝火场一桶桶地泼水,但因为可燃物太多,火势根本就控制不住。

他们在这里看到了段宏,他正在指挥人们把火场附近的物资向西边搬,但因为他平时就没有什么威望,听他指挥的人并不多。

“现在要灭火根本不现实!”张晓舟马上就做出了判断。

虽然人们已经竭尽全力运水,但这样以人力方式运送上来的水对于已经完全发展起来的火势只是杯水车薪。一桶桶的水向火焰泼过去,只能让它们稍稍收敛一些,但用不了多久,它们便又卷土重来。

人的精力有限,不可能一直持续这样高强度的救火行动,随着他们精神和体力的下降,火势将变得不可收拾。

“别想着灭火了,控制住火势不要蔓延,把火场附近的东西赶快往西边搬!”张晓舟说道，“这是现在唯一的办法了！”

许俊才迟疑了一下，终于在张晓舟的催促下开始对周边的人下达指令。

“把那些病床拖过来！”张晓舟大声地叫道，“这些病床下面有轮子，可以用来当推车用！”

安澜大厦的人加入了抢运行动，每个人都清楚这些东西对于他们生存下去的意义。他们像疯了一样，拼命地在火焰来临之前把那些大大小小的箱子、袋子、塑料桶放上病床，然后拼命地往西边推。

运水过来救火的人，搬运东西的人，再加上一人多宽而且堆满了东西的病床，狭窄的走廊一下子拥塞了起来。张晓舟不得不把安澜大厦的人从里面叫回来，让他们负责维持秩序。

“排成两路！都靠右边走！”他们按照他的指示不停地叫着、提醒着，堵死的走廊终于又勉强恢复了通行。

“四楼也开始着火了！”有人惊慌地叫了起来。

段宏丢下手里的事情就往楼上跑。

“四楼有什么？”张晓舟一把抓住他问道。

“医疗器械、耗材，还有药！”段宏焦急地大声答道。

“王永军，你负责这里。你们几个跟我来！”张晓舟马上叫道。

火焰是从东侧的窗户蹿上来的，目前还没有点燃多少东西，但整个东侧的走廊都因为脚下三楼的大火而变得干热，毒烟从下面翻滚上来，让人没有办法在这个地方久待。

一间间病房里都是码得整整齐齐的箱子，但毒烟肆虐，人根本就没有办法冲过去。

段宏急得直跳脚，急匆匆地要拼命冲进火场去搬那些东西，张晓舟却一把拉住他，大声地问道：“楼上有水箱吗？”

他愣了一下：“有，但是……”

“管物资的人呢？管工具和材料的人呢？”张晓舟大声地问道，“你们不是有工地上的工人吗？我们现在急需水电工！”

段宏看着那些药品和医疗器械，迟疑了一下，终于向楼下跑去。

"我们到楼顶去!"张晓舟说道。

楼顶东西两侧各有一个大约二十立方米的储水罐,这点水对于大火来说也许根本就微不足道,但好处是只要连通管道,就不需要人力搬运,可以一次性地把这些水全都送到需要的地方。从底楼到四楼,压力也许能够支撑水流从远离毒烟的地方喷到火头上。

这两个罐子本来应该是做消防用途的,但因为来到这个世界后缺乏资源,赵康他们显然早已经把它们作为饮用水的来源,早早地就关闭了阀门,没有电,自备发电机里的油料也全部被抽出来另作他用,医技楼里原有的消防系统也完全失去了作用。

这在原来的世界严重违反消防安全规定的举动在现在这个世界其实是再正常不过的选择,即使是在安澜大厦,张晓舟他们也是这样做的。但他们想不到的是,一旦发生火灾,后果会这么严重。

楼顶本来就有赵康他们之前铺设的管道。段宏拉着几个工人匆匆忙忙地跑上来,张晓舟对他们一说自己的想法,他们马上就去找来工具开始拆管子,而其中一个则跑到下面去寻找足够长的软管。

"这解决不了根本问题。"段宏焦急地说道。在这样的紧急状况之下,他甚至没有工夫也没有心思去考虑为什么赵康他们一直都不见人,张晓舟这个外人却出现在这里。

"对,但这可以争取时间!"张晓舟说道。

他把从储水罐引水到四楼的事情交给这几个水电工,自己则拉着段宏再一次到了四楼。

温度变得更高了,之前不过是有两个地方有明火燃了上来,但现在,透过黑烟能够看到的起火点就有四五处。

段宏急得不行,张晓舟再一次阻止了他冲进火场。

"你应该是康华医院医术最好的医生了?"张晓舟问道,"你活着,哪怕是这些东西都没有了,你还能治病救人。但如果你死在这里,有再多的药和医疗器械,没有人会用,它们就是废物!我们现在先把能搬的东西搬走,其他的东西就看运气吧!"

人手严重不够!

整个康华医院的人都已经被用上了,但在这样的灾难面前,几百人在每个地方一分散,感觉就像是一把沙子撒在操场上,根本就不管用。

跟着他们跑上四楼的人不过三十几个,加上原来在这里监视火情的人也不过四十来个,他们在毒烟笼罩不到的地方快速地搬运着物资,在段宏的指挥下把最有价值的东西先搬走。

不知道过了多久,水管终于接了下来。

从顶楼到四楼,高差只有两层,还不到六米,这样的压力自然不可能把水喷出多远,但这好歹控制了已经渐渐在四楼蔓延开来的火势,让火势稍稍缓了一些。

“你们这里肯定有发电机吧? 在什么地方?”张晓舟问几个水电工,“有没有水泵? 有没有管子? 没有的话,就去把原先的消防水泵拆下来用! 快点!”

第9章 团 结

张晓舟的行为如果放在平时，根本就不会有人理。

也许在城北那个区域还有人知道他是干什么的，知道他做过什么，但在康华医院这个地方，就连段宏这样的负责人也指挥不动不归他管的人，他又能怎么样？

但在面对熊熊大火时，惊慌失措的人们首先考虑的不是“这家伙凭什么指挥我”，而是“谁能把这该死的火赶快灭掉”。许俊才和段宏过去在人们面前的表现，以及在这种突发灾难面前的慌乱让人们无法信任他们，可张晓舟这个大多数人都不认识的陌生人表现出来的坚决而又果断的态度，却很容易让人们下意识地就接受了他。

这家伙是谁？

人们在忙碌的时候没有时间和机会去讨论这样的事情，一刻不停地运水或者是搬运东西已经占据了他们绝大多数的思考空间，但多多少少还是有人会这样想。

不过他看上去胸有成竹的样子，而且好像说得也没什么不对的，听他的应该没错吧？

人们这样想着，习惯性地跟随着身边的人按照他的指示行动了起来。

结果还算不错。

除去那些留在各个入口和薄弱点防止恐龙入侵的守卫，五百多人在康华医院原有管理体系和张晓舟带过来的人的指挥和帮助下，行动渐渐开始有了章法。

将近三分之二的人一刻不停地把水运到火场边缘，以此来控制火势，而剩下的人则拼命地把所有还来得及抢救出来的物资向西侧搬。当三楼的物资搬完之后，他们转移到四楼和五楼，再一次开始把物资向西侧转移。

而这时候，被张晓舟抽出来和那几个水电工一起去水泵房里处理水泵的钱伟他们终于有了结果，几个人用杆子把发电机和拆下来的水泵抬到鱼池边。十几个燃烧瓶被拿了过来，一个老人负责从里面把柴油鉴别出来，而几个人则想办法把从楼上消防栓那里拆下来的消防水带连接起来。

这样的景象让周围的人们一阵欢呼，身体突然一下子就懈怠了下来，张晓舟不得不拉着许俊才给人们打气，让他们在水泵真正运转起来之前继续传递水桶以控制火势。

但水泵真正运转起来却是将近半个小时之后的事情了。当水流终于从水泵里流入水带，让它们一点点鼓起来，然后一路向楼上涌去，最后从三楼喷出来时，所有的人忍不住又欢呼了起来。

许俊才这时候已经对张晓舟完全没有了敌意，如果不是他，凭他的脑子，绝对想不到要派人去做这样的事情。他激动地抓住张晓舟的手，已经完全忘记了在看到康祖业垂死挣扎时，心里所想的只是一定要把张晓舟抓回来千刀万剐。

“可以让大家轮换休息，但还是得继续运水。”张晓舟却不得不给他泼一盆冷水。

这么大的火势，仅仅凭借一把水枪根本不可能控制住，钱伟他们已经赶去拆另外一组水泵，在这之前，人们还不能就这么松懈下来。

“坚持住！别在这个时候功亏一篑！”张晓舟来回奔走着，对人们不停地喊着，鼓励人们坚持下去。

救火行动就这样持续了一整个夜晚，水泵源源不断地将积水喷到火场里，加上易燃物都已经被人们尽可能地运走，在天亮两个小时之后，明火终于被扑灭，火势也终于被控制在三楼，四楼只是被烧毁了一小部分。

但旁边的那幢楼却已经被彻底烧毁，明火到现在都还没有灭，只不过，已经没有人想去管它了。

少数几个人手持水枪继续对火场喷水，降温并且浇灭暗火，大多数人却已经彻底放松了自己，很多人不顾天上下着小雨，直接躺在地上就睡着了，更多的人则直接躺在了医技楼西侧的走廊里。

张晓舟自己也累得不行。段宏不知道去了什么地方,但许俊才就在不远的地方,有几个人正低声对他说着什么,一面说还一面偷偷看着他们这边。严烨一下子警觉了起来,走到张晓舟身边,低声地提醒他注意。

难关已经过去,他们这么快就要翻脸了吗?

“王永军!邓鹏!李畅!”张晓舟大声地叫着在自己附近的队员的名字,把他们集合到自己身边,然后让王永军和严烨到楼上去把分散在各处的队员们聚拢过来。

许俊才的脸色随着那些人的话而变得难看了起来,他们也在聚集人手,但许俊才本身看上去并不想在这个时候就和张晓舟他们翻脸,那些已经疲累了一整个晚上的人也不愿意听从他们的指挥。

在王永军和严烨把人全部集中起来的时候,许俊才那边才集中了不到五十人,而且大多数人都空着手,毫无斗志。

张晓舟向他们那边走了过去。

“你想干什么?”其中一个人大声地叫道,希望能够引起周围人们的注意,“你这个凶手!纵火犯!别以为我们不知道你干了什么!”

张晓舟摇了摇头。

决定来这里救火的时候他就已经想过有可能出现这样的结果,但他来救火并不是为了眼前的这些人。

“不管你们怎么想,但我问心无愧。”

那个人大笑了起来,但周围人却都因为疲倦而没有什么反应,这让他有些尴尬。

“你杀了赵老板,杀了康队长和樊队长!然后还放了这把火,把我们弄成这样!问心无愧?亏你说得出口!你打的是什么主意,别以为我们不知道!我告诉你,我们有六百人,随随便便就能把你们灭了!”

周围听到这番话的人们惊讶地议论了起来,这样惊人的消息甚至短暂地驱走了他们整夜的疲惫,让他们的精神一下子振奋了起来。

“难怪赵老板和康队长他们整整一个晚上都没有出现……”

“这些人……”

人们看张晓舟他们的眼光马上就变了,这些指控无论是在以前的世界还是在现在的世界都是非常严重的罪行，而且很容易让人们想到更多的阴谋和算计，一些精壮男子马上开始在周围寻找可以作为武器的东西。

“我杀了康祖业，杀了樊武，这我不否认。”张晓舟大声地说道。

经历了整整一个晚上的忙碌，经历了一系列的大起大落、算计和谋杀，他的身体其实早已经处于崩溃的边缘，但他却感到自己的精神前所未有地亢奋。

“但不是我算计他们，而是他们想要算计我，想要吞并我们的团队，我们只是被迫反击。”

“满口胡言！大家不要听他……”那个人大声地叫道，想要扰乱张晓舟的话。这时候王永军和严烨不约而同地向他踏出一步，一下子把他吓得退了回去。

“现在我要告诉你们一些东西，你们现在也许不相信，没有关系，你们身边有人知道事情的真相，你们可以自己去调查，自己来判断。”张晓舟说道。他干脆站上了花坛，让每个人都能看到自己：“我们来自安澜大厦，我们本来无意和你们发生任何冲突，但几天前，樊武突然带人过去，威胁我们，要我们把自己所有的存粮都交出来，想让我们饿死！”

疲倦让人们没有更多精力去窃窃私语，这反倒让这个早晨变得格外安静。火场外，只有发电机和水泵的嗡嗡声。

“我们不得不到这里来，希望能够说服他们，不要以强凌弱，不要把我们逼上绝路！”张晓舟继续说道，“但他们不肯！非但如此，他们还把我们的到来看作是一个铲除竞争对手的机会！康祖业逼着我们去杀赵康，赵康也想借我们的手反过来杀掉康祖业，而樊武更绝，他想要同时把他们俩都杀掉，制造混乱，成为这个地方的话事人！”

这样的消息再一次让人们惊讶了起来。有人对此表示怀疑，但赵康和康祖业的矛盾在康华医院几乎就是公开的事情，张晓舟的话并不是完全不可信。

“他们都想让我们来做凶手，然后他们就可以站在复仇者的位置杀掉我们，堂而皇之地接收对方的力量和资源。不论我们怎么做，最终的结果都难逃一死！在那种情况下，换成是你们，你们会怎么做？你们想想，换成你们在这样的局面下，你们会怎么做？”张晓舟大声地问道，“樊武杀了赵康，想要嫁祸给我们，我在自卫的时候杀了他。康祖业同样想要嫁祸给我们，还想把安澜大厦逼上绝路，所以我杀了他。为了逃走，我放了一把火，这都是我做的事情，我绝不否认。对于他们的死，我问心无愧！这场火烧得这么大,我没有想到,但我没有撒手不管,而是和我的这些同伴一起回来,尽力做了我们能做的事情。也许你们觉得无法接受,但我同样问心无愧。

“这件事情本来不应该发生!我们,康华医院和安澜大厦,我们都是这片区域里有组织、有力量、有能力去解决外面的那些恐龙的团队。我们本来应该联起手来,把那些野兽杀死,把它们驱赶出去!我们本来应该一起动手猎杀那些恐龙,应该一起努力去让我们周边的环境变得更安全,一起努力让在这片区域生存的所有幸存者能够找到活路,一起努力让我们自己,让我们身边的人能够在这个世界活得更好!但结果是什么?赵康他们不肯,康祖业他们不肯!他们只会把手中的力量用来内斗,用来算计,用来欺凌比自己弱小的团队!他们不愿意去承担起自己作为一个领导者所应当承担的责任,不愿意努力去给人们创造更好的生活和未来,只想躲在这个看似安全的地方,依靠抢劫别人活下去!

“但这可能吗?你们都知道发生了什么,我们所有人被困在这个地方,孤立无援,前途渺茫,唯一活下去的希望就是团结起来,用大家的力量去改变这个世界,找到活下去的方法!相互算计、相互争斗只会让我们变得越来越虚弱,只会让我们浪费掉本来可以用来求生的机会,浪费掉本来可以创造出美好未来的资源!你们和他们在一起生活了一个多月,你们看到了什么?他们是在想方设法让你们活得更好吗?是在尽最大的努力营造一个可见的未来吗?你们告诉我,是不是?”

没有人回答。

“你们只是他们斗争的工具,只是他们用来保全自己的地位、维持自己的权威的筹码。这样的生活,是你们想要的吗?现在他们死了,你们有机会选择自己的未来。请你们告诉我,你们想要什么样的生活?你们想要什么样的未来?”

“我们就这么离开了?”高辉咂了咂嘴,心有不甘地问道。

“那你还想怎么样?我随随便便说一番话,他们就哭天喊地非要赶着趟地来加入我们?”张晓舟摇了摇头,“我可没那么大的本事。”

凭借一番话就简单地化敌为友,甚至成为同伴,那是传奇故事里才会有的情节。哪怕是在战争年代,我军转化俘虏,也是把他们拆散了之后编入队伍,然后通过各种各样的关怀和思想教育才能做到的。

以安澜大厦远远少于康华医院的人口，想要收编康华医院是不可能的事情，他唯一能够做的，是尽可能地减弱康华医院的普通成员对于安澜大厦的恶感，把康华医院的火灾和三名头脑被杀的仇恨降到最低。

当时听到他所说的那些话的人不到百人，但在那样的小圈子里，这样一波三折的内幕必然会很快就变得尽人皆知，人们也许未必会完全相信他所说的话，但只要他们相信其中的一部分，张晓舟的目的就已经完全达到了。

赵康、康祖业和樊武死了，但真相一旦揭开，仇恨和对立却不会因为他们的死而突然就烟消云散，无论是许俊才还是段宏应该都不是那种有魄力迅速镇压异己、独揽大权的人，而新的野心家们，当他们站出来试图继承赵康、康祖业或者是樊武的遗产，拉拢人心时，这样的内幕必将让他们的行动变得不那么容易，甚至是制造出新的矛盾和对立。

在那个时候，那些渴望平稳生活的人们，会不会想起张晓舟最后的那几个疑问呢？

你们想要什么样的生活？你们想要什么样的未来？

他们还会不会心甘情愿地成为别人手中的棋子？会不会心甘情愿地成为别人争夺权力的帮凶？如果他们受到这些人的压迫和威胁，被他们裹挟，他们会不会想起在救火的这个夜晚，安澜大厦的这些人所表现出来的能力和善意？会不会尝试着向他们求援呢？

眼下他们的确是离开了，但这并不意味着他们就会对康华医院这个地方不闻不问。

张晓舟私底下和段宏谈了很多，这个年轻的医生一直对康华医院内部的倾轧感到极度失望。也许是因为相似的求学经历和知识背景，他的某些想法和张晓舟不谋而合。他希望能够离开这个地方，但这里的医疗条件却成了一条看不见的锁链，把他牢牢地捆在了这里。

“我希望能用这些东西帮助到更多的人，但赵康他们只想依靠它们向未来城市的统治者争取自治权，交换物资。”他无奈地对张晓舟说道。

“他们已经死了，他们的想法现在已经没有意义了。”张晓舟说道，“你应该趁这个机会在人们当中寻找支持你这种想法的人，和他们联合起来，努力在康华医院这个地方获得更大的发言权。”

“我不擅长那些钩心斗角的东西。”段宏为难地说道。

“我也不擅长那些东西，但我相信，那些东西在这个世界里不可能长久。乐于帮助别人，乐于承担更多责任，愿意努力让大家活得更好的人，一定会比那些只会钩心斗角的人获得更多人的支持。能够让大家看到未来的人，一定会获得最多人的支持。你的知识和技能在这个世界是没有人可以取代的，这是你最大的优势，你一定要用好它，也一定要保护好自己。你的存在，也许比我们当中任何一个人都重要。”

段宏沉默了一会儿，然后问道：“你可以帮助我吗？”

“当然！”张晓舟答道，“如果你有需要，我当然会来帮助你！”

四面绿色的旗帜在康华医院这个街区的四个角竖了起来，向人们传递着这个区域暂时安全的信息。

张晓舟相信，他们不久之后还会回来，而在那个时候，人们将不会再把他们看作是潜在的威胁，不会把他们看作是杀人凶手和纵火者。

他们保持着一个整齐的队列离开康华医院的区域，随后便慢慢地越走越散。他们因为某种荣誉感而强迫自己在康华医院那些人面前维持着一个强大而有纪律的形象，但在离开那些人的视线之后，疲惫便迅速袭来，让他们再也没有办法坚持下去。

幸运的是，在回去的路上，他们并没有遇到恐龙。

所有人都只想赶快睡一觉，但王永军却坚持不进安澜大厦。迫于无奈，张晓舟只能再一次向那些冒险去救自己，然后又辛劳了一夜的人表示感谢，然后带着其他人匆匆回到新洲酒店。

严淇整整一个晚上都在顶楼看着康华医院那边的火势，心里无比担心。看到大家回来，她用最快的速度跑下楼，当着所有人的面重重地扑进了严烨的怀里，眼泪也无法遏制地流了下来。

令张晓舟感到有些吃惊的是，他还看到了很多陌生的老人、妇女和孩子，甚至还有一些陌生的中青年男子。

“我们商量了一下，决定把家人都接过来。”齐峰解释道，“这个地方的空间比我们之前住的地方大得多，周围绿地也多，虽然距离城南近一些，但我们手里有矛，身上有盔甲，不会怕那些东西！”

“他们是……?”

“他们和我们一些人住在一起,听我们说了这边的情况,也愿意像我们一样拿起武器战斗,于是就一起搬过来了。张队长,这我们是先斩后奏了,但是……”

“欢迎你们!”张晓舟对那些新人说道,“有人愿意加入是好事!”

有几个人站在人群后面,表情有些奇怪,高辉悄悄地对张晓舟说道:“他们是牺牲了的那两个人的家属,齐大哥他们回去的时候,他们找过来问起……后来就一起过来了。”

张晓舟的表情一下子严肃了起来,他向他们走了过去,深深地向他们弯腰敬了一个礼。

“张队长,你这是……”他们慌张地说道。

“对不起……是我没有带好队伍,对不起!”张晓舟对他们说道,“他们都是很勇敢的人,一直战斗到了最后一刻。”

他们的眼泪流了下来。

“你们放心,只要我活着,你们就不会没有人管。”张晓舟说道,“从今以后,我们就是一家人。”

“那我们呢?”旁边不知道是谁说了一句,“张队长,我们也会尽一份责任的!他们也是我们的家人!”

“对!”张晓舟点了点头,他看着站在自己周围这些熟悉或者是陌生的脸,大声地说道,“你说得对!我们是一个大家庭!从今以后,我们就是一家人了!”

家人的到来让男人们得以解放了出来,很多诸如放哨、采集、制作肉干、鞣制皮革、打扫、整理房间和生火做饭的事情都被她们接了过去,这让男人们有条件把自己的精力完全投入到战斗和与之有关的事情当中去。

当然,他们首先做的事情,是匆匆吃完午餐之后呼呼大睡,直到第二天清早才终于因为饥饿而完全清醒过来。

“我们得把那些粮食想办法弄回来。”张晓舟对队员们说道。

猎杀了数只羽龙之后,短时间内他们不会面对粮食危机,但那些粮食和宝贵的汽油已经在高速公路边上放置了好几天,这样下去也不是办法。

这个新生的团队眼下算是有了一个不错的开始,团队中的每个人都经历过生与死的考验，彼此之间也有了相当的信任，这样的关系在平常的日子里也许永远也不可能建立起来。但张晓舟相信，除了精神上的振奋之外，这样的氛围更加需要强大的物资来保障。

有了那些粮食之后，人们才会真正获得安全感，并且把新洲酒店这个地方真正地当作是自己的家园。

“今天?”高辉问道。

好几个人的眉头都皱了起来，救火的那个夜晚，身体和精神的双重消耗到现在都还没有完全弥补回来，这么快就进行强度这么大、这么危险的行动，会不会太急了?

“当然不是今天!”张晓舟说道。

那些东西足足有三四吨重，在失去了大多数人手之后，凭借他们现在的这些人手，既要提防恐龙的袭击，又要搬运物资，根本就不现实。要做这件事情，他们要么得另找人手，要么就必须想出更可靠而且更省力的搬运手段。

“我想把这作为我们的短期目标。”张晓舟说道，“中期目标是把城北的这两只暴龙干掉，远期目标则是把城北所有的猎食恐龙都杀光！你们觉得行吗?”

“就靠我们这些人?”齐峰问道。

他们愿意聚集在张晓舟周围，固然是已经部分认可了他的想法，但就像张晓舟在康华医院所做的那一番即兴演讲中所说的，他们支持张晓舟是因为他正在努力地去改变这个世界，努力地去让所有被迫来到这个世界的人生活得更好。他们愿意为了他去冒险，愿意为了他所指出的那个并不遥远的未来付出血和汗，但这并不意味着他们就成了他的附属品，毫无理性地去做他让他们做的任何事情。

“当然不是!”张晓舟答道，“之前我们杀那只暴龙的时候，聚集了大概四十个人，而且用上了大量的燃烧弹和发射器，我们今后的行动也可以按照这个模式。我们策划行动，制定预案，拟定计划，把所需要的人手、器材、武器列出来，然后想办法去完善它。如果有需要，我们可以制造新的武器，布置陷阱，甚至是训练人手，在满足条件的时候再开始行动!”

有了这个愿意支持自己，并且已经在之前的猎杀中经历了考验，有了勇气和力量去面对恐龙的小队，再加上安澜大厦原有的力量和后勤能力，他对自己所要做的事情变得越发有信心了。

这个小队将脱产出来，专门考虑关于战斗的事情。张晓舟完全相信，集合这十几个有着不同背景、不同知识、不同个性和思考方式的人专门来做这个事情，结果一定会比之前他和钱伟等几个人临时考虑的要全面而且合适得多。

之前的那次惨痛的失败已经让他意识到，他此前所希望的那种让所有人都成为战士、让所有人都有勇气面对恐龙的想法根本就不现实。全民皆兵对于承平日久的国人来说，几乎是一个不可能完成的任务。至少在现阶段，绝大多数人更适合去从事种植、采集、制造、收集这样的工作。在还没有找到合适的战术和武器的情况下让他们走上战场，这是一种近乎犯罪的行为。

以少数精英作为骨干，以一些有勇气并且经过一定训练的民兵作为辅助，再加上有利的地形、陷阱，更有效率和杀伤力的武器，经过周密的计划后向恐龙发起进攻，并且最终把它们从这片土地上驱逐或者是消灭，这才是他们应该要走的道路。

对于那些已经断粮或者是即将断粮的幸存者，逼迫他们参与危险的工作以此来换取食物并不是明智的做法，让他们做一些力所能及的事情，然后以此换取粮食才是正道。

他把自己的想法告诉队员们，很快就获得了他们的认同。

“那么，我们就以那批粮食为第一个目标，开始进行策划吧！”

“我们需要运输工具。”严烨首先说道，“不管我们还要不要动用其他人手，都不可能凭借人力来搬运那么多东西。我们需要少数几个人就能推动，而且能够通过那个土坡的车子。”

张晓舟点了点头。

康华医院的内乱和崩溃让严烨对张晓舟有了更大的信心，任谁也看得出来，除非他们傻到完全把康华医院丢在一边置之不理，否则的话，那里就不会再发展出对他们有威胁的势力。

张晓舟和段宏谈话的时候他一直跟在旁边，他很清楚，这个医生多半没有办法按照张晓舟的指点建立起真正属于自己的团队，那么，他向张晓舟求援就几乎是必然的事情。

张晓舟很有希望以此为契机介入康华医院的事情，也很有希望把城北的这些人聚合在一起。他当然不太可能成为一个强有力的统治者，不太可能成为一个说一不二的独裁者，但在严烨看来，用联盟的方式把人们聚拢在一起，通过一次次的合作构建起相互信任的默契，未必就比何家营那样以武力和恐吓来维系的统治差。

最起码，当自己身边的这群人遇上之前那些来追捕自己的护村队成员时，他完全相信，无论是战斗意识、配合度还是勇气，自己身边的这些人都远远超过何家营的那些乌合之众。

也许他真的会成功呢？

如果他能够以弱小的新洲酒店的团队加上安澜大厦战胜强大的康华医院，那么，为什么他就不能以城北的幸存者战胜强大的何家营呢？

“那些车子上应该装上用来发射燃烧瓶的大型弹弓。”严烨继续说道，“那样的话，即便是遇上了暴龙那样的庞然大物，我们也未必就只能逃命或者是等死。”

从某种角度看，严烨和张晓舟其实很像，他们都很擅长在别人目光不及的地方找到解决问题的办法，在某些时候，看上去同样并不强壮的他们，身体中都会爆发出强大的、令人忍不住会感到惊愕的能量。不同的地方在于，张晓舟的知识和人生阅历要远比严烨丰富，而严烨的视野和心胸都比张晓舟狭隘和偏激得多。张晓舟所有的努力都是为了让尽可能多的人受益，而对于严烨来说，考虑任何问题永远都只会从亲到疏，层层递减，那些他完全不认识的人，他们的死活严烨根本就不在乎。

但这样的差异在当前的环境下并没有在两人之间造成冲突和对立，于是，一心一意想要在这个团队中崭露头角，获得更大话语权的严烨，在一次次的踊跃发言和毛遂自荐当中渐渐脱颖而出。

这让自命为战斗团队二号人物的高辉感到有些不满，但他实在是没有严烨那种什么事情都想去插一脚、什么时候都想表现自己的精力和兴致，几次隐晦地对严烨发出警告却没有收到任何效果之后，他也只能安慰自己，这只是小孩子的一时兴起罢了，过段时间这小子就不会这么跳了。

张晓舟把人们分成三组。

第一组专门负责研究如何改进投矛。可以想见，在没有找到合适的材料制成弓或者是弩之前，相对来说简单易制、容易上手的投矛将在一段时间内继续充当他们的远程攻击武器，那么，如何让它在尽可能降低重量以便增加携带量的同时具有更大的杀伤力、准确度和射程就成了当务之急。远古时代，人类的祖先正是凭借这样简陋的武器成为食物链顶端的生物。即便是在人类进入文明时代之后，相当长的一段时间内，投矛在军队中依然占据着一席之地。这充分说明了这种武器的潜力，而他们所要做的，就是尽快找到正确的制作和使用方法。这件事情却没人有相关的经验，最后仍然是由以前经常在网络上逛来逛去，看过大量资料的高辉来充当负责人，队伍里稍微懂一些木工技艺的两位成员作为他的帮手。

第二组则负责研究如何改进他们的防护。在赶走了盘踞在楼下的羽龙之后，他们不用再冒险去拆卸高空中空调机的外壳，外面那些抛锚的汽车成了他们最好的材料来源，一辆汽车表面能够拆下来的铁皮和钢板足以用来制作一套完整的盔甲。但问题是，因为缺乏冲压工具和车床之类的东西，想要把这些材料加工成他们所需要的形状简直就是一件苦差事。不愿意与安澜大厦发生直接关联的王永军和齐峰一起成为这个组的负责人。一名队员的父亲曾经是汽车修理工，这让他们在拆汽车这件事情上有了明显的进展。但获得了足够的材料之后，怎么把它们加工出来，依然是一个难题。

第三组则由张晓舟负责，成员只有严烨一个，负责到安澜大厦去和钱伟他们一起，尝试着用手边这些零零碎碎的材料制作兼具运输物资和发射燃烧瓶两种功能的推车。

在汽油一天天减少的时候，使用汽车已经是一件明显不太划算也不太现实的事情，这样一种车子不单单对于新生的新洲酒店团队有意义，对于安澜大厦乃至整个城北区域的人们来说都很有用。

“我看还是以独轮车为好，通过性好，不需要多宽多好的道路就能走，在车子后面两侧的位置焊上支架，随时停下也不会倾倒。”吴建伟在这种事情上照例是有着不小的发言权，“轮子可以用电动车的那种轮子，两个一组，并排装在车子正下方，增加承重能力。”

“那还叫独轮车？”

“形状当然还是独轮车的样子，用两个轮子只是为了分担承重。”吴建伟答道，“我觉得只要材料合适，装个四五百公斤应该没什么问题。再大的话，一个人就很难推得动了。”

“可以在两侧焊上几个把手，方便在上坡或者是通过崎岖地形的时候两边的人帮忙推车。”钱伟说道。

“不错。”吴建伟点点头，“前面还可以预留用来绑绳子的位置，必要的时候，前面的人还可以用绳子帮忙拖车。”

“那弹弓呢?”严烨在旁边问道。

这个车子还有一个很重要的功能是作为发射燃烧瓶的移动堡垒。之前张晓舟他们用来伏击暴龙的那几个弹弓是由一个人抬着走的，这东西的结构简单，也很轻，并不费劲，如果能够固定在车子上，当然更加便于转移和使用。

“这个简单。”钱伟说道。看过张晓舟他们拿来的草图之后，他心里已经有了一个相对清晰的想法。在车子上加装这样一个东西并没有多大难度，唯一的问题只是如何设计让它变得更加便于发射。

“我觉得弹弓安装在车头位置比较好，平时不妨碍推车，在需要转作武器的时候，只要一个人在前面压住车把手，把车头立起来，就能很方便地转变为攻击武器……”

几个人很快就把设计图确定了下来，这样的东西当然不可能制式生产，有个大致的想法之后，先造一辆出来，然后在实际使用中一次次进行调整和改进就行。

电动车安澜大厦就有，而且早就已经被拆开，以便寻找可以用的零件。钱伟很快就找来了两个轮子、车架、钢管、角钢和钢板这些东西，在预先把材料用小钢锯、锉刀、手摇砂轮、老虎钳这些东西加工好，并且大致拼装了一下确认没有问题之后，他打开发电机和焊机，抓紧时间加工了起来。

时间宝贵，一分钟都不能浪费。几个人围着他帮忙，用了不到二十分钟，一辆延续了安澜大厦产品一贯风格的难看但是结实耐用的推车便出炉了。

“很好用。”张晓舟推着它在不同的路面上行走了一下，甚至试着在楼梯上走了一圈，随后对钱伟和吴建伟竖起了大拇指。

以同等重量、装满水的塑料瓶模拟发射燃烧瓶的试验也获得了成功，最大射程将近八十米，但是几乎没有什么准头，在三四十米的距离内勉强能够确保一个大致的落点。不过这是弹弓发力不稳和燃烧瓶不规则的外形导致重心不固定而带来的必然结果，对于暴龙这样的庞然大物来说，有这样的精度也勉强够用了。

“什么时候能够做出弩就好了。”吴建伟遗憾地说道。他们一直在寻找可以作为弩臂和弩弦的材料，但这相当困难，现代城市中所能找到的大部分材料足够坚韧，但却缺乏弹性，变形之后往往就很难恢复原状。他们尝试着以那些绿化树木为原料，但未经处理的树枝也很难满足制弩的要求。现在他们找到的最适用的弩臂材料是从小货车上拆下来的避震钢板，而弩弦则是电动车上拆下来的刹车线，但怎么把这些东西加工成钢弩，尤其是机栝的部分，钱伟和吴建伟还在慢慢地摸索。

日落的时候，张晓舟和严烨各推着一辆小车，把另外一辆小车放在上面，带着四辆手推车和将近二十个燃烧瓶回到了新洲酒店。

“省着点用，这已经是我们最后的汽油了。”钱伟在他们离开前对张晓舟说道。

“我会尽快把高速公路那边的汽油运回来。”张晓舟说道。

“也许我们可以用肉干和康华医院换一些汽油？”严烨说道。

钱伟和吴建伟看了看他，对他的这个想法表示赞同。

与康华医院必须保持接触，以免他们再一次形成对周边构成威胁的群体，而互通有无就是一个很好的切入点。

“这个事情我会让王牧林和刘玉成去办。”钱伟说道。相对于他们来说，这两个人虽然未必能够在战场上杀敌，但应付这些人际交往中钩心斗角的事情，却显然比他们要强很多。

很快就有人从酒店里出来迎接他们，他们对于这四辆模样古怪的车子显然很感兴趣，甚至推着它们小跑了起来。

“很不错！”高辉评价道，“不过我们也不差哦！”

“投矛有进展？”严烨兴奋地问道。

“你也不看看我是谁。”高辉得意地说道。

他们于是赶快把车子推进大厅，找了个妥善的地方放好，然后跟着高辉他们去三楼的一个中型会议室看他们的成果。

投矛的形状已经和他们最初做的那些大不一样。高辉现在递给他们的投矛只有手指头那么粗，但长度却达到了将近一米五的样子，矛的前端绑扎了磨尖的餐刀，看上去很锋利，而矛尾的位置也加装了用塑料片做成的尾翎。

“这简直就是放大版的弓箭嘛！”严烨说道。

张晓舟用一根手指把它拎起来，重心在矛杆向前大约三分之一的位置，被人用黑色的笔在那附近涂黑了，不知道是什么意思。整根投矛显然经过了精心的削制，矛杆光滑而笔直。

“试试?”高辉看上去就像是一个好不容易考了一百分,急匆匆地等待家长看卷子的孩子。

“手要握在哪个位置?”张晓舟问道。

“就是涂黑的那个地方。”高辉答道。

他们把一张小圆桌立起来放在会议室的高处作为靶子,让张晓舟站在另外一侧。

距离有大概十五米的样子。

张晓舟深深地吸了一口气,全身的力气都倾注到右手,狠狠地把它投了出去。

但它的重量和飞行的轨迹却和他预期的完全不同,投矛并没有像他想象的那样快速下坠,而是在空中以一个相对笔直的轨迹向前飞行,然后才稍稍下坠了一些。

结果就是,他这一击偏离靶子将近一米,但出人意料的是,它却牢牢地扎在了墙壁上,矛尾不断地晃动着,就像是跳动在每个人的心头。

“怎么样?”高辉得意地问道。

张晓舟重重拍了一下高辉的肩膀,这让高辉哈哈大笑起来。

张晓舟则走到那根投矛前,伸手把它从墙上拔了出来,然后用手指轻轻地在那个洞里面摸索了一下,从里面抠出了少量泥灰。投矛正好刺中了两块砖之间的那条缝,这才深深地扎了进去,但这并没有让张晓舟怀疑它的威力,毕竟泥灰的强度也不弱,能够这么轻松地刺穿,那在这样的距离内,刺穿恐龙的皮肉也是很轻松的事情。

更让他惊喜的是投矛在空中的飞行轨迹,几乎是一条直线,这意味着,它可以在空中飞行更远的距离,也能够带来更精准的命中率。

“这可不是我们的全部成果哦!”高辉这时候说道。

他递给张晓舟一根木头制成的细长器具,它大约有四十厘米长,是一个有一条凹槽的扁平木板,尾部向上弯曲,中间有一道凸棱,不知道有什么用,靠前的部位下方则有一个明显是把手的结构。

张晓舟仔细研究了半天,却搞不清楚这是干什么的。

“武哥,你来表演一个?”高辉对站在旁边的一个队员说道。

那人也不怯场,从张晓舟手中接过那个怪模怪样的东西,握在手中,然后把另外一根投矛放在了上面。这时候张晓舟才注意到,每根投矛的末端都有一个凹槽,而这个器具背后的凸棱可以轻松地卡在里面，把投矛的末端固定不至于滑动，而整根投矛正好可以放在那个东西上面的凹槽里。

“投矛器?!”张晓舟突然想起了一个曾经听过的名词，但这个东西他从来也没有见过，今天还是第一次见到实物。

谜底被提前揭晓让高辉稍稍有些失望，但接下来的表演却让张晓舟和严烨大开眼界：只见名为武文达的男子用食指和中指轻轻夹住投矛的前部，对准作为靶子的那张桌子狠狠地一挥，投矛便在力臂的作用下，以极快的速度如同一条直线那样射向圆桌。

只听到嘣的一声，投矛的整个尖端都插入了桌面，矛尾再一次不断地晃动起来。

“这……可以投多远?”张晓舟惊喜地问道。这样的速度和威力简直超出了他之前最大的预期。

“我们刚才在外面试验过，王永军最远能投出去将近八十米远，只是没什么准头。准头最好的就是武哥，三十米以内，圆桌这么大的靶子，几乎每次都能上靶。”高辉笑着说道。

“杀伤力呢?”张晓舟急切地问道。

“每次都能扎进桌面，只是程度稍有不同，用来对付恐龙应该是没有问题的。”

张晓舟激动地抱住了高辉，把他抱了起来。

“干得好！真是……”他激动得不知道应该说什么了。

只是一天就能达到这种水平，也许是武文达对这东西有着特别的天赋，但也说明在投矛器的帮助下，运用新投矛的难度已经大大降低。如果训练十天、二十天，甚至是更长时间呢?

也许用不了多长时间，恐怖直立猿的威名又将重新崛起，让这个世界的所有生物都匍匐在他们的脚下，瑟瑟发抖?

“你们一共做了多少个?”

高辉的笑容终于收敛了一些。

“投矛器倒是简单，我们已经做了四五个，这个是专门配这种投矛的，只做了一个。不过投矛真的不好做，我们差不多三点的时候才最终确定了这个标准，到现在为止也只做了这两根。主要是杆子加工起来不容易，太容易出废品，一不小心就把木头削过头，让重心歪了。”

这就是手工作业和机械加工的区别，如果有车床，调好参数之后，这边把粗料放进去，那边无数一模一样的没有多大误差的成品就直接出来了。

但这也是没有办法的事情，好在虽然慢，但这东西却可以多次重复使用，随着人们的手艺渐渐熟练起来，产量应该能够上来，总量也很快就能累积起来。

“没关系，会有办法的！你们立了大功了！”张晓舟说道。

但盔甲的进展却非常缓慢，之前他们用三层薄金属板做成的护甲虽然不算太重，但却很影响行动，防护能力也只是勉强合格，依然有人在战斗中受伤，现在还无法行走。

有了充足的原料之后，他们一开始的想法是制作全身板甲，但他们很快就发现，以现有的工具和条件，这几乎是异想天开。最终他们只能退而求其次，胸口部位依然是一整块钢板切割和敲打成的护甲，而其他地方则是一片片弯曲的甲片，穿孔之后用结实的绳子连在一起。这有点像是板甲和扎甲的混合体，不过看上去要比之前那些匆匆忙忙做出的东西像样得多，防护能力和披甲者的行动能力都要强得多。当然，用了真正的钢板之后，即便是把后背空着，这副盔甲的重量也让人有些咋舌。不算手臂和腿部的护甲，仅仅是身体的部分重量就有七八公斤，这样的全身甲如果穿起来，短时间没问题，长时间肯定承受不了，而且行动能力也会大打折扣。

另一个问题是，穿这样的甲里面不可能光着，必须穿上一套耐磨的衣服，这样一来，在白垩纪的高温之下，穿铠甲的人很容易就会因为高温而丧失掉大量的体力。

“得想其他办法，”张晓舟摇头说道，“这样整块的钢板太重了。”

“为什么不直接用盾牌呢?”有人说道，“电影里那些斯巴达人不就是一手持盾牌一手持长矛吗?”

“我们试过，根本就不现实。”齐峰摇了摇头，“用盾防护太考验人的反应速度、体力、技能和勇气了，你以为能够防住你的身体而且又有足够强度的大盾不重吗？我们现在用的长矛多半都是用钢管或者是铁栏杆改成的，很重，单手根本就没有办法灵活地使用。一手持盾一手持矛，结果就是两种东西都没法用了。”

“其实之前我们用的那种不锈钢罩不错。”严烨在一旁说道，“虽然不好看，但是强度不差，重量轻而且还透气，用它们来做甲片，整体重量就下来了，而且也不会太热。”

“但我们找不到那样的材料了。”齐峰说道。

“可以继续拆那些空调机。”严烨说道，“这件事情可以交给我来负责。”他看到张晓舟在看着他，急忙补充道：“这一次我一定会小心的！”

六楼以下的空调室外机外壳都已经被他们拆了，要继续，那就必须再往上拆。

做这件工作的人需要面临更大的压力和挑战。

张晓舟沉吟了一下，最终还是摇了摇头：“先把我们现在手头有的不锈钢罩网拆下来试验一下，确认可行之后再说。”

第10章
团　队

“嘿——”王永军用力挥起那个尖端绑了羽龙镰爪的木棒，重重地向着固定在一个塑料人形模特身上的盔甲上砸去。

沉闷的撞击声之后，那个模特重重地倒在地上。人们过去把它从地上扶起来，仔细地检查着盔甲受损的情况。

“这一击应该和那些中型恐龙的攻击差不多了？”高辉有些不确定地问道。其实在他看来，那些羽龙的力量未必有这么大。

“应该差不多。”张晓舟仔细地检查着那受到攻击的不锈钢网罩，被镰爪攻击到的那个地方凹下去了将近两厘米，有三个焊点断开，但却没有发生严重的变形或者是断裂的情况。

恐龙的利爪始终无法与钢铁相比，镰爪的形状也决定了它的功能更多的是切割而不是刺击，防护的要求比想象中还要低一些。

“我觉得可以。”齐峰说道，“大不了重点防护的部位用双层，你们觉得呢？”

严烨当然是乐见其成，其他人也没有表示反对。

虽然这东西看上去轻飘飘的，而且满是网眼，给人十分脆弱的感觉，但亲眼看过它的防护能力之后，就不会有人还非要去穿戴那些沉重而又不透气的钢铁甲片了。

张晓舟于是点了点头。他安排了三个人和严烨一起去拆所需要的材料。严烨年纪最小,没有领导他们的可能性,但他主动要求去做最危险的事情,这让他们马上对他有了不错的印象。

张晓舟则动员剩下的人们开始按照高辉他们设计并且定型的投矛规格开始大规模的制作。

理论上,这东西不难,先把从酒店的床上拆下来的木方用厨房里找来的砍骨头的大刀劈成一根根的细长条,然后开始用小刀把它们小心地削成一米五长、直径一厘米左右的圆形木杆,再把前端小心地从正中剖开,将磨尖的餐刀卡进去绑好,在末端刻出用来固定尾羽和用于卡在投矛器上的凹槽,把用塑料片制成的尾翎绑上去,最后再对重心进行调整。

但真的做起来才发现,对于他们这些从来没有干过木工活的人来说,真的不容易。

废品率太高,好在他们每天做饭本身就要消耗不少木头,作废的材料不至于浪费,但足够长的木头本身就是一种不可再生的资源,这让张晓舟微微地发出叹息。

他知道自己又一次犯了冒进的错误,并不是每个人都有稳定的双手和慢慢加工那些木头的耐心,不是每个人都适合干这个活。希望所有人一起上然后很快就做出大量合格可用的投矛,这本身就是急躁而且不合理的想法,于是他最终从家属和队员里挑选了在这方面表现得最出色的几个人来负责这个事情。

武器和护甲的进展一下子变得缓慢起来,张晓舟干脆在这个时候把人们集合起来,开始尝试着做一些长矛阵列的训练。

他们所用的长矛材料千奇百怪,大多数人用的是从自己家附近找来的空心钢管或者干脆是水管、护栏上拆下来的长铁棍、围栏上的尖头铁棍,甚至是路边标示牌上拆下来的支撑杆,长度大都在两米到三米,想方设法地把前端一头磨尖。

坚韧程度或许值得信赖,但普遍存在的一个问题是过于沉重。有些管子的管径太大,握在手中都有些吃力,要想灵活地挥动并且做出准确而又致命的刺杀,简直就是不可能完成的任务。之前他们那么容易就溃败,长时间地手持这样的武器与恐龙对峙导致体力和信心的丧失也是一个无法忽视的原因。

于是张晓舟所做的第一件事情就是想办法把人们手中的武器统一起来,并且想办法减轻它们的重量。

新洲酒店侧面停车场的大门最终进入了他们的视线，整道铁门被他们放倒，那些焊接在一起的钢条被他们小心地用小钢锯和消防斧分开，于是他们便获得了二十五根长两米五，管径一点五厘米，具有相当强度而且本身就有一个矛尖的空心钢管。比起木杆的长矛也许仍然稍嫌重了一些，但这样的材质本身就能给人可靠的感觉。

张晓舟组织他们开始进行阵列前进、突然转向、上下楼梯的训练，闲暇的时候，有几个人开始琢磨大家相互之间应该怎么配合，怎么更有效率地杀死那些恐龙。

"我们需要更多的附庸。"高辉坐在张晓舟身边，喘着粗气说道。这个程序员身上现在已经被现实操练得完全看不出张晓舟第一次看到他时的样子，他凭借自己以前从网上得来的那些乱七八糟的信息出了好几个重要的主意，并且成为安澜大厦中唯一一个首先站出来支持张晓舟的人，伴随他经历了许多重要的事件。他在城北的名气甚至已经超过了钱伟，这让他有了相当的自信，待人处事也比以前强了不止一点半点。

"附庸？"张晓舟对这个名词有些不太适应。

"就是帮我们干活的人，也可以从里面挑选有勇气的人来补充和加强我们的队伍。"高辉说道，"什么都自己做，结果就是什么都做不好。我们在这里操练队列，齐峰、严烨他们那些忙着做盔甲和投矛的人怎么办？等到他们那边做好，我们这边队列已经成形，没办法让他们加进来了。那他们怎么办？是把他们剔出战斗序列转为生产者，还是重新训练队伍？那我们现在做的事情不是白费了？"

张晓舟正色听着。

高辉所说的话也正是他在考虑的问题。

事情发展到现在，和他从安澜大厦出来时的情况已经有了很大的不同，很多事情比他预想的还要好，但也有很多事情让他明白自己之前的想法有多么可笑。

新洲酒店的新团队成立没有多长时间，也没有多少人，但如果仅仅是对比战斗力和凝聚力的话，却要远远超过条件优渥得多的安澜大厦。

这或许是因为成立的时间太短，很多问题都还没有暴露出来。但不可否认的一点是，新洲酒店的这些人大多数经历了饥饿、死亡的威胁、恐慌、对于未来的怀疑和绝望，这让他们对于稍稍安定而且能够看到未来的生活非常珍惜。

每个人都尝试着想要多做一点事情，而不会觉得自己做得多了就会吃亏。哪怕是像严淇这样的小女孩也总是尝试着为团队贡献更多的力量，争着去放哨，帮忙做饭、洗衣服。

这样的团队让张晓舟感到自己的付出和努力是值得的，也让他愿意去做更多的事情。

这不禁让他怀疑起自己曾经有过的想法。

难道真的要让人们经历痛苦，经历死亡和绝望，他们才会改变？

他并不是不知道现在严重缺乏人手。现实已经证明，如果要让这支队伍保持强大的战斗力，那就必须让他们成为专业的战斗人员，不再像之前的安澜大厦那样以生产为主。

但他却有一种担心。

一个和尚挑水喝，两个和尚抬水喝，三个和尚没水喝。

如果吸纳更多的人进入新洲酒店，会不会把现在这个好不容易形成的良好氛围破坏掉？人多了之后，会不会又变成安澜大厦那样，人们相互推诿，好逸恶劳，畏难避险？

张晓舟并没有马上就把高辉的建议纳入必须马上解决的事情当中，而是在这天结束的时候，在火塘边询问大家的意见，什么时候去处理高速公路边的那些东西。

没有人觉得要把一切准备工作都做到极致之后再去取那些东西，说到底，那个地方距离新洲酒店直线距离不过一百米，即使是算上道路，距离也不会超过一百五十米。把羽龙赶走后这些天，一直都没有任何恐龙到过这附近，很多人甚至觉得，如果早点动手的话，也许那些东西已经搬回来了。

但之前那次失败却让张晓舟刻骨铭心，他一再告诫人们，在这个本属于恐龙的世界里，任何一点疏忽大意都有可能导致无法承受的恶果，正因为如此，在没有做好准备之前，他并不打算让这些人去冒任何不必要的风险。

“我觉得明天就可以行动。”高辉说道，“这些天来都没有恐龙在附近活动，我们应该抓住这个空当。早点把这个事情解决掉，彻底解除我们在物资方面的短板，接下来的行动会顺当得多。”

人们都同意他的看法。虽然新的盔甲还只做了两套，但之前他们做的那些都还在，完全可以使用，新的长矛也比之前那些好用。在训练了一天之后，他们对于矛阵的行进已经有了充足的信心。

更不要说，还有投矛这样的大杀器。武文达整整一天都在练习怎样更快更隐蔽地用投矛器发射投矛，在一二十米的距离内，他已经对自己能够造成的杀伤力和精准度非常有信心。

“它们要是敢来，多的不敢说，就凭我一个人，少说能留下一两只。”他信心满满地说道。

从昨天下午定型到现在，虽然制作了大量的废品，但合格的投矛还是已经有了二十来根，投矛器也做了四五个，这样的数量完全可以支持一次与小群恐龙的遭遇战。

于是张晓舟终于下了决心。

“我们不发动更多的人，而是凭借我们自己的力量去把那些东西运回来。”张晓舟说道，“四辆车子一次可以运一吨半到两吨东西，分两次把它们运回来。在楼顶设置多人岗哨，发现暴龙就马上回撤，如果是小群驰龙或者是羽龙，就选择合适的地点和它们打一场，必要的时候可以放弃物资。你们觉得呢?”

大家都没有什么意见。虽然他们现在只有二十个人，但每个人都相信，他们此刻的力量已远远超过了之前五十个人的时候。

“我决定把信号旗做一些调整，在原有的基础上做方块旗和三角旗的区分，方块旗表示暴龙，三角旗表示中型恐龙。”旗语应该能表达更多的意义，但这需要时间来编制，现在能够表达这样的意思也暂时够用了。

一夜无话。男人们都回到自己的家人身边，与他们度过也许是最后一个夜晚，而张晓舟他们这些单身汉则聚在一起，随意讨论着身边的局势。

最让他们得意的事情莫过于对羽龙群的胜利和瓦解康华医院的行动。

前者张晓舟很乐意听到他们以自豪的语气议论，这样的氛围对于他们的士气很重要；但对于后者，他却并不愿意深谈。对他来说，杀人永远都是迫不得已的事情，即便他所杀的并不是什么好人，而且几乎达到了扭转乾坤的效果，但对他来说，这并不是什么光彩的事情。

严烨很快就察觉到了张晓舟的这种情绪，这与他隐瞒自己在何家营杀了人的理由其实并不完全相同，但他多少能够体会到张晓舟的心情。于是他悄悄地引导着话题，和王哲一起把谈论的中心引向了何家营。

其实他们一直都在密切地关注着那边的动静。严淇没事的时候，几乎都在新洲酒店的顶楼用望远镜观察村子里的情况。只是因为房屋的层层遮挡，加上她的年龄和阅历有限，很难判断出那里在发生什么事情。电焊火花依然在闪动，也能看到有人在房头屋角种植作物，但很奇怪的是，村子里的那些人似乎已经打定了主意要死守在里面，这么多天都没有行动，不知道他们究竟在做什么。

“那就是一群草菅人命的畜生！在他们的管理下，所有外姓人都生不如死。”严烨这样说道。这里面当然有他的私心存在，但他在何家营所经历的那些事情对以前一直生活在文明社会中的众人来说已经是完全无法接受的事情。

他们可以接受为了家人和自己的生命安全而放弃尊严，可以接受自己被强者统治，但在严烨和王哲的描述中，即便是这样做了，你也未必就能活下来，老弱几乎是有计划地被饿死，这简直就让他们无法忍受。

“总有一天他们会爆发反抗的。”王永军说道，“那个村子里有多少人是他们的死党？一千？两千？以这么点人，这样压榨那么多人，即便是通过杀人和饥饿让他们暂时失去了反抗的力量，可只要有机会，他们就一定会爆发的！”

“但在这之前，他们依然是这座城市最有威胁性的力量。”高辉说道。

他们这支队伍也许已经可以自夸很能打，但满打满算二十个人的队伍，面对几百甚至是上千人的话，又有什么办法？

“他们的粮食够那么多人吃吗？”有人问道。

城北这片区域要比何家营那个地方广大得多，有了预警体系之后，人们多多少少能够在保证安全的情况下从躲藏的地方出来，在周围的绿地里寻找一些可以用来充饥的草根、树叶、果实和虫子，这些东西虽然未必能够让他们吃饱，但多多少少能够缓解一下粮食的压力。

但即便是这样，很多地方也已经面临着断粮的危机。正是因为如此，张晓舟他们之前猎杀暴龙之后向所有人分发暴龙肉的举动才让很多人都心存感激，并且愿意支持他们的行动。

他们尚且如此，何家营里的人是靠什么生存下来的？

“村里原本就有好多小食品加工厂，都是做假冒伪劣产品到副食品批发市场去卖的，应该有不少存货和原料。”王哲说道。对于这一点，曾经在何家营租住的他比任何人都有发言权:“村子里还有好几个超市、不少餐馆和小食品店,出事之后都被统一征管了,能吃的东西他们应该不少。虽然后来陆陆续续有很多人逃进去,但村里对那些人的态度一直都很明确,就是给其中的青壮年和少数有用的人吊着一口气,不饿死就行了。很多人每天就是靠两碗比清水稠不了多少的稀粥过活,其实算下来,真的耗不了多少粮食。不过村子里终归是有那么多人,不想办法的话,结果还是一样。”

“也许我们不应该在酒店楼顶再用旗子示警了。”有人低声地说道,“他们应该已经注意到了我们这个地方,如果他们派一支队伍过来看看这里是怎么回事,那我们怎么办?和他们打,还是丢下东西往北撤?”

“撤?能撤到什么地方?”严烨说道,“往北不到两公里就是悬崖,外面都是森林,你能撤到什么地方去?照我说,只能和他们打!”

“就凭我们这么点人?”

“当然不行!我们得拉上城北的所有人,最好是再拉上学校的那些人!”严烨悄悄地看着张晓舟的表情说道,“那些人也是见死不救、狼心狗肺的混蛋!但他们只要不是笨蛋,就不会看着何家营把整座城市都吞并掉!”

这是一条出路,或许也是他们唯一能走的路,人们不约而同地跟着他看向张晓舟,很明显,如果要这么做,那他们能够仰仗的也只有他了。至少目前,如果说有什么人能够让城北的人们联合起来,那他就是唯一可能的人选。

这么多双眼睛盯着自己,一下子让张晓舟感到压力巨大,他愣了一下,笑着摇了摇头:“现在想这些有什么用?先脚踏实地地把明天这一关过了再说!睡吧!”

每个人之前都把这件事情想得很轻松,可当他们重新站到那个土坡面前时,看着那些血液凝固之后留下的暗红色印记,那血肉横飞的场景突然变得清晰起来。

不过他们毕竟是经历过一次生死考验的人,少数人的心里稍微动摇了一下,但这样的软弱马上就被身边其他人的行动击退。他们排成一个疏松的队列,把四辆车子和专门负责投矛的武文达保护在中间,保持着这样的队形慢慢向那个地方走去。

幸运的是,来到这个时代之后,虽然几乎每天都有雨,但却很少遇到大风天气,那些东西大多数都有包装,依然好好地码在高速公路边的那个地方。

张晓舟抬头望了一下楼顶的旗子,压低了嗓音对人们说道:“各位,快!”

一部分人把手中的长矛交给身边的同伴,快步走向那些东西,用力把它们抬到小车上放好。“先别管那些体积大的，优先搬重的那些！”张晓舟一边动手一边说道。

他们在这里的举动让一群体形细小的秀颌龙从高速公路边的阴影里快速地逃走了。因为没有人在这里行动，高速公路以南的这片区域，很多地方都已经长出了郁郁葱葱的绿色植物，就连那些翻倒在地上的车子里也有细嫩的枝丫从破碎的窗户里伸了出来。

生命的力量是如此强大。也许有一天，这些跟随他们而来的植物将会逐渐占领这个星球？那对于后人来说，它们的出现必然会变成生物衍变史上一个巨大的谜团。

那么，他们这些人呢？

张晓舟一直避免自己去想这样的问题。他们来到的这个世界，究竟是已经过去的属于地球的白垩纪，还是另外一个与它极其相似的地方？是平行宇宙，还是已经发生过的历史的一部分？

时空悖论在他们身上会不会有什么作用？他们来到这个世界所带来的变化，会不会在漫长的岁月中被无限放大，形成某种强烈的蝴蝶效应，并最终改变这个世界的未来？

一旦陷入这样的设想，就会有更多的想法和担忧涌上来，并最后变成一句话：他们这些人，到底有没有活下来？

他和高辉两人从安澜大厦出来的时候，曾经讨论过这个问题。

他们现在生活的世界距离原来的世界有着数千万年的距离，在这样漫长的时光当中，任何事情都有可能发生。也许他们死了，成为这个星球漫长历史中无数微不足道的事件之一，湮没在历史的长河当中，无声无息。但也许，他们不但活了下来，他们的后代还创造了辉煌的文明，甚至最终将脚步迈出了地球。

“也许所谓的外星人就是我们的后代呢？”高辉这样说道，“又或者，传说中的亚特兰蒂斯文明就是我们的后代所创造的呢？还有金字塔，也许是我们的后代指挥古代埃及人建造的？也许我们本身就是现代人类的鼻祖！”

张晓舟却很难像他这样乐观。

如果他们能够达到那一步，那在地球的某个角落必然会遗留下某种印记。就连远古时代的野人都能够在岩洞的壁上留下壁画，证明自己曾经在这个世界上存在过，那他们这些人如果真的繁衍生息了下去，又怎么可能不遗留下一些可以供后人研究的遗迹？

唯一的解释是他们并没有对这个世界造成太大的影响。

但这样的想法过于消极，如果他们注定失败，那他们此刻的所有努力又算是什么呢？正是因为如此，张晓舟从未向任何人透露过这样的想法，也没有在任何场合流露出来。

“加把劲！马上就好了！”他再一次把这样的恐惧深深地埋进心底，同时对人们说道。

他们选择的行动时间是正午阳光最炽烈的时刻，虽然还不清楚原因，但在这个时段，恐龙多半都把自己隐藏了起来，很少到外面行动。这也是一天中最安全的时刻。

站在高速公路上往城北方向望去，可以看到众多规格不一的绿色旗帜在飘扬。可以想象，这个时候，那些地方应该有很多人从藏身的地方走了出来，开始努力地寻找着可以用来果腹的东西。

但就在这时，新洲酒店楼顶的旗子突然换了一种颜色，对着西面不停地晃动了起来。

“张晓舟！”王永军叫道。

“我看到了！”张晓舟答道。三角形的旗子，是中型恐龙！“大家注意！有东西从西面过来了！准备战斗！”

这时候，攻击者已经映入了他们的视野，那是一小群有着墨绿色斑纹的恐龙，大约有四五只，它们也许是在跨越高速公路的时候看到了他们这群人，于是便沿着高速公路快速地向这边直冲过来。

笔直而又开阔的高速公路上，它们奔跑的速度有如奔马，只是短短的十几秒就已经到了面前，这样的威势是他们还没有经历过的，有几个人甚至明显动摇了起来。

“立住矛杆！把矛尾顶在地上！把长矛都竖起来！站拢一点儿！”张晓舟大声地叫道，同时自己站在了最前面。

骑兵冲阵的时候，站在第一排的长矛兵往往会被疾驰而来的奔马撞得筋骨碎裂而死，但他相信这些肉食动物不会像受过训练的马那样不管不顾地就往尖锐的长矛上直冲过来。即便是那样，它们的体重也决定了它们冲撞的威力有限。也许他们会受伤，但这些东西如果胆敢直冲上来，一定会死得很惨。这种时候，比的就是谁更有勇气。

王永军第一个站到了他的旁边，然后是齐峰，几秒钟后，一道斜斜的矛阵已经立了起来。

恐龙脚爪在柏油路面上划动的嗒嗒声越来越响，咆哮声清晰可闻，皮毛下健硕的肌肉和巨大的镰爪几乎近在眼前。人们脸上的肌肉不由得抽动起来。“稳住！”张晓舟站在第一排大声地叫道。

终于，就在那些东西距离他们不到十米的时候，它们的速度慢了下来，但还是快速地向矛阵的两侧分开，试图寻找他们的破绽。

这样的情况昨天他们就已经演练过，恐龙惯用的攻击方式无非就是那么几种，他们也随之做出了相应的准备，矛阵迅速转向，跟随着这些恐龙的行动，转化成了一个松散的半圆阵。他们始终用矛尖逼着它们，让它们没有机会靠近。

“武文达！”张晓舟大声地叫道。

如果他们只是改善了长矛，简单训练了矛阵，装备了简单的盔甲，那张晓舟绝对不会同意以这么少的人手来冒险。矛阵防御有余，进攻不足，如果只有这样的手段，那与恐龙对峙下去的结果，依然只会是人们体力和精神耗尽之后，因阵列崩溃而惨遭屠杀。

如果没有进攻的手段，人们走出躲藏的地方面对这个世界就是一句空话。

此时此刻，他们最大的武器就是投矛，松散的阵列也是为了便于武文达在阵列中心寻找和把握机会。

几乎就在张晓舟叫出声的同时，武文达已经动了。

其实他的目光一直都在盯着那些不知道品种的恐龙，手中的投矛器上也早就扣住了一根投矛。一只恐龙习惯性地停了下来，站在距离他们不到十米的地方张开满是利齿的大嘴对着人们咆哮，试图让他们的阵列出现破绽，于是他毫不犹豫地大叫了一声，让挡在他面前的两个人稍稍分开，从松散的阵列间一步跨出，右手狠狠地挥了出去。

电光石火之间，那承载了人们无数希望的投矛犹如一道闪电一晃而过。那只恐龙意识到了什么，但它的行动速度远远没有办法与投矛相比，投矛狠狠地扎进了它的右腿，让它痛苦地嘶吼起来。

在这么近的距离内命中目标，这一击的力量可想而知，它的那条腿马上就瘸了。而几乎只是几秒钟之后，武文达投出的另外一根投矛也命中了它的身体，从侧面深深地扎了进去。

它们开始慌张了起来，其中两只试图帮助自己的伙伴，但矛阵此时已经在张晓舟的指挥下向那只受伤的恐龙推进。武文达手中的投矛向其中一只掷去，却只是在它的背上刺出一个口子之后便脱落了下去。但这已经足够让它们认清当前的状况，它们很快就拉开了与矛阵的距离，在又一根投矛与它们擦身而过之后，它们便放弃了拯救自己的同伴，快速地向着来的方向逃走了。

那只受伤的恐龙挣扎着往前，踉跄着逃走，但这时候局势已经完全扭转了过来，人们分散开，用长矛威胁着它，逼迫它退回原地。它张开嘴，大声地嘶叫着，不断挥舞着利爪，想要以此来驱赶向自己靠近的人们。武文达手中的投矛持续不断地从侧面向它投去，将它扎得如同刺猬一样。

许多投矛因为它的行动而从它身上落下，被人们捡起来重新交给武文达，然后再一次刺入它的身躯。鲜血从伤口不断地流出来。几分钟后，它便无力继续承受这样的伤害，哀鸣一声摔倒在地上。

王永军从它背后的死角走过去，手中的长矛准确而又凶狠地刺下，将它直接钉死在地上。

这本应是值得庆贺的时刻，在室内战胜了这些东西之后，他们又成功地在室外也击败了它们。

但一切来得太简单，赢得太快，让他们都有种不真实的感觉。就像是一个小孩舞着大刀向他们扑来，那把刀让他们有些顾忌，甚至是有些紧张，但他却自己露出一个破绽，被他们一脚踢在屁股上，摔得屁滚尿流，哇哇大哭着逃走了。

这样的胜利，丝毫也不能让他们感到兴奋和快乐。

大家站在原地你看我我看你，最后耸了耸肩，没等张晓舟发话便回到那堆物资旁边，继续把物资搬到车上。王永军则向那只死去的恐龙走去，拔掉它身上的那些投矛，和武文达合力把它扔在了其中一辆车上。

新洲酒店的楼顶，代表安全的绿色旗帜又飘扬了起来。

“这些粮食算是团队的共有财产，但是，我的想法是，从里面拿出一部分来给之前牺牲的那些人的家属作为慰问品，再拿出少量来给那些挂出了预警旗并且一直在向外发出预警消息的地方。”

张晓舟说完之后，便看着围坐在火塘边的人们。

除去那个还不能下地的伤员，这个团队的正式成员到目前为止正好二十个，围坐在一个火堆边稍稍有点挤，但分坐在两个火堆边，就显得很松散了。

因为成立的时间短，而且经历了一系列的事情，团队的宗旨、组织形式、物资分配方式等一概没有建立起来。大家只是一起动手制作物品，一起想办法解决问题，一个锅里吃饭，即便是加上了将近三十个家属之后，这样的局面也没有什么根本性的变化。唯一不同的是，人多了之后，做饭的锅从一个变成两个，而很多活计也都被那些家属接了过去。

团队目前唯一的共识是，他们是以消灭城北的恐龙为一切行动的宗旨的。

其实这并不是张晓舟真正的想法，但不知道是怎么搞的，在他和老常去康华医院的时候，高辉和王永军这两个人在回答其他人的疑问时，简单地把他的想法归结为这么简单的一句话。这与其说是张晓舟的想法，不如说是王永军的想法更恰当一些，但鬼使神差地，这样一群人竟然也就这么聚拢在了一起。

他一直没有找到合适的机会来确立团队的一些规矩，但话又说回来，他自己其实也不清楚，他们这样一个团队，应该建立起什么样的规矩才合适？

“这没什么问题吧？”严烨在他刚刚说完之后没多久便说道，“按照我们的行动模式和人数，粮食这一块至少在一段时间内都不会有什么问题。预警体系就不说了，对于我们的行动帮助很大，应该要想方设法地鼓励他们坚持下去。至于慰问品，以后我们肯定还要组织大家一起做事，这样的姿态应该有。”

高辉被他抢了先，感到有些不快，话都被严烨讲了，他觉得自己再重复也没什么意思，只能简单地说：“我也是这个看法。不过我们现在明显是肉类比较多，这些东西加工起来麻烦，太费时间还容易变质。以后如果把那两只暴龙杀了，情况可能会更严重。我看可以把今天收获的这些粮食留着，给他们一些肉类。给人的感觉更好，而我们也好处理。”

有几个人本来有点不愿意，不过这样的理由也很充分，大多数人同意之后，他们也就没表示反对。

“那下午高辉我们几个就专门去做这个事情。”张晓舟说道。他的目光在人群里停留了一下，最后说道：“齐哥你在家里坐镇，安排一下大家做什么。”

这其实是在隐晦地安排齐峰作为团队的副手，高辉的脸色一下子有些难看，而齐峰则明显有些意外。

但其实，这是张晓舟能够做出的最好选择。

从对自己的支持度来说，最好的人选当然是高辉，但在很多时候，任人唯亲只会让本来良好的氛围渐渐变味。高辉的确是为团队的发展做出了不少贡献，出了不少好点子，但他最大的问题是年轻，平时说话又有些跳脱，让人觉得不太可靠。他和张晓舟关系太好，在这些人刚刚被逼入新洲酒店的时候，他的言论和做法被人们在背后说了不少坏话，这让他和那几个人的关系一直都不太好。如果让高辉做副队长，非但起不到替张晓舟查漏补缺的作用，反而很有可能带来更多的问题，要张晓舟帮助他解决。

而选择齐峰就没有这些问题，他的年龄、体力、阅历和人际交往能力都比高辉更有优势，与那几个刺儿头的关系虽然说不上多好，但他能镇得住他们，不让他们对团队造成什么损害。

高辉的作用更像是一个不错的助手，而不是团队的副手。

“齐哥，你觉得呢？”张晓舟再一次问道。

“那行啊，没什么问题。”齐峰说道。

高辉一下子蔫了。其实严烨多少也有些失望，不过以他的年龄，在相当长的一段时间里，哪怕他付出再多的努力也不可能成为副队长，所以他倒是马上就释怀了。

“张队长，我跟你们俩去吧？”严烨主动说道。

“那你那块？”

“小严他们昨天已经拆了好多材料，应该够用了！”齐峰说道。

“那好吧。”张晓舟于是点了点头。“我还有另外一个想法。”他继续说道，“盔甲的事情不太好外包，但投矛我们是不是考虑交给外面的人去做？这东西其实没什么难度，就是需要时间和耐心，一点一点地推进。让我们自己的人来干这个太浪费，我们是不是可以把标准定出来，让外面的人来帮我们做？我们只要定出一个验收合格的标准和愿意付出的代价，然后定期去检验收货就行了，以后我们有什么需要的东西也可以照此办理。这样一来，我们不需要增加额外的人手，但却可以解决我们的后勤问题，也可以名正言顺地帮助那些没有食物来源的人，和城北的人们保持一个比较好的关系。你们觉得呢？”

“这个主意好！”第一个响应的是王永军，他早就不希望和安澜大厦继续有太多的瓜葛，但很多时候，他们却不得不借助安澜大厦的后勤加工能力，让他只能捏着鼻子忍受。这样的提议对于他来说当然是很好的。

“但是……”高辉本来已经打定了主意再也不表达任何意见了，但他这时候又忍不住了，“我们好不容易才研究出来，这么快就被他们知道，那我们不是没有优势了？”

张晓舟不由得摇了摇头：“我们竞争的对象本来就不是城北的这些人，而是盘踞在这个世界的其他生物，甚至是这个世界本身。城北的人们如果愿意拿起这些投矛战斗，我们应该感到高兴才对。”他看着高辉，伸手拍了拍他的肩膀，“如果何家营那些人真的打过来，你觉得是我们几个站出来对他们震慑力大，还是城北的上千个人手拿这样的武器站出来对他们震慑力大？”

“我只怕他们没有勇气用这些武器。”他叹了一口气说道。

要是有五百个人能够达到自己身边这些人的水平，那这个世界还有什么生物能够威胁到他们？

给那些在预警体系中充当了一分子的人送一份恐龙肉是件简单而又惬意的事情，虽然已经有上次捕猎暴龙之后的例子，但人们都很清楚，这个体系对于在这个区域里活动的每个人都有好处。按照道理来说，每个人也都有责任，把维系这个体系的责任归结于其中的某个人或者是某个团队是不合适的。

张晓舟他们给予的这些肉食早已经超出了新洲酒店这个小小团队的责任，这让人们在高高兴兴接受他们馈赠的同时，再一次表达了对张晓舟的支持。

他们翻来覆去不过就是那些话，张晓舟微笑着一一接受，然后把一根投矛的杆子拿出来，表示自己愿意花粮食来收购这样的东西，但是，对于质量的要求比较高，只有合格品才会付账。

这样的要求马上就让这些人兴奋了起来，他们把张晓舟手中的矛杆拿过去细细地研究，同时向张晓舟打听，他愿意付出什么样的代价。

“每两根合格的矛杆换一两肉干。”张晓舟答道。

他们新收获的那些东西太过于杂乱，反而不合适用来做一般等价物进行交换，想来想去，手边数量充足，标准统一而且也不会有人拒绝接受的只有肉干了。

这东西当然不会有人奢侈到拿来干吃，现在有相当一部分人的主要食物已经是从周边绿化带里收集来的草根树叶之类的东西再加上少量的粮食混合在一起煮出来的稀粥了。这些东西吃起来味道不好，也不顶饱，但如果加上几片肉干进去一起煮的话，无论是口感还是充饥的作用都会大大提升。

“有多少都要吗？”有人急切地问道。

“当然！”张晓舟肯定地答道，“但这东西看上去简单，没有合适的工具和耐心可不容易做，很容易出残次品。我们要的是浑圆笔直而且重心在木杆中心的成品，残次品我们可不要！”

“张队长你放心！我们交给你的，绝对满足你的要求！”

当然，也有人一下子沮丧得不得了。他们已经在这个世界被困了一个多月，一直都在以周围能够找到的各种各样的家具来作为燃料。因为空房间很多，而且实际上烹饪的机会也不多，大多数人都还有着足够的燃料。但他们偏偏闲着没事把那些家具都劈成了容易烧的小块……真是追悔莫及啊！

张晓舟对这样的事情也爱莫能助，好在这样的人终究是少数。大多数人都对这个新的营生充满了信心，有些人甚至马上就开始盘算了起来，自己楼里有十个成年人，这东西就算是再挑手艺费时间，一点点慢慢来，一个人一天总能弄出一根来，那就是整整五两肉干。

“张队长，你真的有多少都要吗？”他们马上再一次确认。

“明天中午我们过来收，那时候有多少要多少。”他们的劲头让张晓舟吓了一跳，这些家伙不会真的一天时间弄出成千上万根合格的成品吧？

好多人马上就开始往回跑，开什么玩笑，只收一天？！那还等什么？明天能吃多少肉，就看这不到二十个小时了！

“这些人真是……”这样的局面把严烨吓了一跳。

“大家都……都穷怕了吧？”张晓舟忍不住叹了一口气。不过他们手头现在加起来有两百多公斤肉干，安澜大厦那边应该还有将近一吨肉干，足以交换两万多根矛杆。要是他们真能在一夜之间弄出那么多合格品，那他也认了。

这不仅仅是投矛的事情，当他们之间的关系通过这样的事情一次次巩固时，他所要做的事情应该也会渐渐变得顺利起来。

但给那些死难者的家属送去慰问品却就不是什么好事情了。

虽然大多数人都已经知道了自己亲人的下场，并且被迫承认了这样的结果，但这并不意味着他们就能坦然地接受它。大多数人只是木然地接过他们送去的东西，象征性地说一声谢谢，也有很多人心里的伤疤又被他们揭开，悲戚地痛哭起来。

而最让张晓舟难受的，还是那些把亲人横死归罪于他们，不肯接受抚恤的人。这样的人只有两家，虽然如此，却也让他们本来平静的心情变得郁闷了起来。

“这些东西有什么用？能让他复活吗？”他们用血红的眼睛盯着张晓舟，用低沉而又沙哑的声音说道，“拿走吧，我们不要这些东西。”

他们这样的说法，让那些已经接受了慰问品的人脸上难看了起来。

“别不识好歹！”高辉本来就不高兴，听到这样的话越发气愤，“现在是什么情况你们难道不知道？当初招募大家的时候就已经说过，这是去冒险！有可能是要送命的！每个人都听得清清楚楚，也都说自己不怕死！现在出了事情就怪我们？我们自己也是拿命拼的！难道那些东西是我们能控制的？”

“那为什么你们偏偏就一点事都没有！为什么偏偏是他死了！？”死者的家属痛苦而又愤怒地叫道。

“哈哈！”高辉气得笑了起来。张晓舟一把抓住他的手，让他不要和这些人争辩，但因为张晓舟把齐峰任命为副队长而不是他的气在这时候突然就一起涌了上来，让他一下子失去了控制：“本来我不想说，既然你想知道，那我就告诉你！之前我们就反复交代说不要乱跑，大家聚在一起就不会有事。结果呢？他们丢下其他人就跑，害死了自己不说，差一点害得我们也死了！我们不计较这个，也不想说死人的坏话，一家家地给你们送慰问品。我们已经仁至义尽了！还要我们怎么样？你们倒好，反过来倒打一耙，咒我们？”

“高辉！”张晓舟生气地叫道。

高辉从车子里抓起一块肉，狠狠地砸在那家人的面前：“爱要不要！看不上就给别人，不然就扔了！别来这套！我们欠你的？摸着自己的良心想想！”

话说完，他便直接走了。

“对不起。”张晓舟拉着严烨对人们道歉。那几个人被高辉气得浑身发抖，但却什么话也说不出来了。

“这个世道不容易，大家都别意气用事。”张晓舟以前从没有做过这样的事情，不知道应该说什么，“这件事情大家都不愿意让它发生，但世道如此……它既然已经发生了，我们也只能放下悲痛继续往前走。毕竟，日子还长，你们还活着，孩子也还小，不管怎么难，生活终归还得继续下去。”他把那块肉从地上捡起来，然后又重新拿过一块，叠在一起放在他们的手里：“你们放心，我们一定会继承他们的遗志，把城里所有恐龙都消灭掉！请你们相信我们，不管有多难，我们一定会杀光那些东西，为他们报仇！等到那个时候，一切都会好起来的，我们一定都能克服所有困难活下去的！”

这两家人终于哭了出来，也终于接受了张晓舟他们送来的慰问品。周围那些出来寻找食物的居民看着这一幕，却什么都没有说，只是悄悄地议论着。

张晓舟不想听他们说什么，人们理解也好，不理解也好，结果就是如此了。也许有人会认为他们这么做是在作秀，是在拉拢人心，但从他自己的本心来说，他只是想要给这些失去了顶梁柱的家庭一个安慰。

把这三十几家遗属全都养起来他做不到，也不会去做。如果他们是英勇战死的，那他再怎么困难也会想办法解决遗属的生计问题，但对于这些在关键时刻临阵脱逃的人，他也只会做到这一步了。

高辉这时候已经气鼓鼓地走到了前面，张晓舟和严烨一起向遗属们告别之后，拖着已经几乎空下来的车子快步追了上去。

“辉哥，辉哥！看不出来，你发起火来还挺有魄力的嘛！”严烨看着张晓舟和高辉两人僵着的脸，突然笑嘻嘻地说道。

“少来！”高辉没好气地说道。

“真的！”严烨说道，“我是说真的！要不是你借着这个机会发这一通火，把事情的真相说出来，还不知道他们要怎么理解我们送来的这些东西。别到时候我们东西送了，得不到好报还引来一堆坏话，甚至是引来一堆仇人，那就得不偿失了。”

他对张晓舟说道：“张哥，你唱红脸，辉哥唱白脸，这么一配合，这件事就算是处理得很完美了。你们俩这个默契，真是……”

张晓舟看了看高辉，高辉也看着他，最终还是高辉忍不住笑了出来："你小子……少来这套！什么默契……"

"你这个脾气……"张晓舟摇了摇头。他本想找个机会单独和高辉谈谈，但现在看起来就是一个合适的机会了。于是他一把抓住高辉，把他拖到了自己面前："就你这个脾气，你说我放心让你去带那几个刺儿头吗？"

高辉一脸的不服，但在张晓舟的解释和严烨的帮腔下，他心里的气终于慢慢消了。

"但你就不能提前告诉我一声？好歹让我有个心理准备啊！"

"是我不对。"张晓舟诚心实意地道歉，"走，去安澜大厦，想吃什么我请，大不了把积分都花了！"

第11章

理　念

高辉的气来得快，去得也快，经历了这个事情之后，他和严烨的关系也突然好了起来。

两人心里都明白，至少在一段时间内，他们都不太可能成为团队中独当一面的人物，严烨主要是因为年龄太小，而高辉则是因为脾气太直没有城府，话多而且容易得罪人。想通了这一点之后，两人之间也就没有任何芥蒂了。

之前他们来的路上就已经把从高速公路边上那些车子里抽出来的汽油送过来了，这大大地缓解了安澜大厦无油可用的窘境。再一次回到这里，简单地吃了一顿饭之后，严烨意识到张晓舟还有其他目的，于是他便主动提出把车子送回去，顺便告诉大家他们的行踪。

“这小子倒是机灵得很！”高辉说道。

张晓舟笑着摇了摇头：“走吧，找钱伟、梁宇、王牧林他们谈谈去。”

他们都在忙碌着，外患既除，安澜大厦便得以把全部精力都投入到已经严重滞后的种植大业当中去。

钱伟正在指挥人们用滑车把土从一楼吊上来，而另外一些人正在把草木灰和泥土混在一起，然后装到空的筐子里去。楼顶已经放满了一个个之前编织好的筐子，为了能够更加有效地利用本来就不多的面积，筐子之间排列得很紧，只是在中间留下了一些供人行走的窄窄的小径。之前种下的那一批已经承载了希望的小苗长了出来，而其他的还是只能看到泥土。

张晓舟知道李雨欢在六楼建立了一间育苗室，里面已经培育了数百棵玉米苗，只是还没有移栽上来。

他迟疑了一下，决定还是不要再和她有任何的接触和交流，这样对双方来说也许都更好。

“现在应该没有必要非在房间里种地了吧？”他对站在一边的王牧林他们说道。

那只是之前面对恐龙肆虐时提出的一种权宜之计，当时包括张晓舟在内，人们完全没有勇气面对恐龙，悲观地认为自己将会被困在一幢幢楼房里，这些楼房会成为一个个的孤岛。正是出于这种考虑，张晓舟才提出了在楼里种植玉米的构想。

这在当时的那种环境下当然不能说是错的，但现在，恐龙在他们这个区域出现的频率已经开始大大下降，显而易见，已经没有必要再坚持那样没有效率的做法了。

张晓舟他们几次零零星星地杀死了一些恐龙，让它们逐渐意识到这个区域已经不再像之前那样是一个乐园，但让它们渐渐远离这个地方的主因却是预警体系的建立。

它们无法理解那些不同颜色旗帜的意义，但对于它们来说，很直观的一点就是，在这个地方已经很难有机会发现仓皇逃走的人们，几乎已经找不到任何食物。除了位于整片区域边缘的少数地方，当它们快速经过这个地方时，所能看到的只有空无一人的街道。到处都有人类活动所留下的气味，证明这个地方确实有大量的猎物存在，但它们却没有能力把那些躲藏在房屋里的人抓出来吃掉。非但如此，还有一些人在恐龙惯于行走的路线上设置套索、落石之类的陷阱，虽然没有奏效，但对于恐龙们来说，在这片区域狩猎已经变得得不偿失，于是它们渐渐地把活动的中心放到了那些还能够轻松找到食物的地区。

在这种情况下，人们的行动范围渐渐地能够离自己居住的房子稍稍远一些，也能够搜寻到更多的食物，而这也意味着，在室外种植粮食变成了一种可能。

“除了少数的道路可以留下之外，所有的地面都应该挖开种上玉米。”张晓舟对他们说道。这也是他们在新洲酒店楼顶通过望远镜看到的地质学院和何家营所采取的策略。在当前这种情况下，广场、停车场、人行道这样的地方已经没有存在的必要，所有的空间都应该被利用起来。有些地方处理起来比较方便,比如人行道,把表面那层地砖掀开,然后挖掉表面的那一层覆盖物,把土里的垃圾和杂物处理一下就行;但有些地方比如说道路就难一些,表层的柏油路面下面还有各种各样的垫层,然后是各种各样的管道,要想把这些面积利用起来,将会是一个漫长而又复杂的过程。

不过这应该是值得的,当这些事情做完之后,土地将会带给他们源源不断的回报。在室外,土壤、空气、光照和灌溉条件都会比在房间里种植要优越得多,产量也必然会有保障。当然,所有房间靠近窗口的地方依然可以用花盆或者是筐子盛土来种植蔬菜或者是粮食,但这只是对耕地不足的一种补充,而不再是重要的组成部分了。

"你的意思是,要把种子分出去给其他人种?"梁宇马上就明白了他话里隐含的意思。

张晓舟点了点头。

之前那些行动中,他们从李雨欢供职的种子公司的仓库里弄到了三吨多的玉米种子,而且是专门针对热带的品种。行动结束后,分了不到二十袋,大概五百公斤出去给那些和他们一起行动的团队,剩下的一直都小心地保管在五楼的一个房间里。

他们不知道这个世界的季节变化是什么样子的,但对照种子包装袋上的说明,此刻的温度和降雨情况应该是适合播种的。就张晓舟所见,有些团队种在屋顶和花盆里的玉米已经长得齐腰高了,当它们进入生长旺盛期,应该很快就会变成和人一样高,甚至是比人还要高的秆子。再过两个多月,它们应该就能结满沉甸甸的苞米,这样的景象让张晓舟满是憧憬。

"我愿意用以后捕猎获得的肉来交换。"他对安澜大厦的管理人员说道。

"你这是什么话!"钱伟马上说道,"这又不是你一个人的事情,为什么要你来承担?!当时要不是你一力推动,我们已经拉着吃的东西回来了,谁还会折回去拉这些种子?这些种子怎么处理你本来就有发言权!"

梁宇和王牧林迟疑了一下,没有说什么。

"但这已经是安澜大厦所有成员的共同财产了。"张晓舟说道,"我们没有权利私下决定怎么处理它们。"

"你想多了,这不是什么事,我去和他们说,他们会同意的!"钱伟说道。

张晓舟的出走在安澜大厦的人当中造成了不小的影响,在他离开之后,很多人都在私底下议论，究竟是什么原因让他非得要离开安澜大厦不可？

那些欣赏他，甚至是有些崇拜他的人讨论得尤为激烈。

钱伟曾经听过一个说法，是梁宇、王牧林这些人联合起来把张晓舟架空，让他没有办法再继续实现自己的理想，这才愤而出走的。这样的说法一度很有市场，甚至导致梁宇和王牧林遭人白眼，被人在背后议论。但很快，这种无稽之谈又被人们自己推翻了。

如果是这样的话，那为什么接替张晓舟的人是钱伟？为什么张晓舟又经常回来？而且也看不出来他和管理层几个人之间有什么芥蒂。

钱伟对自己没有被人们视为阴谋家和背叛者感到有些轻松，这起码证明，自己在人们当中的口碑并不差。当几个与他关系很好的年轻人来向他询问张晓舟离开的原因时，他迟疑了一下，最终把自己的判断说了出来。

张晓舟对安澜大厦这个地方失望了。

不管张晓舟怎么阐述自己离开的理由，对于钱伟来说，这就是真正的答案，否则的话，他完全没有理由离开。不管他要做什么事情，有人帮忙总比从零开始要容易。

除非他认为，这个地方非但没法帮他，反而会成为他的阻碍。

这样的答案当然让人们感到惊讶而又不满。

失望？为什么？难道我们有什么地方做得不好？我们已经把自己能做的都做了啊！

"就因为我们那时候集体投票决定不接受那些人吗？"有人问道，"但是，当时我们真的没有能力去接纳他们啊！王牧林、梁宇他们不就这么说的，能怪我们吗？或者是他离开之前的那次提案？可他说的那些真的不现实啊！"

钱伟不知道该怎么说，这件事情也许是最直接的理由，但显然，张晓舟决定离开绝不仅仅是因为这么一件事，而是许多事情的日积月累。最关键的是，张晓舟已经完全改变了自己的想法，决定彻底改变龟缩防守的思路，把自己的行动转为积极的进攻，他认为，已经暂时过上了安稳生活的安澜大厦的成员们不太可能支持他的这种想法，于是只能找其他人来支持他的这种做法。

钱伟当时想要向他证明这种想法是错的，但结果，人们的表现却和张晓舟预测的一模一样。

其实就连钱伟自己当时也并不认同张晓舟的想法，在他看来，以他们的力量，能够守住安澜大厦就不错了，想要杀死暴龙，杀死盘踞在这个区域的恐龙，这是不可能的。

谁能想到一切真有那么容易？

当暴龙死去，当数以吨计的肉作为战利品进行分配，当安澜大厦的许多房间都挂满了准备阴干的肉条，人们变得哑口无言。

后来那支队伍的全军覆没让人从不切实际的妄想中清醒过来，张晓舟领导的队伍先败后胜也让人们更加清楚地认清了现实。那些恐龙依然是巨大的威胁，但张晓舟的想法也许是正确的，最起码，可以看到成功的可能。

一些年轻人和尚有热血的中年人开始反思：是我们错了吗？

正是在这样的情况下，他们才会在钱伟的鼓动和驱使下，冒着巨大的危险，跟在新洲酒店过来的那些人身后，迈入恐怖而又危险的黑夜当中，去拯救那个无数次给予他们希望和帮助的人。

不可一世的康华医院就这样被打垮了，比任何人想象的还要快，还要戏剧化。不管未来如何，至少在一段时间里，他们将不再是安澜大厦的威胁。这样的成功在所有绥靖派和投降派的脸上狠狠地扇了一个耳光，让他们抬不起头来。

在这种大局面下，钱伟有信心通过任何与张晓舟有关并且由他主导的提案。

更何况，这明显是对所有人都有益的做法。当城市里的粮食总量大幅增加，当周围的人们都有了生存下去的希望，安澜大厦自身也会变得更加安全。

“我有一个想法。”王牧林这时候说道，“安澜大厦和他们签一份协议，种子算我们借给他们的，收获之后，按照重量十倍偿还。”

一粒玉米种子如果顺利成长，收获的将是百倍以上的果实，再加上种子是晒干的，重量很轻，十倍偿还听起来很多，其实不值一提。

但这样的做法对于安澜大厦来说却有着太多不可预知的风险。

借走种子的那些人，到时候还认账吗？种植过程中会不会有什么意外、病虫害或者是干脆被人偷摘了？他们能活到玉米收获的那个时候吗？

三个月之后这里会变成什么样子，谁也不知道。

“一亩地需要四五斤种子？那我看就算是把所有能用上的地方都种上，总共也要不了多少种子。张晓舟你能够为城北的这些人考虑，愿意付出，我们难道不行？更何况，这还不是白给。其实照我看，他们到时候还不还其实都没有关系，但直接给他们，他们未必就会感恩戴德，也未必会认真去种。适当地给他们一些不太大的压力，让他们记得这里面有一份责任在，也许反而更好。”

他的说法让大家都觉得很有道理。

“我们还可以鉴别出一批值得信任和继续合作的人。”王牧林继续说道，“三个月之后还记得这个事情，并且主动上门来还玉米的人，一定比其他人更有责任感和荣誉感。你们说呢？”

人们都点了点头。张晓舟也承认，这样做，应该比自己最初的设想要好得多。

“那就拜托你们了。”他对钱伟和王牧林说道。

“自己人，别老说这些！”钱伟说道，“你们还要回去？”

张晓舟摇了摇头：“等你们忙完了，晚上我还有点事情想和你们聊聊。”

几个人在食堂旁边找了一个房间，点燃一堆篝火，在上面吊了一壶水慢慢烧着，而旁边则用细铁钎串着一些肉片，正在火的烘烤下发次吱吱的声音。

这是张晓舟用自己的积分换来的肉干，在现在这个世界上，有热茶喝，有烤肉吃，又有足够的安全保证，这就是很惬意的生活了。

大家都在猜测张晓舟想要聊什么，但最后还是钱伟问了出来：“好了……花这么大的本钱，张晓舟你想说点什么？”

张晓舟笑着摇了摇头：“其实，我想请大家帮我想想，现在新洲酒店这边应该怎么做？还有就是，对康华医院，对整个城北，对何家营，对地质学院，我们应该怎么做？只是闲聊，大家想到什么就说什么好了。”

他想要让气氛轻松一些，但这样的话题本身就很难轻松得起来。

“怎么做？你自己的想法呢？”梁宇问道。

“就是因为想法太多，梳理不清，我才希望和大家聊聊，看看大家的想法和我的有什么不同。”

“那差异肯定很大了，谁能像你一样啊。”高辉嘟囔了一句。他伸手翻了翻自己面前的那块烤肉，小心地撕了一块下来。

张晓舟苦笑着摇了摇头。高辉曾经向他建议收纳一些附庸解决劳动力不足的问题，但自己最终的解决方案却是把矛杆制作外包，难怪高辉现在又冒酸水了。

不过他已经习惯了高辉表示不满的方式，他这个人的心事藏不住，不高兴归不高兴，过会儿就没事了。

梁宇看了看火堆边的人，钱伟、王牧林、老常、吴建伟、刘玉成，还有高辉，也许未必是张晓舟最信任的人，但应该都是他觉得比较有想法的人。

“别的我不好说，不过今天早上我和王牧林刚去过康华医院那边。”刘玉成第一个开口说道。

张晓舟虽然离开了安澜大厦，但他的影响力却丝毫没有减弱的迹象，宛如无冕之王。与此同时，因为猎杀暴龙和分肉这两件事情，他在城北的声望也越来越高。

这让刘玉成警觉起来。难道他离开时已经考虑到了这一点？他离开安澜大厦这一亩三分地，其实是为了整个城北？他从张晓舟身上看不出半点这样的老谋深算，但事情的发展偏偏如此，这就让刘玉成不得不往这方面考虑了。

如果张晓舟真的统合了城北，那他们就能成为这座城市的第三大势力，这代表着什么，简直不言而喻。虽然以张晓舟的为人，在他构建的体系中即便是领导阶层也很难有什么实质性的好处，反而必须承担更多的责任和工作，但在这个世界，对于刘玉成来说最首要的问题是生存和安全，其次是权力，享乐的排序几乎可以放到需求的最后，所以这并非很大的问题。

那么，在这个关键的时刻获得青睐，那就很重要了。

“两幢楼的火都已经灭了，不过因为赵康和他老婆都被杀了，账本又找不到，也搞不清楚到底有多大损失。有几个人在悄悄地煽动，想拉队伍，但现在他们那边人们的想法太多，大家之间又没有什么统属关系，他们暂时还没有多大影响力。”他想了想后说道，“段宏这个人不行，他当医生也许可以，但有这么好的条件，到现在也没拉起个像样的队伍。要控制康华医院那边，靠他不行，得想别的办法。”

“他们那边的一般成员对你们的态度怎么样？”张晓舟很感兴趣地问道。

“大多数人都没什么特别的，只有少数人敌意很重。”刘玉成答道，“我问过段宏，那些都是以前赵康、康祖业和樊武的心腹。出来煽动拉队伍的也是这些人，加起来大概有三四十人，但是分成三块，互相之间谁都不服谁，都觉得自己才是老大，暂时应该闹不出什么动静来。只要我们有合适的人选，压制他们应该不难。”

“赵康的心腹也恨我们?”高辉惊讶地问道,“要是康祖业或者樊武得手,最倒霉的人应该就是他们了吧?不感激我们还恨我们?”

“大概是迁怒吧?他们大概是觉得张晓舟他们要是不去的话就不会有这些事情,赵康也就不会死。”王牧林答道。

“许俊才呢?”张晓舟问道。

“他也不行。”刘玉成摇摇头说道,“他大概只是比段宏稍稍好一点。本来康祖业的势力他完全有可能吞下去,但他可能是顾忌到我们,没敢怎么动手,也有可能是压不下那几个跳得厉害的,只是吸收了几个小头目。这个人的好处是人缘还不错,口碑也不差。不过,他以前就是康华医院那边的头脑之一,我们又给不了他多少好处,反而很有可能让他的实际地位下降,拉拢他不太现实。”

“那刘哥你的意见是……?”

“其实……我们对那个地方过于放手也不好。”刘玉成定了定神,最后下了决心,“我觉得,现在已经是时候派人过去常驻,向他们推销我们这边的理念了。”

“我们的理念?”梁宇惊讶地看着他,这样的话从刘玉成的口中说出来,真的让人很诧异。

“他们之前一直都是处于少数几个强人统治之下,可以说,和我们这个地方是完全相反的。我和他们中的一些人大致谈过,那个时候无论是赵康还是康祖业,看重的都是那些能打的青壮年,他们着力拉拢的也是这些人中比较强的那部分,然后借用他们去……去压迫其他人。”刘玉成一时没找到合适的词,“他们那六百个人当中,能吃饱的也就是一百多个青壮年和少数技术人员,大多数老弱都饿着肚子。这次的大火让他们知道了其实康华医院有很多吃的,只是赵康不给他们。我们的进入也让他们知道了外面是个什么样子。大多数老弱因为张晓舟的那番话而开始对之前那样的生活很抗拒,极力地想要避免再回到那样的状态中去,而他们都能影响自己家的男人。那几个出来挑头的一直不能成事,除了内斗之外,这也是一个很重要的原因。”

“既然是这样,为什么不把安澜大厦的模式推广到他们那里呢?”刘玉成看着张晓舟说道,“我在安澜大厦也没什么特别的事情,干脆派几个助手给我,让我专门去康华医院那边做这个事情吧!”

张晓舟完全没有想到这次谈话会引出这样一个结果,但刘玉成所说的,却是他无法抗拒的事情。

自己在安澜大厦推行的政策是正确的吗？

张晓舟到现在也没有答案。

在梁宇等人的眼里，他所推行的政策当然有问题，对内部成员缺乏强有力的制约手段，在很多事情上他们不能一言而决，不得不额外投入更多的精力去说服大多数人。

在他们看来，这样的规则缺乏效率，而且往往未必能够得到一个最好的结果。

但在张晓舟看来，与康华医院和何家营相比，安澜大厦的规章制度当然有问题，可未必就是失败的。

在康华医院和何家营发生的事情已经充分说明了如他们那样做的危害，在他们那样的体制下，团队的未来往往只决定于少数几个人：如果他们英明、果断而不内斗，团队将会得到迅速发展；但他们如果贪婪、愚蠢而又残暴，对于整个团队来说就是灾难。

可叹的是，这些本来应该带领人们走向光明的人，并没有做出更有益于大多数人的选择。

那么，既然你可以坐到这个位置上，我为什么不行？

康华医院的统治者赵康有一个很好的开始，但恰恰是因为他对团队内成员的区别对待，让康祖业成功地挑起了团队中城乡两派的矛盾，并最终严重威胁到他的地位，让这个看似强大的团队如同散沙，在内斗中丧失了成功的可能。

不难想象，即便是没有张晓舟的介入，他们的矛盾也终究会爆发，甚至带来比现在更加严重的后果。

“完全复制安澜大厦的做法？”梁宇问道。

“当然不可能，每个地方有每个地方的具体情况，完全照搬肯定不行。”刘玉成说道，“但最起码，应该把我们的公约推广过去，我觉得应该会让他们产生共鸣，渐渐形成与我们相同的信念和做法。”

“最好还是能把他们拆分成两部分，或者是更多部分。”梁宇说道，“他们的人实在是太多了。”

“这倒未必。”王牧林说道，“现在他们城市派和乡村派关系很糟糕，如果把他们分开，那很有可能是城市派一边，乡村派一边，凝聚力反倒会变强。就让他们这样下去，我觉得就很好。乡村派人多，但是城市派掌握的资源更多，医疗这块最重要的东西就掌握在城市派手里。这种情况只要能持续下去，他们就不可能对我们产生什么威胁。”

他的话让张晓舟有点听不下去，拿起放在火塘边的水杯，重重地喝了一大口水。

“那么，这个决议就通过了？”刘玉成问道。他感觉张晓舟好像不是很高兴，但却不明白问题出在什么地方。

“我们应该在这个事情上投入足够多的资源，如果成功，我们应该第一时间和康华医院建立同盟关系，帮助他们确保公约的履行。”王牧林说道，“如果有人胆敢践踏大家一起建立的公约，那无论是安澜大厦还是新洲酒店，都有责任和义务帮助他们。”

人们开始讨论更多的细节，这让张晓舟郁闷不已，安澜大厦的制度在他们眼里似乎成了一种工具，成了他们与对方争夺人心的武器。而且很显然，在安澜大厦内部时，他们希望最好是什么事都不用表决，由领导团队说了算就好；而对于康华医院，他们希望最好是让管理者没有任何权力，每件稍微大一点的事情都必须举手表决。

高辉甚至突发奇想，可以让王哲和严烨重新潜回何家营去宣传安澜大厦的政策和规章制度。

张晓舟终于忍无可忍，猛地站了起来。

“张晓舟？”人们惊讶地问道。

“你觉得这样做不好？”钱伟问道。

“你们这种想法，完全就是奔着坑害对方去的……如果在你们的推动下，他们的团队陷入毫无意义的内耗，那康华医院就不再是我们的助力，而是我们的拖累。你们想过吗？我们能不能承受这样的后果？”张晓舟有些激动地说道，“如果我们用这种办法摧垮了康华医院，那我们和当初想要摧毁安澜大厦的赵康、康祖业有什么区别？也许比他们更糟糕！”

梁宇沉默了一会儿，然后说道：“但康华医院太强，无论是人口和资源都比我们强得太多，如果不想办法削弱他们，等他们重新走上正途，各方面都比我们强，那怎么办？”

“难道竞争只能是相互拖后腿的恶性竞争，不能是比拼内力，比谁更努力、更聪明的良性竞争？难道我们就没有别的办法来增强自己，非得去让别人比我们更糟？”张晓舟问道，“你们都应该清楚，我反对任何形式的内耗，我们本来就没有多少人，没有多少时间和资源，为什么不能一致对外，反而要把精力浪费在算计同类上？我们已经太弱，如果还把心思都放在削弱竞争对手而不是增强自己上，那我们就彻底没有希望了。”

他摇着头走了出去。人们愣了一会儿，刘玉成问道：“那我还要去康华医院那边吗？”

这次聊天可以说是不欢而散，钱伟和王牧林只能又私下专门找张晓舟单独谈。

钱伟认为梁宇等人的考虑也许有点过火，但并不是完全不能理解，毕竟在康华医院明显比安澜大厦强的情况下，想办法削弱他们，从安澜大厦的利益来说无可厚非。

当然，如果是站在城北所有的人的角度，这样的做法也许稍稍有些狭隘。就像张晓舟所说的，作为城北重要的一员，如果康华医院因为内耗或者是其他原因内乱不止，无法发挥一个有着牢固堡垒、充足粮食和现代化医疗条件的团队的作用，那的确是一种巨大的浪费。

但城北到目前为止并非一个关系紧密的利益团体，甚至可以说，连一个松散的团体都称不上。张晓舟要让他们站在这种高度去考虑问题，无疑是有些强人所难了。

“你想要良性竞争，这我们可以理解，但别人会和你良性竞争吗？”王牧林问道，“别的不说，何家营那些人如果真的像严烨说的那样，他们会和你良性竞争？”

“如果我们一直把精力放在怎么和城北的其他团队内耗上，那何家营来的时候，我们拿什么反抗？”张晓舟反问道，“我们当然要防止康华医院重新变成一个对城北有威胁的地方，但不应该是采取这种损人不利己的手段，即使是以平息康华医院内部分歧的理由帮助他们拆分成几个更小的团队也比这种做法好。再说了，你们在这里一心想要让他们陷入内耗当中，难道他们那六百人里就没有人能够看出来？如果他们发现你们的举动中包藏祸心，难道不会对安澜大厦产生反感甚至是重新变得敌对？”

“那你的想法是什么？”钱伟感到他们已经进入了一个死结。也许张晓舟的本意并不是完全反对刘玉成的建议，但现在，他已经完全站到了他们的对立面。

“安澜大厦的模式可以给他们作为参考，但是它在我们这里执行的情况有什么样的好处和弊端也要让他们看清楚，让他们自己选择。如果他们愿意接受，那当然好；但如果他们有更好的模式，安澜大厦和新洲酒店未必不能学他们的做法。但我坚决反对把安澜大厦现有的规章制度强制推销给他们!”

“那样对我们有什么好处呢?”王牧林有些不满地说道。这个规则让他们花了一个多月的时间来探索和磨合,其中的分寸应该怎样把握?哪些事情是管理团队可以直接决定的,哪些应该在会议上讨论通过?大家好不容易才磨合出一套相对来说效率较高而又不侵害个人权益的做法,好不容易探索出怎样在个人的意志和团队的强制命令之间达到一个相对的平衡。可以说,在所有人的努力下,这套规则终于磕磕绊绊地运转起来了。

就这样白白地交给康华医院,让他们不劳而获,甚至站在安澜大厦的肩膀上更轻易地获得成功?

“就像刘玉成之前说的,一旦他们选择这样的规章制度,就不会再成为少数几个野心家的工具,而且将很难通过对外侵略的议案。他们会变得懂得合作而不是侵略和抢夺,而这是最重要的。”张晓舟说道,“你们的眼光为什么就不能长远一点?康华医院现在不是我们的敌人,我们可以想办法把他们变成一个强大的盟友,而不是弱小的敌人,这对我们来说难道不是更好的事吗?”

这样的想法让王牧林忍不住笑了出来。

“张晓舟,有些话我本来不想说。但你总是这样,总是听不进别人的话,只认为自己是正确的!你总认为只有你自己才是有远见的,总认为别人都是鼠目寸光!你只是凭借自己的威望和别人对你的信任把你理想中的东西强行安到了我们所有人的头上,根本不管它到底是一剂良药还是毒药!你自己想想,有多少次,在大多数人都不理解或者是不同意的情况下,你把自己的意志强压到了我们头上,强行把你的想法推行了下去?当然,我承认你总是有远见的,大部分情况下,事实证明你总是对的。而且你很幸运,不管是什么原因,你一次次地获得了成功。这让你的威望更高,在人们面前更有发言权和影响力。于是人们更加盲从你、畏惧你,你的建议也更加容易通过。你的提议总是能够通过,别人的却总是被你否决,你觉得这就是你想要的结果?”

他的话让张晓舟的脸色变得通红,一股强烈的愤怒让他站了起来,钱伟连忙挡到了他们之间。

“王牧林!”钱伟大声地叫道。

王牧林继续道:“你的想法也许没有错,也许不久之后康华医院真的会像你想象的那样，变成又一个证明你远见和成功的例子！但为什么他们那里就不能出现一个你这样的人，把他们联合起来，变成我们的威胁？你是不是应该站在我们的角度去想想？如果你错了呢？如果你正确了一百次，但最后一次却错了，而且还是大错特错呢？我们的规章制度难道不是集体智慧、集体决策？难道不是少数服从多数？刚才我们所有人的意见都很明确，并且已经做出了决议，你为什么不在那个时候充分阐述自己的理由，以更充分的理由说服我们？为什么要愤而离开，为什么要直接否定我们的决议？还是说，结果符合你想法的时候你就支持，不符合你想法的时候你就不承认？或者，你就干脆选择离开？"

人们听到他们的争吵，纷纷从房间里出来把他们拉开。

张晓舟的心里像是有一团火在烧着，但他却不知应该怎么驳斥王牧林那些犹如利刃一样向他狠狠刺来的言辞。

钱伟用力地抱住张晓舟，把他往房间里拖，王牧林也很快就被人劝离了。

张晓舟觉得那些话却像是刀子一样，狠狠地割着他的心。

这并非什么光彩的事情，人们很快就被劝离，回到各自的房间。

张晓舟沉默了许久，只觉得自己的脸一直在烧，脑子里也乱糟糟的。

"大家真的像那样看我吗？"他低声地问钱伟。

这对他来说是一次沉重的打击，如果他一直以来坚持而且认为是正确的东西，最终却不过是被他自己一次次践踏的废纸，那他所做的事情岂不是成了一个巨大的笑话？他的努力又成了什么？

"不是！"钱伟马上答道，"那只是他和梁宇他们少数几个人的想法，而且他也在气头上，词不达意，很多都是气话，说得过火了。"

"但并不全是气话，对吗？"张晓舟问道，"钱伟，我希望你坦诚地告诉我，大家到底怎么看我？"

"大部分人都相信你、支持你。"钱伟说道，"我刚刚已经说了，对你有意见的只是少数人，极少数人。"

"但那是理智的选择吗？还是像王牧林说的那样，只是盲从？"张晓舟问道，"你觉得呢？你觉得我在做一件没有意义，并且会被自己随时推翻的事情吗？"

钱伟沉默了一下，然后摇了摇头："我们俩留在这里都是为了带领这些人活下去，而不是为了权力或者是享乐，从这一点出发，我无条件地支持你。对于这些人来说，你努力推行的规则他们虽然不理解，也不懂得执行，但归根结底，这样的规则对于他们来说，意味着平等和希望。我们既然已经把它建立了起来，而且已经走到了今天这一步，那就应该继续走下去。只是，我希望你能够稍稍听取一下别人的意见，站在他们的立场考虑一下，别太强硬了。”

这样的回答其实已经说明了很多东西。张晓舟点了点头，不再说话，而是直接睡到了床上。

一夜无眠。高辉看到张晓舟的时候被吓了一跳：“你怎么了？”

张晓舟摇了摇头，准备和他一起离开。

“就因为王牧林的那些话，你一宿没睡？”高辉摇了摇头，“至于吗？”

“你怎么看这个事情？”他轻松的态度让张晓舟的心情稍稍放松了一些。

“说到底，他们搞那些小心思，不就是怕康华医院又强大起来，对安澜大厦再次产生威胁吗？”高辉说道，“那简单啊，就像严烨之前提过的，你就干脆把整个城北都统合起来。那样的话，康华医院这点人算什么？安澜大厦也不过是其中很小的一个部分，又算什么？谁敢反抗？每个团队出几个人，拉出一支大军直接去把他们推平了！你看，多容易！？”

“真有你说的那么容易就好了。”

“做人别太自大，但也别妄自菲薄啊！”高辉说道，“其实没你想的那么难。带领大家去抢运粮食的是你吧？带着大家杀恐龙的是你吧？建立起预警体系的也是你吧？更别说，除了你之外，谁拿出过半点东西分给别人？你现在振臂一呼，不敢说每个人都挺你，至少一大半人不会反对你！下次我们杀掉暴龙分肉的时候，直接把所有团队的负责人都集中起来，歃血为盟！让大家选盟主！我就不信了，明显有好处的事情，还会有人不愿意加入？还会有人比你更有资格当选？有谁？你指出来，我去‘砍死’他！”

“你这个人啊！”他的话让张晓舟笑了起来。

但笑归笑，这未尝不是一个解决之道。

梁宇、王牧林等人都没有出现，只有钱伟和刘玉成来送他们俩。临行的时候，钱伟问道：“康华医院那边……？”

大家都经过了一个晚上的思考和冷静，他相信以张晓舟的性格，这时候给出的应该是经过深思熟虑的结果。

“我还是保留意见，但我不会再坚持反对你们要做的事情，具体要怎么做，你们决定就行了。”张晓舟说道，“我想过了，管理、政治这些东西，真的不是我的专长。不，应该说我根本就不懂这些东西。当初我离开安澜大厦，其实也是在潜意识里意识到了这一点后才做出的决定。以后我会远离这些东西，专心带好队伍，把注意力放在猎杀恐龙上。”

钱伟愣了一下，不知道他是不是还对昨晚发生的事情余怒未消，但他看着张晓舟的眼睛，那里面除了疲倦和一些失望之外，并没有愤怒或者是不甘的情绪。

张晓舟拍了拍他的肩膀，与高辉一起离开了安澜大厦。钱伟看着他的背影，突然有一种感觉：这一次，也许张晓舟是真正地离开安澜大厦了。

新洲酒店楼顶，两面绿色的旗帜在迎风飘舞着。武文达带着几个人在酒店大堂的一侧练习投矛，而在靠近大门的那一侧，齐峰正和大家一起演练矛阵的队形。王永军站在中间的位置，大吼一声，狠狠地将手中的长矛刺了出去。

这样的景象让张晓舟心里的郁闷情绪突然就一扫而空，也许，这里才是他的归宿。

“盔甲和制作投矛的事情我交给家属了。”齐峰看到他们过来，让大家暂时停下休息，然后走了过来，“我们的人本来就不多，再把人分去做那个事情的话，力量就更分散了。”

张晓舟点了点头。

“但是家属现在的事情也很多了。”齐峰继续说道，“做饭，处理那些被我们猎杀的恐龙，放哨，打扫卫生，洗衣服，还要到周围搜集野菜和其他可以吃的东西，现在再加上盔甲和投矛的事情，工作量有点大了。我觉得，是不是增加一点人手，不用参与作战，专门干后勤这块的事情？”

高辉一副“我早就说过”的表情，张晓舟则点了点头：“今天中午我们去收矛杆的时候，我会找合适的对象谈谈。但是，他们过来之后，待遇怎么处理？齐哥你考虑过吗？”

新洲酒店目前并没有一个明确的规章制度，所有收获归公，也由公家统一分配。家属们吃得简单一些，量少一些，而队员们则吃得相对丰盛。

没有足够的体力就没有与恐龙战斗最基本的保障，只有在摄入充分的营养之后，他们才会有多余的体力去进行高强度的训练，并且在与恐龙的战斗中保持旺盛的精力和高昂的斗志。

但这样的规章制度显然不能持久，如果每个人无论表现好坏所能得到的都一样，那无疑是对努力付出的人的一种变相的否定。

张晓舟苦笑了一下，他想要摆脱这些，但只要有人的地方，就不可能没有这些问题，不同之处也许只在于程度的不同。但不管怎么说，以"猎杀恐龙"这个理念建立起来的新洲酒店的团队，情况比安澜大厦那边要简单得多。

"拉开档次就行。"齐峰显然是已经考虑过这个问题了，"新来的人可以作为后勤或者是预备人员，和正式成员分成两档。所有人的家属又分成两档，这样的话，只要拉开四种档次，应该就能解决问题。"

"我们俩想的一样，只是具体的细则稍微有点差别。"张晓舟说道，"现在条件有限，我们能够区分的也就是居住和饮食条件。我是这么考虑的：我们这里有足够多的房间，正式成员和家属可以住在比较好的楼层，一家一间或者是两间都行。而新加入者则住在四楼和五楼，一家一间。伙食的话，正式成员以吃好吃饱为原则；正式成员的家属则有两种标准，承担某种工作或者责任的能吃饱，不能承担工作的，能吃个八分饱。预备人员能吃个八分饱，而他们的家属也是两种标准，能干活的能吃七分饱，不能干活的则保证半饱。小孩子不在此列，都尽量让他们吃饱。你看怎么样？"

"那偷奸耍滑的呢？"高辉问道，显然，他想到了安澜大厦里发生的事情，"在内部造成不良影响的呢？"

"轻微错误，警告、体罚；严重的，直接淘汰。"张晓舟说道，整整一个晚上他都在想这些事情，"正式成员降为预备人员，然后从预备人员里挑选合适的人补充进来。预备人员就全家人淘汰到外面去，他们可以依附我们，做点外围的工作换食物，或者是自己想办法求生。"

齐峰考虑了一下，说道："我觉得没什么问题。要是执行过程当中有什么偏差或者是漏洞，及时改正就行了。"

"那我们现在就急需一个管理预备人员和家属，同时负责分发食物、管理物资的人了。"张晓舟说道。

"这我可不行。"齐峰急忙摆手。

高辉也说道："别看我，我也干不了这个。"

张晓舟暗自叹了一口气，昨天晚上他就在想这个问题，想来想去，最合适的人选其实是梁宇。他的个性和特长都很适合做这样铁面无私的大管家。但一方面，梁宇在安澜大厦那边，不可能来做这个事情；另一方面，张晓舟也不想再让新洲酒店团队有太深来自安澜大厦的烙印。

"那么，你们觉得王哲可以做这个事情吗？"他向齐峰和高辉问道。

"王哲？"

王哲对于药物的熟悉和对于某些常见病症应该怎么治的知识一直都让张晓舟觉得他是一个值得保护的人才，让他像其他人一样到一线去厮杀，在张晓舟看来有些可惜。以前他是药店的，那对于管理和分配物资这个工作应该能做好。

齐峰看了看高辉："我觉得应该可以吧？不过，是不是和他谈谈？"

"我可不怕死！"王哲的反应却和张晓舟的预料大相径庭。

"这不是怕死不怕死的问题。"张晓舟只能和齐峰一起耐心地做他的思想工作，"后勤这块对于我们来说也非常重要，不把这一块工作给做好了，我们在前面拼得再努力，后方不稳甚至是起火那也要完蛋。你放心，你这个岗位和正式成员是一样的！"

"但我没做过这方面的工作，就怕辜负了你们的期望。"王哲好不容易才相信他们没有看不起他要把他下放的意思，于是他开始认真考虑起来。以前他只是个普通的药店店员没错，但在何家营的时候，对于难民的管理他也负责了一段时间。有领导的支持，这样的事情在他看来其实不难。至于物资的管理和分配，不就是盘点出库吗？以前一个药店几千种药品他们都能搞清楚，现在这么点东西，能难得倒他？

不过叫苦是必须的，不然的话，领导怎么知道你的努力和付出？要是真出了什么娄子，也得提前找好台阶。

"我们谁都没干过这个，肯学就行。我们给你充分的权限，你先努力做做看，我们都会帮你想办法，实在不行，我们再把你调回来，另外找人选？"张晓舟说道，"但我对你有信心，你对自己也要有信心！"

"好吧。"王哲终于说道，"那我就试试吧！"

休息了几个小时之后，张晓舟叫上高辉和另外几个队员，推着两辆车子到昨天约定好的地方去验收和交易矛杆。

高辉走着走着，突然说道：“我觉得你有点精神分裂了。”

“这话怎么说？”张晓舟哑然失笑。

“要是你在安澜大厦的时候也这么干，就不会有那么多幺蛾子了吧？”高辉说道，“要是你那时候能狠下心收拾几个人，哪还有现在这些事情？”

“不一样的。”张晓舟说道。

承载了美好理想的气球被王牧林的那番话戳破是一个方面，而另外一个方面却是，当初安澜大厦建立的情况和新洲酒店这边完全不同。

安澜大厦团队的发起人是刘玉成，而张晓舟则是被大多数人推选出来的领队。非但如此，当时加入安澜大厦的所有家庭都把自己的粮食和其他物资并入了安澜大厦，成为安澜大厦最初存在的物质基础。可以说，在安澜大厦建立之初，张晓舟的领导地位是由所有成员共同给予的。这就决定了，他必须考虑大多数人的利益需求。

而新洲酒店这边在一开始的时候就是一个为完成特定目标而聚集起来的团队，所有的成员都是由张晓舟和高辉挑选出来的，让他们聚集在一起的是张晓舟的威望和他们对他的信任，相信他可以带领他们取得胜利。团队建立时首先确立的就是张晓舟的领导地位，然后才有了成员，有了这个团队。

两者的不同决定了它们之间的差别。

更何况，新洲酒店这个团队要向更专业和严密的方向发展，那它就必须有严格甚至是严酷的纪律，绝不能像安澜大厦那样。

第12章 扩充

他们刚刚出现在那个街口，蜂拥而来的人们就把他们吓了一跳。

高辉忍不住大叫一声。

拿着矛杆而来的人绝对比他们之前告知的人要多得多，放眼望去，少说有七八十人聚集在这里，而且还有人拿着矛杆正往这边跑。

如果有恐龙过来，这就是一顿令它们难忘的美餐了。

“加快速度！赶紧把东西都收了。”张晓舟说道，“高辉，你去安澜大厦，向他们借五百公斤肉干过来，还有，派几个人过来维持秩序。”

高辉匆匆忙忙地去了。张晓舟跳上一辆停在路边的汽车，大声地叫道：“请大家排队！只要符合要求的我们都收！但插队、扰乱秩序的一概不收！”

那些排在前面的人也跟着叫了起来，大家好不容易有个谋生的机会，都怕他们找借口反悔，相互指责争吵了一会儿，终于把队伍排了起来。

张晓舟带来的人已经开始匆匆忙忙地验收了起来。

标准其实很简单，这本身也不是要求非常精细的东西。用一根合格的矛杆一比，直不直马上就能看出来，再看看浑圆度够不够，用手指托在矛杆中间看看重心偏不偏，检验就完成了。

不出所料，其中有很多次品，对于验收的标准很多人都不服，甚至想要胡搅蛮缠地争辩一下，但没等张晓舟他们说什么，排在后面等着的那些人就已经纷纷发声，甚至是冲上来把这些人拉开了。

反复几次之后，验收的过程就变得顺畅了起来。

麻烦的地方在于支付肉干的时候，每个人都紧张兮兮地看着那台机械秤上的读数，反复确认之后才小心翼翼地把自己的收获取走，这让人流一直卡在这里。张晓舟他们只带来大概两百公斤肉干，后面的人眼看着肉干一点点减少，终于忍不住又骚动了起来。

“别着急！我们已经去取了，马上就回来！”张晓舟大声地叫道。

高辉和钱伟等人终于带着一车肉干赶了过来，人群也终于安定了下来。

交换工作进行了将近两个小时，仅仅是一个晚上的时间，这片区域的人们就做出了四千多支合格的矛杆，如果算上那些不合格的产品，一个晚上这里总共就做出了将近一万支矛杆。

“真是潜力无限啊。”高辉说道。如果是自己做，这点量少说也得一两个月才能做出来。

现在的问题是，暂时没有那么多刀子来做矛尖了。

“张队长，这东西，还要吗？”许多人都这样问道。

“现在是已经足够了，以后如果有任何需要，我们还会用这样的办法请大家帮忙的。”

“那就好！那就好！”人们有些惋惜地说道。很多人都因为自己没能把握住这个大好时机而感到惋惜。他们都在暗自考虑着，如果还有下次，就算是真的拼了命也要把握住这样的机会。

“有这样的好东西不告诉我们。”钱伟认真地研究着他们带过来的成品，试着投掷了一根。

“你们有这个需求吗？”高辉说道，“等你们杀出来的时候再说吧。”

张晓舟摇了摇头，把那几根成品都给了钱伟。这样的武器与他们所处的时代相比，整整落后了上千年。重新把它们还原出来的困难在于从不同的长度、不同粗细甚至是不规则的形状当中选取最容易加工也最适用的。在这一点解决之后，以安澜大厦的加工能力，做这样的东西可以说毫无困难。

"还有投矛器,但我们没带着,你们要是感兴趣的话,可以派人过来取一个拿过去研究。"张晓舟说道。

安澜大厦借过来的肉干其实没有动用多少,不过钱伟还是留下了二三十公斤作为交换投矛的代价。这让高辉多多少少感到高兴了一点。

"你们先带着这些回去。高辉,我们去和他们谈谈。"张晓舟对队员们说道。

他们俩在这个区域活动也不是一两天的事情了,刚刚从安澜大厦出来的那段时间里,他们可以说是一直在这附近和周围的团队打交道。一次次的接触之后,他们对于主要的几个团队的秉性多多少少都有了一些了解。

但张晓舟并不想吸收太大的团队,他们多半都还有存粮,也有一定的凝聚力和求生能力,虽然他们应该会很愿意加入新洲酒店团队,成为其中的一员,但一旦新洲酒店团队接纳了他们和他们所带来的物资,情况就会变得复杂。

张晓舟选定的目标是两个人数都只有七八人,而且已经濒临断粮的团队。他们在几次接触中都表现得比较守规矩,而且之前的矛杆,他们的合格品率相对于他们的成员人数来说也比较高,显示出他们具有一定的动手能力。

果然,在张晓舟表现出招揽之意后,他们几乎没有任何犹豫就欣喜地接受了他的邀请。

"但有一些事情要先说清楚。"张晓舟说道,"你们过去之后只能算预备人员,不会挨饿,但待遇和正式成员将会有差别。而且到了新洲酒店那边,纪律会比较严。如果违规或者是不能完成工作,你们要面临惩罚,甚至是被赶出来。你们要考虑清楚。"

他们对望了一眼:"张队长,现在这个世道,有口吃的就很不错了。你放心,我们不会有什么想法,也一定会守规矩,努力工作,不会让你失望的。"

有了这些人的加入,新洲团队的结构变得健康了起来,因为有着算得上丰富的食物储备,他们可以把更多的时间花在其他事情上。王哲本身对新洲酒店内部有什么东西就非常熟悉,他带着家属和新人们首先开始整理最重要的食物,分门别类摆放,然后又把那些可能有用的东西一一收集起来。他的做法与梁宇等人之前在安澜大厦的做法并不完全相同,但也颇有成效,张晓舟和齐峰观察了几天之后都认为,他们应该是找对了人。

"那么,现在是时候完成我们的中期目标了。"张晓舟对所有成员宣布了简单的团队纪律和规则之后，对正式成员们说道。

“杀掉暴龙！”

目标一旦确定，整个团队便马上运转了起来。而首要的问题就是，要搞清楚暴龙的行踪。

张晓舟的目标当然不会是消灭整座城市中的暴龙，以王哲和严烨所描述的何家营的状况来看，他们对于城北的人们来说也许是远比任何恐龙都要危险的存在，那些至今仍在城南区域活跃的各种肉食恐龙在某种意义上来说，无疑充当了把他们困在何家营一隅的门锁的作用。

他们的目标是消灭盘踞在城北的这两只暴龙。

这两只暴龙一直都是他们关注的重点，无论是安澜大厦还是后来的新洲酒店团队，哨兵一直都有一项很重要的任务，那就是关注和记录暴龙行动的轨迹。但自从预警体系建立，他们设下埋伏用大量的燃烧弹杀死一只暴龙，并且惊走另外一只之后，这两只暴龙就很少出现在预警区域附近。

这是一件令人们感到怪异的事情。城北这个区域说小不小，但说大也不大，被地质学院占去将近四分之一的面积之后，猎食恐龙在城北的活动区域就显得更小了。

那些驰龙、羽龙和速龙虽然也因为很难在这个区域寻找到食物而逐渐减少了在这里活动的频率，但却并非完全不出现。在凌晨和傍晚这两个恐龙行动活跃的时段，依然可以看到它们在附近活动，甚至是大摇大摆地直接从这个区域内部通过。

但暴龙却已经很少出现了，非但如此，从他们被羽龙困在新洲酒店的那一天开始，两只暴龙中，被他们在安澜大厦烧伤的那一只就完全没有再出现过，而另外一只则开始盘踞在新洲酒店西侧、地质学院南边的一个狭小区域内，暴龙几乎没有怎么活动过。

“其中一只暴龙也许已经死了。”张晓舟这样判断道。

烧伤本身就是对生物体免疫系统的一种严重的破坏，那些被大火烧伤后裸露在外的肌肉和组织很容易被细菌侵入而发生严重的感染。他们最后一次见到那只暴龙的时候，它身上那些被烧伤的部位已经开始溃烂并且发生了严重的感染，但对它摧残最严重的应该是口鼻部位严重受创而造成的进食和饮水困难。

张晓舟在那时候就已经判断它应该命不久矣，暴龙也许是生命力极其顽强的动物，它体内储存的能量应该足以让它承受一些严重的伤害或者是病痛，慢慢地等待自愈。但这样严重的烧伤完全没有自愈的可能，它在苦熬了这么多天之后，也许终于撑不下去了，最终倒毙在了某个地方，然后成为另外一只暴龙和其他食腐者的食物。

它的体形是所有进入城区的暴龙中最大的。从之前他们杀死的那只暴龙身上，人们足足得到了超过五吨鲜肉，但按照张晓舟的估计，从这只暴龙身上应该能够获取十吨以上的净肉，远比之前被他们杀死的那只大。这样多的肉即便是以暴龙的食量也足以吃上很多天。不难想象，如果它真的死去，将有一大群肉食恐龙和食腐者聚集起来，共同享受一顿饕餮盛宴。

“很有可能。”齐峰说道，同时把望远镜递给站在一旁的高辉。

他们所能看到的这只暴龙这些天来活动的区域一直都局限在一个很小的范围内，这本身就很不正常。而更加不正常的是，他们能够看到众多中型肉食龙活跃在那个区域内，这完全不合常理。

它们都在伺机分食那只已经死去的暴龙，这是唯一合理的解释。

这也解释了为什么这几天来，城北大部分的区域都变得相对安全；同时也解释了那天他们在高速公路上搬运粮食时遇到的那群肉食龙，它们也许就是被尸体腐烂时发出的气味所吸引，因此才跨越高速公路准备去分一杯羹。不知应该算是幸运还是不幸，它们看到了张晓舟他们一行人，然后成了制式投矛的第一批试验品。

“那里会很危险。”齐峰说道。

这是显而易见的。除了暴龙，那个地方此刻应该聚集了大量的肉食龙和食腐龙，在他们逼近那只暴龙并且进行攻击前，他们也许就会遭遇好多次肉食龙的攻击。

以他们现在的武力和进攻手段，对那个区域发动主动攻击无异于自杀。

“我们应该抓紧时间训练队伍，等到它们吃完那只暴龙分散开之后，我们再想办法逐一消灭它们。”齐峰继续说道。

这是明智而又稳妥的选择，但张晓舟却担心着何家营的举动。

他们一直把自己封锁在那片小小的区域当中，这本身就是一件很奇怪的事情。他们之间的距离其实并不算遥远，但眼下却被恐龙阻隔，相互之间都不知道对方在做什么。

张晓舟清楚自己不可能接受何家营的统治，这也就意味着，他要么在何家营扩张过来之前找到退路，明哲保身只顾自己，要么就站出来带头抵抗他们的扩张，帮助大多数人逃脱他们的荼毒。

这件事情必须有人来做，而现在，不管他愿不愿意承认，在城北这片区域，唯一有希望能够在短时间内做到这一点的就只有他自己了。

这样的想法萌芽于严烨那次并不正式的提议当中，但让它真正明确并且清晰起来，却是在安澜大厦所发生的那次争执和后来高辉的玩笑。

高辉的玩笑无意中指明了他和王牧林、梁宇等人争执的根源，也无意中提出了解决问题的办法。

安澜大厦的问题在于他们缺乏大局和整体意识，王牧林等人考虑问题的出发点往往只是那一幢楼中一百五十号人的安危和未来，无法站在全局的高度去思考。站在他们的角度，这样的思考不能说是错的，但却失之狭隘。

在这个人口和资源都得不到补充的时代，每一个人的枉死都意味着人类整体力量的减弱。他们这种只顾眼前的想法，就像是面对火灾，明明集中所有人的力量可以在火势还小的时候把它扑灭，但每个人却都因为火还没有烧到自己的房子，救火要面临危险并且还要用掉自己的水而拒绝帮助别人。于是随着火势的蔓延，每个人都只能独自面对大火，把自己的那一点点水用光然后被绝望地烧死在救火的过程中。当火最终越烧越大，大到让剩下的人终于感到不安并决定站出来救火时，他们将会发现，凭借他们剩下的水和人手已经无法扑灭这样的大火，因为大量的水已经毫无意义地被零零散散地用在了救火过程中，而那些本来可以帮忙救火的人，也已经一个个地被烧死了。

张晓舟的问题则在于，他明明只是一个小团队的领导者，却总是无意识地站在更高的角度，甚至是全局的角度去考虑问题，甚至让自己的团队总是不得不承担更多的责任，而这却是违背人的天性，让大多数人无法理解也不可能承受的事情。

在这些额外的责任不突出的时候，双方尚且能够在这样的矛盾上达成某种妥协和共识，但是，当张晓舟要求他们承担的责任超出了他们的心理预期甚至是底线的时候，这样的争执必然爆发，无法避免。

解决问题的方法或许有很多种，而严烨的提议和高辉的玩笑所提出的解决办法，无疑是最符合当前的实际，最有可能在短时间内实现，结果也最能满足张晓舟理想的那一种。

他本想采取高辉的建议，尽快杀掉暴龙以进一步确立自己在城北这片区域的威望，然后把城北先暂时凝聚成一个松散的联盟，然后建立起大家认可的规章制度，解决粮食的困局，再想办法彻底驱赶肉食恐龙，同时在这个过程中挑选和训练出一定规模的民兵队伍，以此获得联合地质学院与何家营对抗的资本。

但现在，这样的步骤显然已经行不通，必须做出调整了。

“我同意你的看法。”于是他对齐峰说道，“但这段时间如果仅仅是训练我们现有的人手，感觉有点太浪费了。我看，既然我们现在的粮食储备比较充裕，那干脆就再招募一批预备兵进行训练，然后分批带他们沿着高速公路向恐龙活动比较活跃的那个区域靠近，寻找实战的机会。通过实战考验的，择优录为正式成员，表现不合格的就转为后勤或者是直接淘汰。你们觉得这样做行不行？”

“当然！但你准备招募多少人？”这样增强团队实力的建议齐峰当然不会反对，但这样做存在的一个问题就是，城北的每个男人身后，几乎都有一个完整的家庭，有女人、小孩、老人。招募和接纳这些人员也意味着必须接纳他们的家人，团队将会变得膨胀，后勤压力将会变得巨大。

而张晓舟之前的设想则不会有这样的问题，临时调动民兵协助行动或许会让这样临时组合起来的队伍战斗力不强，但好处却是他们不需要负担那些被调用的民兵的日常生活所需，更加不用考虑他们的家人，只要在行动结束后给予一定的报酬就行。

战斗力和负担，在这时候成了天平两端的砝码，孰重孰轻，张晓舟作为团队的负责人，必须权衡利弊，考虑清楚。

“只招十个人，一旦入选为正式成员，本人自然不用说，所有家属最少也能保证一天两顿，吃个八成饱。就算是战死，家属也一直能享受这样的待遇！”人群中，高辉大声地说道。上百人聚集在周围，怀着各种各样的心思听着他的话。

“高队长，那有什么条件啊？”马上有人在人群里问道。

“大家应该想得到，这么好的条件，要求自然不会低！”高辉说道，“第一条就是身体健壮，哪怕现在弱点，原来的底子要好，当过兵或者是警察的优先，会武术的优先。风一吹就倒、胳膊上没有一把子力气的人就别来了。第二条，胆子要大，要有血性。

我们招人是去和恐龙干仗的。先说清楚，现在招去只是预备人员，家属不能带去。等经过训练，和恐龙实战过后成了正式成员，才能接家属到新洲酒店去。要是和恐龙干仗的时候腿软逃跑的，就离开队伍吧。怕死还想来混日子的，自己想清楚。”

“还有吗？”

“没了！大家自己考虑清楚，愿不愿意为自己和家人拼一条生路？如果你敢跟着我们杀恐龙，如果你想替城北所有人拼一条生路，那你就来。”

“算我一个！”下面马上就有人叫道。

高辉低头一看，那是一个身材高大的男子，大概有三十来岁，虽然和其他人一样又黑又瘦，但一看双臂上依稀可见的肌肉就知道，底子很不错。

“今天不行，毕竟这是要命的事情。我们可不想今天招人，明天就后悔跑了。”高辉按照张晓舟的吩咐说道，“大家回去和家人商量一下，好好考虑考虑，明天中午十二点，还是在这个地方，择优录取！”

之前那天收矛杆的影响还在，更久以前，张晓舟所做的那些事情人们也都还历历在目。对于最近一段时间经常跟着张晓舟来来去去的高辉所说的话，大家都没有什么怀疑。至少到目前为止，还没有人听说张晓舟说话不算话或者是出尔反尔，在城北这片地方，他还是很有信誉的。

但就像高辉说的，这毕竟是要命的事情，虽然在这个世界里，能让一家人都吃上饱饭几乎算得上是奢望，但毕竟到现在为止，饿得虚脱甚至生病的人不少，真被饿死的人却还没有听过。安澜大厦的人放出风声来，他们正准备把玉米种子借出来给大家种，代价是借一还十。这样的条件在现在这个世道算得上是非常优渥了，正是因为如此，面对高辉的招揽，很多人都有些犹豫。

虽然很多人都没有种过地，但没人觉得自己会连玉米也种不出来，就算真的不会，安澜大厦那边也应该会有人过来指导。草根、树叶和野菜虽然难以下咽，蚯蚓和蚂蚁虽然恶心，但再怎么也吃不死人，要是运气好抓到一只秀颌龙，或者是新洲酒店张晓舟那边杀掉暴龙，再分一次肉，说不定省省就能撑过去。如果安澜大厦或者是康华医院那边再良心发现放点粮食，那撑下去就更有把握了。

只要能熬过这段时间，日子应该就能好起来，真有必要跟着他们去搏命？更别说还有那么多条件，谁知道能不能选上？

“希望能招揽到一两个退伍军人或者是会武术的。”看着高辉等人回来的身影，齐峰说道。

“难。”张晓舟摇了摇头。

真要是有这样的人，之前早就已经被地质学院给招揽走了。

站在新洲酒店的楼底下就能看到地质学院的那块大操场上已经是郁郁葱葱的一片，不知道被他们种满了什么。张晓舟相信凭借学校的知识储备、设施和人才，他们一定能做出比自己强很多倍的武器，训练出更有纪律性，也更有战斗力的队伍。但他们手握着这样的条件，占据了城北最好的土地，招揽了最好的人手，却把那块地方整个封闭起来，一心只搞自己的事情，丝毫也不管外面这些人的死活。一想到这一点，张晓舟就有点恨他们。

他无法理解地质学院的掌权者们打的是什么主意，难道他们已经把外面的这些人视为在这个世界生存下去的累赘，下定了决心抛弃他们？

如果真的是这样，那他们与有计划地把老弱饿死的何家营的统治者们，在本质上没有任何区别，都是禽兽。

正这样想着，高辉等人已经上来了。

“情况如何？”

“现在就报名的人不多。”高辉摇摇头说道，“安澜大厦那边消息放得不是时候，要是你早点决定要招人，赶在他们放这个消息之前，说不定能多招几个。现在嘛，我担心明天中午连十个合格的都招不到。”

“要是听了安澜大厦那边的消息就犹豫的人，那肯定是怕死的，招来也没用。”张晓舟说道，“反正我们的计划本来就是贵精不贵多，就算来应征的人再少也不能放宽标准，哪怕一个不招，也不能滥竽充数。”

话虽如此，但当张晓舟和高辉第二天中午一起去挑人的时候，看着稀稀拉拉的应募者队伍，心里还是有些不是滋味。不过好在经过高辉昨天那么一说，敢站在这里的，大多数条件看上去都不差。

有几个虽然瘦得厉害，但那明显是因为饿，架子还在，只要能吃上一个礼拜的饱饭，应该能补得回来。

张晓舟暗自点点头，准备在进行一些基本的健康检查之后就把合格的人全都留下。这时候,他们却看到一个四十来岁的男子有些尴尬地扶着一个头发花白的老人,慢慢地走了过来。

有人忍不住笑了起来。

这个男人是个秃头,虽然明显是被饿了不少日子,可大家还是一眼就能看出,他以前一定是个大胖子。以他这样的身体,别说和恐龙开仗,大概走上两公里路自己就得累趴下。

张晓舟和高辉也摇了摇头。

“师傅,你还是回去吧!”高辉无奈地说道。

男子显然知道自己的情况,但他还是硬着头皮说道:“不是我,是我爸……”

人们越发大声地笑了起来。

老人就算没有七十也应该有六十几了,身体明显已经因为挨饿而虚弱得要人扶着才能走路,就这样的,还来应募?

“师傅,你……你是猴子派来搞笑的吗?”高辉忍不住说道。

男子显然听不懂他在说什么,他正迟疑着,老人却挣脱了他的手,大声地问道:“你们不是要当过兵会武术的吗?我年轻的时候当过基干民兵,也学过打枪,练过拼刺刀!现在人是老了,可这些东西不会老!”

人们的笑声渐渐地平息了下来。老人的口音很重,应该不是本地人,有些人听不懂他说的是什么,但张晓舟却听得一清二楚。

“老人家,你……您说的是真的?”他大声地问道。

“有枪没有?要是没有,给我根棍子也行!”老人大声地说道,“行家一出手,就知道有没有!是不是真的,你们一看就知道!”

看着老人颤颤巍巍的动作,没有了旁边那个中年人的搀扶,似乎下一秒钟就要摔倒在地上,张晓舟怎么敢真的让他演示什么枪术或者是刺杀术。

他的心里有些感慨。

招募到正当盛年的退役军人或者是武警的可能性非常小,这点他早有心理准备。当初地质学院那边列出的招募清单里,军警、武术家也名列其中。要是有符合这个条件的,早应该去了地质学院。如果说他们还有机会招募到与这个条件沾边的人,那多半原因是要么家里负累太多,要么就是自己本身年纪太大,地质学院那边不收。

但老成眼前这个样子，还是让张晓舟只能叹息。像他这个样子，干什么具体的事情肯定是不行了，但如果他真的懂那些东西，只要身体能好一些，能够把他懂的那些东西教给队员们，那也值了。

“张队长，你别看我爸现在这样，那是饿的！”中年人觉得他在犹豫或者是怀疑，急忙说道，“他老人家身体好得很！真的！之前还每天早上练一趟拳一趟剑，身体比我都强！只要能吃两顿饱饭，肯定马上就能恢复过来的！”

“老爷子贵姓？”张晓舟叹了一口气问道。

“免贵姓杨！”老爷子大声地答道，“杨鸿英！怎么，连棍子都没有吗？”

“好名字！”张晓舟说道，“枪当然有，不过现在不急。要是您真懂这些，那没说的，我请您当我们的教练，一切都按正式成员的标准来。可话要先说清楚，要是您会的东西我们用不上，那就对不起了。”

“好，好！”中年男子急忙答应道，杨老爷子也点了点头表示同意。

“那杨老爷子，您先在旁边歇着，一会儿跟我们走。”

“那我呢？”中年男子急切地问道。

“你会什么？”张晓舟问道，“你以前是干什么的？”

“我？”男子一下子愣住了，“我……这个，我以前是给领导开车的……不过张队长，我很会钓鱼的！我家里有七八套渔具，各种各样的杆子，各种规格的鱼线、鱼钩我都有！我还有渔网！只要有河、有湖，我保证，就我一个人，至少能给几十人弄到足够吃的鱼！我还会做饭！以前一群钓友出去野钓都是我来开伙！张队长，你相信我，我真的很懂这些的！”

这样的答案完全出乎张晓舟的意料，不过看男子的表情，他应该没撒谎。

捕鱼这样的技能现在一点儿也用不上，但他们所在的这个区域周围可以看到一处大湖，也一定会有溪流或者是沼泽存在，当他们在这座城市站稳脚跟后，谁会说这样的技能就没有用处？

“你叫什么？”

“杨懋。”

“洋猫？”高辉偷偷地笑了起来，“难怪喜欢抓鱼。”

杨懋的表情有些尴尬，张晓舟说道：“杨哥你别介意，他这个人就是喜欢开玩笑。

这样吧，你回家收拾一下，把所有和抓鱼有关的东西都带上，把家属也都叫上，都跟我们走。要是老爷子懂的那些东西有用，那他算正式成员，你算后勤人员。要是老爷子那边没通过，那你算后勤人员，他们都按预备人员的家属享受待遇。”

这样的安排让杨懋喜出望外，连连感谢，丢下老爷子就往家跑。周围的人们全都收起了笑意，转而羡慕起他们来。

张晓舟开始给人们做简单的体检。凭借现有的条件，要做什么细致的检查是不可能的，但从现代文明进入蛮荒时代已经一个多月，很多病症在这样的条件下自然不可能得到有效的医治，潜伏期也应该已经过了，凭借肉眼多多少少能看出一些。当然，更多的还是察言观色，人们对自己的身体有什么病症其实是最清楚的，在张晓舟的盘问之下，很容易就能辨别出来。

加上张晓舟一直努力推行分餐制，各人用各人的餐具，大多数传染病也勉强可以预防。

花了将近一个小时从所有应募者当中选出十二个，张晓舟便决定全都收下。这时候，他看到杨懋提着两个大包，背上还背着一个大背包，背包上还绑着一个大大的应该是用来捞鱼的网兜、一个叠起来的用于捕鱼的网笼。一个中年妇人和一个老妇人也是提着、背着大包小包，匆匆忙忙地往这边过来。

“张队长，没让你们久等吧？”杨懋小心翼翼地问道。

“没有。东西都拿完了？”

“要紧的就是这些了，其他的……也没什么用了。”杨懋深深地叹了一口气说道。

一行人开始向新洲酒店行进。张晓舟让杨懋把东西放在他们带来的推车上，杨懋感恩戴德地谢了又谢。

“杨哥，你的孩子……”

“张队长，你可别叫我什么杨哥，我当不起。”杨懋急忙说道，随后叹了一口气，“有个儿子，二十岁了，在外地上大学。”

不知道这应该算是幸运还是不幸，幸运的是他不必和他们一起面对这样的困局，而不幸的则是，从此与家人分隔两地，一切都只能靠他自己了。

杨懋的老婆眼睛一红，总算是没有哭出来。

这样的事情几乎发生在每个人的身上，就像张晓舟和高辉，父母和家人多半都留在原来的世界。

夜深人静的时候，每个人都会忍不住想起自己留在原来世界的家人，想起自己以前的生活。软弱的人会因此而伤感不已，甚至是怨天尤人，变得更软弱；而像张晓舟这样的人，则总会想办法把这样的思念压制下去，用更多的工作和对于未来的思考占满自己的大脑，让它没有闲暇去想那些东西。

到了新洲酒店，张晓舟直接把杨懋等人交给王哲，而其他人则被他带到了三楼，这里因为房间都比较大，已经被用作他们进行训练的场所。

“十二个？还算不错。”齐峰一个个看了看张晓舟带来的人，满意地点了点头，“一会儿先做自我介绍，说说自己以前是干什么的，有什么特长和不足，大家相互之间熟悉一下。然后领装备，分配房间，编组站队列，培养一下团队意识。吃完饭之后好好休息，明天就开始做基本训练。”

他们没有像正式军队那样上来先搞三个月的新兵训练，既没那个条件，也没有那个必要。即便是团队现有的成员也没有经历过那些东西，而且他们也不知道那些东西该怎么搞。

他们所要面对的敌人是恐龙而不是人类，这对于团队的要求其实不高。

面对暴龙这样的庞然大物当然是只能逃跑，他们战斗的对象主要是中小型肉食龙，以矛阵让它们无法近身，然后用投矛对它们进行杀伤。这样的战术当中，最重要的并不是高超的武艺和多复杂的技能，而是体力、勇气、信心和纪律。

他们所要训练的，其实也就是这些东西。

杨鸿英老人倒也不是个吃闲饭的主，在王哲安排着吃了一顿羽龙肉煮的稀粥，休息了一阵之后，他稍稍有了些精神，向王哲打听了他们训练的地方在三楼，便慢慢地自己一个人摸索着下了楼，坐在一边看他们训练。

团队中出现这样一个老人自然很惹人注意，张晓舟向大家介绍了一下他的来历，有些人充满了期待，而以王永军为首的好几个人则都不以为然。

“基干民兵？那有什么用？我们现在的作战方式又不是火器，完全就是冷兵器。这个比的就是谁的力气大、谁的体力好、谁的反应快，还有谁更勇敢。张队长，你这次怕是看走眼了。”

“就让他看看吧，老人家见过的事情多，也许能提出点儿好意见来。”张晓舟答道，

“哪怕只是稍稍提高一点儿我们的战斗力也好。要是真不行，那他儿子也算是个冷门的人才，留在后勤部门也有他的作用。”

老人的年纪在那里摆着，王永军等人倒也不至于真的过去和他较劲，他们只是摇摇头，然后便自顾自地练习起来。

没想到，没过多久，老人便在旁边摇着头大声地说道：“白费力气！持枪的手势不对，出枪的姿势也不对，发力的方式更加不对！有进无退，脚下虚浮，空门大开！要是对方在你们出手的时候抢攻，你们这些人非死即伤！”

王永军等人强忍着怒气不理他，但老人看他们没有听自己的，便站起来慢慢走向张晓舟：“张队长，你们这个根本就不行啊！”

这话终于让王永军等人听不下去了。

“怎么不行？恐龙我们也杀了不知道有多少了，不需要有人在旁边指手画脚！”

张晓舟正想劝说一下，让大家都有一个台阶下，没想到老人也是个倔种，马上就摇着头说道：“这才是最糟糕的。犯错而失败不怕，至少知道错了，愿意去找错在什么地方，即便是失败也是小败。错了却侥幸成功才是最糟糕的，明明是错的，却因为一时的侥幸而误以为是对的，甚至还把自己的错误发扬光大，真要是遇上问题，一定会一败涂地，不可收拾！”

“你这老头！”王永军等人大怒起来。

杨鸿英却伸手道：“拿来！”

谁都知道他的意思是让他们把枪交过去，有几个人马上笑了起来：“老爷子，这可不是一般的枪，别逞强把自己的老骨头给弄断了。”

“拿来！”杨老爷子仍说道。

王永军便把手中的钢枪递给了他。张晓舟向前一步，生怕他老人家出点什么事。老人手微微一滑，旋即把枪抓住。

“长度不够，没有韧性，整体又太重。”他摇了摇头，但他知道此时要求什么白蜡杆之类的并不现实，也没有在这个事情上再说什么。

只见他轻轻喝了一声，身体微微下沉，蹲了一个半马步，左手持枪身，右手握枪尾，也不知道具体哪里和王永军他们不同，但就是让人感觉气势非凡，整个人似乎都变了。

张晓舟愣了一下，脑海中不知道怎么回事，突然就冒出了“腰马合一”这个词来。

王永军等人微微色变，杨老爷子却大喝一声，脚下以小碎步连点，向前疾走了两步，左手虚握，牢牢把住方向，右手却猛地向前一送，手中的钢枪便如同一条出海蛟龙，快捷而又威猛地向前直刺出去。

这一击让众人色变，但那支钢枪却突然从老人手中脱了出去，向前直飞，差一点就扎到站在前面墙边的那个人，把他吓了一跳。

杨鸿英脸涨得通红，身体像是扭到了什么地方，豆大的汗珠一滴滴地落了下来。张晓舟急忙上前扶着他，让他到旁边坐了下来。

“唉！老了，不成了。”老人颓然地说道，“几十年没练过，这下子丢人可丢大了！”

张晓舟一边安慰他，一边替他检查了一下。老人自己也懂一些跌打损伤的知识，好在只是在刺出那一击的时候腰部用力过猛，扯了一下，并没有伤到筋骨，这才让张晓舟放心了下来。

表演自然不能算是成功，但即便如此，也让大家看出了不同来。

与王永军他们拼死向前狠狠刺出去的做法完全不同，这一击更隐蔽，更果断，速度也更快，谁也不会怀疑，这一枪击出时的杀伤力也绝对不会弱！

“老师傅……”王永军倒也不是那种死鸭子嘴硬的人，稍稍愣了一下之后便问道，“没想到您真是高手……您这叫什么枪？”

“当年在村里跟着瞎练，都说是杨家枪，可没人知道是不是真的。”杨鸿英答道，“人说‘月棍，年刀，一辈子的枪’，我只是年轻的时候断断续续练了不到十年，拦、拿、扎、劈、崩、点、挑、拨、缠，我连前三项都没学会，算不上什么高手，只是稍稍懂点皮毛。”

“您谦虚了。”张晓舟和王永军都说道。

杨鸿英摇摇头：“我老头子不喜欢说虚的，会就是会，不会就是不会。你们要是准备和人对打，那我这半瓶醋也不敢来指手画脚，免得害人。但既然是对付那些畜生，会扎，会拦，那应该也就足够了。”

老人头上还在冒汗，应该是疼得厉害。张晓舟让齐峰继续带队训练，自己扶着他回楼上去。

张晓舟当然明白，老人冒着受伤的风险也要来这么一下，与王永军他们几个置气根本就不是原因，让他们早点看清楚他是有真本事的，把一家老小的未来定下来才是最主要的原因。

不过张晓舟也不说破，到了五楼分给他们的房间，在老人老伴和儿媳妇的帮助下让他睡下。张晓舟拿了药酒过来给他推拿按摩了一番，又把药酒留下，这才对老人说道："杨师傅，您放心，您这个教练是当定了！不过您也别着急，咱们不急在这几天，您把身子骨休养好了，再来好好地操练我们！"

杨懋闻讯赶来，一家人又是一番千恩万谢不提。张晓舟下了楼，人人都很兴奋，有人已经开始学老人之前的姿势和动作，不过怎么都学不像。

"总算是找到靠谱的教官了。"齐峰看到张晓舟回来，高兴地说道。

"这东西可不好学。"张晓舟摇摇头，"你没听他说吗？'月棍，年刀，一辈子的枪'，我们哪儿有那么多时间去练这个？他之前说过他还学过拼刺刀，我觉得我们学那个可能还靠谱一点。打枪是一个人的战术，拼刺刀应该还有小团队的配合，应该更适合我们的需要。就是步枪的长度应该比我们这些钢枪短得多，不知道能不能用得上。"

"不管用不用得上，终归比我们自己瞎练要强吧？"王永军说道。他之前不以为然，觉得这不就是比谁力气大的事情。但一个干干瘦瘦的老头竟然能刺出几乎比他全力一击更快更猛的枪刺，这让他明白，所谓的武术还真不是瞎吹的东西。掌握了其中的技巧之后，真的能够起到事半功倍、攻守兼备的效果。他的向学之心突然就这么强烈了起来。

第13章 出战

时间对于张晓舟和城北的所有人来说，永远都是无法跨越的一道屏障。

在以前的那个世界，一天、一个礼拜、一个月，感觉很容易就过去了。张晓舟做研究的时候，总是感到时间不够用，一眨眼，三个月的时间就过去了，而自己的论文还只是列了一个提纲。

但在现在这个世界，每一天都像是一种煎熬。

没有电脑，没有手机，没有电视，甚至是没有书本，人们日升而起，日落而息，一天中绝大多数时间都花在如何填饱肚子、躲避危险上，度日如年。

没有酒，也没有烟，人们甚至找不到什么办法来麻痹自己的神经，好让这样的日子变得轻松一些。

聊天成了人们在日落后少数的消遣之一，安澜大厦的人们最喜欢做的事情就是在天黑以后带着自己的那盆水，在公共浴室里一边擦身一边闲聊。

而对于新洲酒店的这些人来说，锤炼自己的身体则成了最主要的消遣，也是每个人最紧迫的需求。

酒店本来就有一个健身房，大多数设备都不需要用电，这让在天黑之后摸黑锻炼成了他们的一种习惯，并且马上就普及到了每一个成员。没有抢到设备的队员便在旁边做俯卧撑等训练，绕着走廊跑圈，或者是继续对着用十几层窗帘布绑扎起来的靶子练习长矛的扎法。

这个世界已经完全不同，每个人都清楚，在从智能化时代退化到冷兵器时代之后，个人的身体素质已经成了他们是否能够生存的重要条件。阵列只能够给他们带来最基本的生存保障，在真正面对恐龙时，力量、反应速度、体力、技巧这些东西，决定了他们是把那些东西变成食物，还是被那些东西变成食物。

新洲酒店团队充足的食物补给给了他们这样做的底气。虽然他们无法均衡地给队员们补充蛋类和牛奶，但粮食和肉是管够的，野菜和树叶也足以保证维生素和纤维素的补充，而罐头、糖果等食物则满足了其他方面的需求。恐龙肉中脂肪少而瘦肉多，是很不错的蛋白质来源。

而大部分团队，除去每天为了生存而不得不进行的必要的体力劳动之外，甚至很少敢做什么会造成大量消耗的事情。

齐峰对张晓舟说道："好在我们没有想着把队伍一下子扩充到多大。我现在算是知道为什么古代养兵费钱了。"

"这还只是吃，我们的武器和盔甲可都没花钱。"张晓舟苦笑着说道，"现在我们是靠吃存粮，等到这些东西消耗完以后，那才真的让人头疼了。以城北现在的能力，大概也就只能养这么多脱产的士兵了。"

原先瘦弱的队员正迅速变得健硕起来，但他们的粮食也在快速消耗。几吨存粮看上去很多，但以这样的吃法，却可以把任何一个后勤主管给急死。仅仅在一个礼拜之内，王哲就几次来找张晓舟，告诉他再这样只有消耗而没有收入，他就干不下去了。

"算上伤员和杨大爷，现在我们有二十二个正式成员、十二个预备队员、六个后勤人员、四十二个家属。如果十二个预备人员都通过考核，那我们大概还要接受三十到四十个家属。"不当家不知道柴米油盐贵，王哲心急火燎地说道，"一个正式成员一天吃的量相当于别的地方四五个人的量，要是在何家营，我们这二十几个队员一天吃的东西，少说够七八百人吃。张队长，齐队长，你们要么赶快想办法弄更多的食物，要么就降低标准。再这么吃下去，我真的只能跳楼了。"

"我知道了。"张晓舟说道，"你放心，我们会尽快想办法解决。"

降低标准当然不行，至少在队员们的身体素质达到一定的水平、训练出一定的效果之前不行。队员们这么能吃和每天高强度的运动有关，如果降低伙食标准，那训练量也势必得降下来，这样的话，他们想在短时间内练出一支强军的想法也就泡汤了。

“沿高速公路进行一次武装侦察吧。”张晓舟说道。

经过一个礼拜，原先聚集在那片狭窄区域的恐龙正在渐渐散开。也许是因为那只死去的暴龙已经被吃光，但也有可能是因为肉已经完全腐败变质，即使是食腐动物也难以下口。另外那只暴龙已经开始扩大巡视范围，只是还没有靠近城北的这片预警区域。

与它的战斗马上就要打响，在这之前，必须让预备队员们真正面对一次恐龙，这既是对他们的考验，也是战前的最后一次预演。

“怎么安排?”齐峰问道。

“所有人都上，预备队员一半持矛站队列中央和恐龙作战，一半推车，战斗过一次之后轮换。把王永军他们几个放在后面随时准备补位。”

沿高速公路行动的好处是道路平坦、视野开阔，不容易遭到偷袭，而且两侧的墙相对陡峭，暴龙上不来。虽然羽龙、驰龙和速龙这些中型恐龙很容易就能沿两侧的墙跳上来，但对于他们来说，要杀的也恰恰就是这些恐龙。

这里算是相对理想的战场。

早上九点，在吃完早饭休息了半个小时之后，新洲酒店团队全员出动，从那个土坡上了高速公路。

“需要加固修整一下了。”高辉说道，“再这样淋几天雨，非得垮了不可。”

张晓舟点点头，把目光投向了西侧。

空无一物。

高速公路两侧的树木和其他植物已经长得很茂盛，中间分隔带里的植物也已经长得比人还高，给人一种这不是城市，而是穿越了某座森林的观光公路的错觉。

预备队员们明显有些紧张，但对于正式队员们来说，杀这些恐龙，甚至都不需要做什么动员了。

武文达带着另外两名在投矛方面表现出天赋的正式队员，已经各自把一根投矛扣在了投矛器上，做好了战斗的准备。两名预备队员替他们背着用恐龙皮做成的矛囊，里面都密密麻麻地插了将近四十根投矛。

正式队员身上都穿着改良过的用不锈钢网罩做成的盔甲，关键部位则用汽车钢板覆盖，这是后勤人员和家属们一个礼拜以来加班加点的工作成果；而预备队员们则披上了他们淘汰下来的盔甲，虽然不是很好看，但防御力也上了一个台阶。

人与人之间已经不像之前那样排得紧紧的，这一方面是因为队员们已经有了信心和基本的技巧，即便是以这样稍稍松散一些的队形也能有效地进行攻击和防御，不再需要挤在一起寻找安全感；另一方面，这样的队形调整起来更快，也更方便队列中的投矛手展开攻击。

三十几个人的队伍看上去却比之前那五十几个人的队伍更大，也更有威慑力。

“出发！”张晓舟大声地说道。

新洲酒店旁的这一段高速公路几乎是完全平直的，直到一公里外才开始分岔，一条路向南，而另外一条则向西北方向而去。

此前暴龙和众多中型肉食龙活跃的区域，大致上就在这个分岔点北边，而他们今天准备进行武装侦察的范围也在这一段上。

张晓舟一边指挥队伍前进，一边回头看着新洲酒店楼顶的旗帜。

这也是没有办法的事情。在新洲酒店楼顶这个制高点上，可以看到很多东西，但也会被周围的建筑物遮蔽，看不到那些角落里的情况。而走在高速公路上，周围没有太高的建筑物，但两侧都是行道树，而且灌木已经长得很高，完全遮蔽了他们的视线，使他们看不到危险的来源。

这对于行动是极其不利的。

无奈之下，张晓舟只能沿用之前那次冒险的经验，安排专人在新洲酒店楼顶用旗语来告诉他们这里的情况。

现在是两面黄色的三角旗左右摇摆，这就意味着，在高速公路周边三百米的距离内，有超过一群中型恐龙在活动。暴龙虽然肯定就在附近，但因为它没有办法爬上高出地面将近四米的高速公路，不需要专门把它的行踪指示出来。

“差不多了吧？”齐峰问道。

他们已经走到高速公路分岔点前，再继续往前，道路情况就变得很复杂，两条分岔道从高速公路上方跨越而过，如果有恐龙从上方跳下来攻击他们，将有可能打乱他们的队伍，带来不必要的风险。

“好，就在这里！”张晓舟点点头说道。

四辆推车马上停了下来，按照作战方式放好，人们则按照之前的安排站好了队列，正式队员在两侧，六名预备队员站在阵列中心面对预想中恐龙将会出现的地方，而王永军等人则在侧后方三四米的位置准备在他们溃逃的情况下补位。

“拿出点样子来！”王永军大声地对那些惴惴不安的新人说道，“是男人，就别腿软！拿你们的矛杀掉恐龙，证明你们自己！”

高辉把一个喇叭拿了出来。张晓舟再一次看着新洲酒店的旗帜，用力地摇动了一下手中的红色三角旗。那边马上做出了回应，确认距离他们最近的恐龙群在高速公路北侧。

张晓舟对高辉点点头，他便对着喇叭大声地叫了起来。

“嗨，远方的客人请你留下来……”这是一首几乎所有远山人都听过而且多半都会唱的歌，但像高辉这么怪腔怪调还敢这么大声的，实属罕见。他的厚脸皮已经在一次次的行动中被锻炼了出来，人们低声地哄笑了起来，他非但没有怯场，反而对着他们摇了摇手，继续大声地唱道：“嘿啰嘿啰嘞哩嘿啰嘞哩……”

路边的灌木突然晃动了起来。

“来了！”张晓舟说道。

人们不约而同地握紧了手中的武器，一只青绿色的大约一人高的速龙很快就钻过树丛，出现在他们眼前，并且马上就跃过高速公路边的隔离栏，站到了公路上。

距离他们大概有五十米。

两名队员将一块馒头大小的近乎圆形的石弹套在车架上的套索当中，相互配合着向它发射了过去，但石弹却只是命中了它右侧三四米外的隔离栏，让它受惊地向旁边跳出去了几步。

“果然不行。”

张晓舟摇了摇头。

之前他们就已经专门练习过用车子上的弹弓发射石弹和装满了水的塑料瓶，希望能够增加一种远程攻击手段，并且强化燃烧弹的命中率。但很快他们就发现，装了水的瓶子与燃烧瓶一样，重心在空中会不断地随着瓶子的转动而发生变化，每一次发射都很难确定落点，只能控制一个大致的命中方位。而加工成圆形的石弹虽然能够大大地提高弹弓的命中率，但因为拉开弹弓时人手的力量很难保持每一次都均匀，命中率也只是稍稍比用水瓶发射高一些。

总体来说,大范围可以保证,命中目标基本靠运气。

“武文达。”张晓舟轻声叫道。

高辉声称他以前看到的资料上说,轻型投矛配合投矛器的极限射程是四百米,有限射程则可以达到八十米,但人人都认为他在吹牛。

就他们之中对这个东西最有兴趣也最有天赋的武文达来说,现在他经过了上千次的训练,已经把自己在无风状态下的有效射程成功地提高到了四十多米。这在城市中几乎已经是大半个街区的跨度。而他的极限射程则从八十米提高到了将近一百二十米,但这种投法已经没有任何意义,为了保证射程,投矛出手时必须保证一个更大的角度,而它在半空中划过那么高的一条弧线,要将近十秒才能落地,如果被发现,恐龙完全来得及躲闪。而且在这样的距离上,即便是武文达这样的佼佼者,命中靶子也基本上是靠运气而不是技术了。

但现在,这只速龙却刚好在他的有效射程附近。

武文达点点头,再一次观察了一下那只速龙的位置,估计了一下周围的风速,随后退后两步,突然前冲,整个身体完全打开,狠狠地将手中的投矛掷了出去。

未经任何处理的矛杆就像是一道白色闪电,快速地向那只速龙急射而去。几乎就在同时,另外两只速龙也跃过隔离栏,跳到了高速公路上。之前的那只速龙无意识地向同伴走了几步,投矛几乎是擦着它的尾巴狠狠地砸在地上,然后在路面上弹了一下,穿过隔离栏的空隙飞出了人们的视线。

可惜了……

人们不约而同地叹息了起来,取得开门红的好机会就这样不经意地溜走了。

“准备战斗!”张晓舟对他们说道,“没关系,让它们死得近一点,省得我们还要走过去搬,麻烦。”

正式队员们都笑了起来,几个预备队员想要和他们一起笑,但嘴角却僵硬着,看上去十分别扭。

“别忘了训练的要领!”张晓舟大声地告诫着他们。

高速公路上这时候已经聚集了六只速龙,最大的看上去应该有一米七或一米八高,加上尾巴足有四米长,而最小的也许还不到一米五高,长也不到三米。

这应该是另外一个速龙族群，而且是还没有和他们打过照面的族群。

“来啊！”王永军在阵列中大声地对着它们叫道。

也许是之前那根投矛和更早之前的石弹让它们警觉了起来，又或者是因为没有见过这样敢与它们对峙的人类，几只速龙轻声地鸣叫着，看上去有些犹豫不决。

“来啊！”王永军继续叫道。

“老王，叫看来没用，你还是得唱。”一名队员说道。大家都笑了起来。

就在他们开着玩笑让精神放松的时候，又一只恐龙从东侧大概二十多米远的地方跃过隔离栏来到他们面前。几秒钟之后，七八只羽龙出现在了他们面前。

“天哪……”一名队员轻声地说道。

“这不是同一种恐龙。”张晓舟说道，“往后退十步，看它们怎么办。”

两群恐龙和矛阵之间成了一个不太规则的三角形，速龙和羽龙的数量差不多，但速龙的个头明显要比羽龙大得多，羽龙的出现反倒让它们活跃了起来，几只速龙向羽龙所站的方向疾冲几步然后又突然停下，对着它们大声地嘶叫起来，似乎是要把它们赶走。

“这不会是我们从酒店赶走的那一群吧？”高辉小声地说道。

张晓舟心念一动，体形较大而且色彩鲜艳的雄性羽龙只有两只，其他都是雌龙，这的确和那群羽龙相似，但它们的样子看上去几乎一模一样，没有经过系统的研究，根本就没有办法区分它们。他对着那只领头的雄性羽龙看了一会儿，发现它眼中并非只有面对猎物时的凶狠，还有一种类似愤怒和仇恨的东西。

“很有可能。”他低声地答道。

“那它们还敢来送死？”

就像是听懂了高辉的话，雄性羽龙突然鸣叫了几声，整个羽龙群便重新跃过隔离栏，消失在了他们的视野里。

“大家不要掉以轻心。”张晓舟说道，“小心它们回来！”

“来了！”齐峰说道。

那几只速龙在赶走了竞争者之后，开始向他们这边小跑了过来。

它们的队形分得很散，将他们的矛阵包围在里面，同时开始展示自己的獠牙和利爪，佐以尖叫恐吓他们，采取与其他中型恐龙如出一辙的攻击模式。张晓舟觉得这或许是一种趋同进化，虽然个体大小、外形等都有差异，但几乎每一种中型恐龙都会采取相同的攻击模式，而它们也几乎都长了用来划开皮肉制造伤痕的巨大的镰爪。

“投矛先别动。”张晓舟命令道。

这次行动最主要的目的是练兵和考验新人，如果轻松地用投矛将速龙驱走，那他们的行动就没有意义了。

正式队员们对这样的局面已经习以为常，他们举起手中的长矛与速龙僵持着，一次次地用矛尖威胁那些过于靠近的速龙，并且尝试着用从杨鸿英那里学来的拦法抵挡着它们的攻击，验证着自己的所学。

但六名被推到第一线的预备队员中，却有人已经明显开始动摇，手中的长矛颤抖无力不说，个个都满头大汗，对峙刚刚开始，但他们却已经像是累得快不行了。

“你们要死还是要活？”张晓舟大声地叫道，“想想你们这几天吃的是什么，想想你们的家人在吃什么，想想那些挨饿的日子！这是一道坎！迈过去了，你就能过上好日子，你的家人就能过上好日子！迈不过去，那你就什么都没有了！好好想想！你要什么？它们没什么了不起的！一枪扎中要害一定会死！想想你们接受的训练！想想你们学到的东西！”

“干掉它们！”他大声地命令道。

速龙们很快就找出了矛阵的薄弱点，三只最强壮的速龙马上集中到了正面那已经开始有些散乱的位置，进一步开始恐吓并且发动试探性的进攻。

恐慌让那六个新人的动作越发变形，他们的脑子里很快就变得一片空白，几乎已经完全忘记了这个礼拜以来所接受的那些训练，忘记了相邻的几个人之间要如何进行配合，忘记了脚下应该踩什么样的步伐，忘记了身体应该怎样发力，甚至忘记了应该怎样持矛才能有效减轻身体的负荷并且便于随时发动反击。

他们只是在凭借本能与那些速龙相持，恐惧和错误而又僵硬的姿势迅速地消耗着他们的体力，摧毁着他们的精神，让他们很快就疲惫不堪。

张晓舟的话他们都听到了，可听到和照做却是两回事。

杀死这些恐龙？开什么玩笑？我们只有六个人，可是它们也有六只啊！凭我们怎么可能做得到！

他们脑子里所想的，只是怎么坚持到身后那些正式成员出手，让自己撑过考验的这一关。

快来帮忙啊！他们没有叫出来，但这样的意思却再明显不过了。

张晓舟不得不叹了一口气。

这些精挑细选出来的人身体素质绝对要比当初被困在新洲酒店时的正式队员们好，经过一个礼拜的补充，他们的体能也绝对要比那个时候那些还没有机会吃上几顿饱饭的队员们强得多。

但他们却缺乏一种拼死一搏的精神。

因为他们知道，正式成员们就在他们身后不远的地方，如果他们撑不住了，就有人马上上来补位，把他们换下去。更远的地方，三名投矛手应该也做好了准备，随时可以击杀这些速龙。

而当初的那些人，不靠自己就只能被困死在酒店里，不拼命，就没有未来。

这样的差别，便决定了他们之间的不同，决定了他们是不是能踏出那一步。

“王永军！”张晓舟突然叫道。

王永军大喝一声，准备把那些预备队员换下来，却听到张晓舟继续说道：“你们看好了，除非这六个人里面死了一半，否则的话，你们不准出手！武文达你们也一样！除非他们死了，否则不准出手！”

这样的命令让所有人都愣了一下，但张晓舟颁布的团队军规中明确规定，战场上必须服从指挥，否则的话，要么当场逐出队伍，要么事后惩处。

他们于是大声地答道：“是！”

那六个人听到这样的命令，手中握着长矛，越发慌张了起来。

“张队长?!”

“别以为会有人来救你们。”张晓舟冷冰冰地说道，“想活命，只有一条路！那就是向前，杀！”

这并非强人所难，凭这六个人杀掉所有速龙当然是不可能的，但他们最起码要有这样做的决心和勇气，如果他们迈不出这一步，那他们就不是团队所需要的人。

速龙差一点就突破了他们的防线。它们在周围寻找不到可以利用的破绽，虽然人更少，但那抖动的矛尖却覆盖了不小的范围，让它们感觉自己似乎一直都被几支尖刺威胁着。它们本能地把注意力进一步集中到了阵列的正面。

按照它们的经验，这些凭借尖刺抱成圈防御的动物都是外强中干，围拢成一圈把幼崽保护在中间的时候，它们极具威胁，但只要有某个点上的个体因为恐惧而突然转身逃亡，整个群体就会在几秒钟之内迅速崩溃，仓皇逃跑，成为任由它们宰割的猎物。而到了那个时候，它们就可以轻松地抓住幼崽或者是其中的倒霉鬼，享受一顿大餐。

这样的对抗和追逐已经在猎食者和被猎食者之间上演了成千上万年，也必将继续上演下去。

“退后就是死！被攻破也是死！想活，那就进攻！”张晓舟的声音继续在高速公路的这个区域回响着，不断地像针一样刺着这六个被考验者的耳膜。

惊惧和愤怒同时出现在他们的心头：他们真的会看着我们死？不可能吧？应该只是吓唬我们吧？

但偷偷回头时，他们所看到的却是张晓舟决绝的目光。

他已经犯过一次错，姑息和纵容了很多人，让安澜大厦始终没有办法变成一个有战斗力的团队，这样的错误绝对不能再发生。

矛阵正面再一次出现失误，一只速龙攻到了很近的地方，甚至咬住了其中一个人的手腕，幸亏有护甲保护才没有出事。他手中的矛落在地上，这让他后退了一步。

尖锐的矛尖突然顶在了他没有护甲的背部。

“回去！捡起你的武器！”张晓舟的声音冷冰冰地响起。

这样的形象与他平时在城北亲切的形象完全不同。几个人终于放弃了任何侥幸心理，犹如野兽那样绝望地号叫了起来。

“张晓舟，要不要把他们换下来？”齐峰轻声地问道，“我看他们是真的已经坚持不住了。”

“把他们就这么换下来？那算合格还是不合格？剩下的这六个又怎么办？如果他们清楚我们最后会网开一面，他们还会拼吗？”张晓舟摇摇头，坚决地说道，“今天一定要逼他们拿出勇气来！”他的声音突然提高：“王永军！做好准备，一旦他们战死，你们马上补位，杀掉那些恐龙！”

这样的话让站在他们前面的人彻底绝望了，他们本以为这是一场示威游行，只是一场让他们体会一下猎杀过程的演练，就算是有实战，也不过是让他们与这些野兽僵持一下，谁能想到，张晓舟突然会翻脸不认人？

为什么？明明已经有了远程攻击的手段，可以不用再和这些恐龙打对攻。那些正式队员明明就能杀掉它们，为什么还要逼我们这样毫无意义地和恐龙战斗？他真的想让我们死掉吗？

愤怒、恐惧、绝望和求生的本能终于在这一刻爆发了出来，六人中有两个人绝望地大吼着，握紧了手中的长矛，狠狠地向猛扑过来的速龙扎了过去。

他们忘记了脚下要踩半马，忘记了发力时要借用后脚蹬地和腰部的力量，忘记了放在前面的手只是控制方向，应该是后手发力，更加忘了什么四平三尖的诀窍，只是绝望而又本能地举起枪，向着那试图杀死自己的野兽扎去。

长矛在恐龙的身体上划出两条血槽，却没有刺进去，只是让它尖叫了起来。镰爪自下而上猛刺过来，咚的一声重重地撞在其中一个人的小腹上，虽然有护甲的保护，但还是让他闷哼了一声。

又一个人扑了上来，手中的长矛重重地刺入了这只速龙的大腿，它痛苦地狂吼起来，向后退去，矛尖从它的身体中退了出来，鲜血喷溅在他们身上。

“就是这样！”张晓舟大声地叫道，“继续！加油杀掉它们！只要杀掉一只，你们就能撤下来休息！”

六人绝望地大吼。

但那只速龙却快速地瘸着腿退出了攻击圈，另外一只速龙马上就补了上来。它的体形更大，身体的颜色更鲜艳，攻击也更加疯狂。本来就摇摇欲坠的矛阵正面马上就出现了大问题，两个人想要进攻，而其他人则只想防守，六人之间拉出了一个空当，让那只速龙靠近了他们。一个人的胸口马上被狠狠地抓了一下，另外一个人被咬住了肩膀，如果没有盔甲护身，他们俩应该已经受重伤了。

六人大叫了起来，手忙脚乱地拼命刺着，终于把它逼开了。他们的手上、胸前不知道被它的獠牙和利爪击中了多少次，幸运的是，他们并没有重的创伤。

这样的结果终于让他们稍稍有了些信心，最先站出来与恐龙战斗的那两个人疯狂地大吼了起来，以此发泄自己心里的恐惧，并鼓舞其他四个人一起战斗。

“杀掉一只……”他们剧烈地喘息着叫道。

这似乎已经成了他们此刻心里唯一的念头，相互之间慢慢地配合了起来。在恐龙一次次地击中他们，咬住他们被盔甲保护着的身体后，他们的恐惧反倒慢慢地减弱了。那些速龙身上也渐渐有了伤口，这让它们越发疯狂了起来。

“动手！”张晓舟轻轻地对早已经等得不耐烦的武文达点点头，武文达马上向前跨出一步，从两名正式队员之间跨了出去，将手中的投矛狠狠地向那只大腿受伤的速龙投了出去。

几声惨叫同时响起，三个投矛手在短短的十几秒里就快速地掷出了将近二十根投矛，这样的打击让不可一世的速龙群的动作一下子停滞了，至少有两只速龙受到了重创。

王永军大吼一声，带着几名正式成员从侧面冲出去，手中的长矛敏捷而又准确地刺出，竟然直接将一只速龙的脖颈刺穿，将它从地上挑了起来。

自从杨鸿英把要诀教给他们之后，王永军每天至少都要扎刺将近两百次，这样的练习也许未必能够让他在短时间内成为一名枪术高手，因为他不懂得躲闪，不懂得除了这一扎之外的任何技巧，但在面对恐龙这样的对手时，他那一往无前的刺击足以一击致命。

“杀！”已经在旁边当了好几分钟看客的正式成员们心里憋着的气也终于得到了释放，他们三人一组，脚下快速移动，反过来将这群速龙围住。只有一只速龙在他们由静转动的时候受到惊吓，疯狂地向远处逃去，其他速龙都被围在了中间。

“杀！”队员们大声地吼叫着，手中的长矛毫不犹豫地向被围的速龙刺去。它们甚至还没有来得及选择逃亡还是战斗，便同时被至少三根长矛从不同的方向刺中，矛尖迅速抽出，鲜血喷涌，然后便再一次凶狠地刺了过来。

武文达等三名投矛手则用手中的投矛攻击着那只逃到远处的速龙。它的背上中了一击，随即悲鸣一声，拖着那根投矛，丢下自己的同伴，跃过隔离栏，消失在了人们的视野里。

所有预备人员都惊呆了，那些已经持续战斗了将近八分钟，早已经筋疲力尽的人自然不用说，那些作为后备的人也吓了一大跳。

这些所谓的正式成员在训练的时候看不出有多了不起，有人的悟性甚至还没有他们中的某些人强，让他们觉得正式成员也没什么了不起的。

但是，就在这一刻，他们才感觉到，两者之间的差距也许并非刻苦训练就能跨越。

五只速龙这时候已经完全被自己的血染红，其中三只已经倒在地上，而剩下的两只也已经失去了反抗或者是逃走的能力，只是在做困兽之斗了。

“停手！”张晓舟说道，“交给他们！让他们杀！”

正式队员们有些不甘心地站开，重新把它们留给了那六个预备队员。

他们终于从震惊中清醒了过来。看到他们的样子，每一个正式队员都不由自主地挺直了身体，让自己看上去更加轻松，更加不屑一顾。

“分成两组，各杀一只。”张晓舟说道，“别忘了你们学到的东西，三个人怎么补位，谁负责主攻，谁负责扰敌，谁负责防守！快！抓紧时间！”

已经被刺得遍体鳞伤的速龙其实已经没有了威胁他们的能力，而他们的勇气也被激发了出来，当恐惧从身体中被驱赶出去之后，力量、冷静和技能便很快重新回到了他们的身上。为了能够通过考验并成功留下，让自己和家人都能吃饱饭而拼命训练的成果在这时候马上显现了出来。

战斗很快就结束了。张晓舟让他们检查每一只速龙的情况，重新补刀，用长矛将它们的脑袋穿透。

“恭喜你们，”张晓舟对他们说道，“你们合格了。”

之前的愤怒和不满刹那间烟消云散，成功的喜悦让他们欢呼了起来。看着那些被自己杀死的速龙，他们心里有一种骄傲和荣誉感悄悄地生长了出来。

“把它们搬上车，小心那些爪子！”张晓舟说道，“全体退后三十步休息，看还会不会有东西过来送死！你们六个可以到中间去休息了，另外六个上！”

张晓舟的担忧是有道理的，血腥味很快就引来了更多的中型恐龙。但出乎人们意料的是，它们中的绝大多数在看到了这群人之后，便重新翻过隔离栏跑掉了，而其中少数没有这样做的恐龙在与他们对峙了一下之后，不知道因为什么，在张晓舟下达攻击命令前就迅速后退，从他们面前飞快地逃走了。

“它们知道我们不好惹了。”高辉说道。

“怎么会？”齐峰有些诧异。

“也许是因为我们杀得已经够多了。”张晓舟说道。

很多动物的第六感也许并不比人弱，张晓舟见过牛羊在面对屠夫时会毫无缘由地发抖、流泪，似乎是已经预感到了自己的命运。而在远山被人称作“狗阎王”的职业杀狗者们，很多动物对他们都会有一种不可思议的敬畏，再凶的狗看到他们都会把尾巴夹起来。

这些一直都是张晓舟觉得无法用科学来解释的现象。不过硬要分析的话，也许是因为这些动物临死前会分泌某种激素或者是其他东西，沾染在了这些人的身上，让它们的同类能够感觉到危险。

“那我们怎么办？”新上场的预备队员们着急地问道。

如果按之前那六个人的标准，那他们远远没有达到通过考验的水平，但这并非是因为他们不愿意战斗，而是这些恐龙不给机会啊。

张晓舟愣了一下，看看齐峰，无奈地摇了摇头。

“今天看来是不行了，明天我们再来一趟，不管它们敢不敢过来对我们发动攻击，只要你们表现正常，那就算合格了。”

人们的心情终于放松，气氛也变得轻快了起来。

对于正式成员来说，今天成功地把从杨鸿英那里学来的东西进行了实战演练，证明了这些速成的东西对付恐龙是奏效的，也证明了他们一周以来刻苦训练的成果。

而对于预备队员们来说，今天的成功则让他们跨越了心理上的那道坎。有时候世界上的事情就是这么奇怪，即便是对于那些并没有亲手杀死恐龙的人来说，站在旁边亲眼看到与自己一样的队员们从慌张怕死到奋起战斗，并且亲手杀死了这些动物，心里的那道坎其实也已经不复存在了。

尤其是在看到这些恐龙面对矛阵落荒而逃之后，信心和勇气已经深深地烙入了每个人的心底，让他们变得强大了起来。

张晓舟对于这样的结果感到很满意，如果未来能够发展到让这些恐龙对他们望风而逃，那让城北乃至整座城市重新变得安全、让人们重新成为这座城市的主人，也许将不是梦想，而是不久后就能实现的事情了。

“回去吧！”他对人们说道。

速龙是在远山活动的中型恐龙中最大的一种，五只速龙加起来有将近五百公斤。

“王哲今天该不会再装穷叫苦了吧？”高辉笑着说道。

张晓舟和齐峰都笑了起来。这时候，他们却听到了汽车发动机的轰鸣声。

人们感到惊讶。在他们的记忆中，最后一次听到这样的声音已经是将近一个月前了，那支队伍雄心勃勃地想要复制张晓舟的成功，却把一百多人和四十几辆车子葬送在了城南。汽油在那之后就成了重要而且非常珍贵的战略物资,还有谁会这样把它们浪费掉?

“何家营!”严烨的脸突然变得苍白。声音正是从城南方向传来的,非但如此,人们现在还可以分辨出来,那绝不只是一辆车子发出的声音。在城南,除了何家营,还有什么地方能在现在这个时候拉出一支车队?

“加快速度!”张晓舟急忙说道。

齐峰拉起队伍。人们尽力保持着队形的完整,向前跑去。

几分钟后,他们终于赶到了那个路口,而声音的来源也出现在了他们的眼前。

那是一个规模庞大的完全由卡车组成的车队,几乎每辆车子周围都焊上了粗大的金属架,上面那些尖锐的钢刺看上去令人生畏。

一辆被改装过的挖掘机走在队伍的最前方,它的周围也同样在不影响转动的情况下焊满了钢刺,而前面的挖斗则干脆被改装成了一个巨大的狼牙棒一样的东西。就在张晓舟他们看到它的时候,它正缓缓地向一只暴龙逼近,迫使它离开车队行驶的方向。车队的尾部有另外一辆差不多相同的挖掘机,应该是在监视另外一只暴龙。

整个车队至少有二十辆卡车,每辆车子上都少说有十几个人,就眼前所能看到的阵势,何家营至少动用了三百人,这对于眼下的张晓舟他们来说,已经是一股几乎无法抵御的力量。

车队行进的目标显然是副食品批发市场,大量车子在路口向右前方行驶了过去,但其中却有两辆车子向左转,直接向着张晓舟他们这个方向驶了过来。

“我们怎么办?躲起来吗?”高辉紧张地问道。

“不用。”张晓舟答道。

他们的目标显然不会是这些听到车子的声音而临时赶过来的人,那么很明显,他们的目标要么是这些翻倒在路边的车子上的物资,要么就是更远的目标——新洲酒店。

酒店屋顶上的旗帜还在飘扬,但哨兵显然已经蒙了,不知道应该换成什么样的旗帜,只好把代表暴龙的方形旗和代表中型龙的三角旗都打了出来。

好在张晓舟他们已经赶了过来。

“准备战斗。”张晓舟平静地对身边的人们说道。

“张晓舟？”人们惊讶地叫道。

“他们只过来了两辆车，大概也是三十几个人，真的打起来我们不会输。”张晓舟说道，“他们的目标显然是以副食品批发市场为主，这边只是偏师。那两只暴龙对他们虎视眈眈，他们一定不敢多待。只要我们够强硬，他们不可能真的和我们动手。如果我们把他们挡在下面，让他们看不到我们的虚实，甚至让他们产生城北已经成为一个整体的错觉，也许就能把他们的脚步挡在那边。”

“至少是暂时挡在那边。”他低声地对自己说道。

第14章 对 峙

一行人站在高速公路上，居高临下地看着那两辆卡车向他们这个方向驶来。

也许是觉得这边有机可乘，那只被挖掘机逼住的暴龙突然丢下车队，快速地向这两辆车子追了过来。

车上的人在叫喊着什么，站在高速公路上的人们紧张地看着他们。

预想中的惨剧并没有发生，有人站在车斗上点燃了什么东西，然后朝暴龙追来的方向扔去，巨大而又连绵不断的爆炸声让暴龙吓了一跳，脚步便慢了下来。

“鞭炮！”高辉在张晓舟身边说道。

但暴龙却显然不甘心就这么放弃，它很快就绕过鞭炮燃放的区域，再一次追了上来。

这时候两辆车子已经到了高速公路边上，高辉以为车上的人会弃车逃命，但他们却再一次点燃了什么东西，投掷在车子周围。

那些东西看上去就像是用竹子编成的小筐，数量很多，里面应该是浇了汽油，火焰很快就燃了起来，随后，大量的烟雾从筐里面冒了出来。

辛辣而又刺鼻的气味马上就笼罩了这片区域，车上的人早已经用布蒙着鼻子，但还是被呛得不断咳嗽。那只暴龙刚刚追进烟雾，就马上响亮地打了一个喷嚏，然后愤怒而又惊讶地吼叫了起来。

它尝试着不管那些烟雾，直接冲向车子，但越靠近车子，烟雾就越浓，也越发让它无法忍受，它的脚步终于停了下来，并且接连不断地打起了喷嚏。这让它惊慌了起来，终于，它放弃了攻击这两辆车子，扭头向副食品批发市场那边跑去了。

“这也行？”高辉惊讶地说道。

一阵风把那些烟雾吹得往这边飘了过来，青色的烟雾当中满是辣椒之类的东西发出的呛鼻气味，站在前面的王永军等人也被熏得咳嗽了起来，不得不用手捂住了口鼻。

那些烟球里一定有油料和大量的辣椒之类的刺激性物质，甚至有可能有海绵之类燃烧之后会产生有害气体的物质，两者结合之后，就成了对嗅觉灵敏的恐龙很有效的武器，虽然无法杀死它们，但却可以把它们赶走。

“高辉！严烨！”张晓舟突然低声而又急切地叫道。

“什么？”高辉马上应道。

一贯反应迅速的严烨却像是在想什么，根本没有听到张晓舟的声音，还是旁边的同伴推了他一下，他才有些慌张地问道：“什么？”

“你们俩马上回去！”张晓舟说道，“高辉去安澜大厦，严烨回新洲酒店，尽可能把人都弄出来！男女老少都行，只要是能动的全都要，但一定要带上长矛！越多越好！越快越好！酒店这边最好是十分钟之内就过来！安澜大厦那边不要超过十五分钟！严烨，你把之前我们做的那些信号旗拆开，用长杆子绑好，一起带出来！”

“但是……”高辉一下子没有反应过来。

“告诉他们，不是打仗，只是虚张声势，充场面的，人越多越好，但一定要快！”

两人终于明白了过来，点点头用最快的速度跑回去。张晓舟转过头来，焦急地看着那些人从车上下来，排列成队。他们都穿着黑色的保安制服，手中拿着长方形的用木板制成的护盾，另外一只手拿着砍刀或者是铁矛。

人数不多，也不过三四十人，但气势上一点儿也不弱于新洲酒店的团队。

这就是何家营的护村队吗？

“向右看齐！立定！”

有人在下面叫着口令，他们很快就排成了两列，矛盾手在前，刀盾手在后。

“战斗准备！”

下面的人们突然齐声喊叫，一排黑色的人影突然一起重重地跺了一下脚，同时把木盾放在脚下，发出一声巨响。这样的阵势，让张晓舟身边的一些人开始有些紧张了。

统一的制服，统一的装备，整齐划一的动作，很容易就给人一种精悍的感觉。

而他们呢？各种颜色的衣服，外面罩着用不锈钢网罩和不同颜色的汽车钢板做成的盔甲，看上去花花绿绿、不伦不类。平时不觉得，但与何家营的这些人一比，就像是土匪遇上了正规军的感觉。

"他们只是虚张声势！"张晓舟对身边的队员们说道，"他们只是看上去整齐，有什么用？敢真刀真枪地干吗？要是他们真的厉害，为什么一直躲在村子里不敢出来？为什么不敢去杀那些在村子周围活动的恐龙？衣服那么整齐，那么干净，平时肯定都不穿，只是今天专门穿出来吓唬人的！你们都是敢和恐龙正面战斗的勇士，别被他们骗了！他们要是敢上来，就把他们打回原形！"

他的话让人们平静了下来，队伍里最爱说笑话的邓鹏马上就编了一个笑话，大声地说了出来。人们哄然大笑，暂时把心里的紧张感压了下去。

"武文达！"张晓舟稍稍松了一口气，把投矛手们叫到了身边，"一会儿他们如果再上前，你们就先对准他们前方两米的地方一个齐射，然后做好战斗准备。但别真的攻击他们！先吓住他们，听我的指令行事！"

"好！"武文达带着两个队员把投矛扣在投矛器上，轻轻地活动了一下身体，做好了准备。

"齐哥！你带预备队员把车子架开！"张晓舟继续命令道，"做好发射燃烧瓶的准备！"

"真的要打？"齐峰问道。

"我不想打，但我们没有退路。"张晓舟说道，"后退一百米就是新洲酒店，后退五百米就是安澜大厦，后退两公里就是悬崖，我们能退到什么地方去？能谈当然是最好的，但如果他们非要打，那就一定要趁他们人不多的这个机会把他们打疼了，让他们下次动手前想清楚！"

话是这么说，但同样是三十几个人，对于何家营来说也许只是微不足道的前哨队伍，而对于新洲酒店团队来说，却几乎是全部的力量。真的打起来，也许他们今天可以轻松取胜，但接下来，他们该怎么面对何家营那可怕的人力？

接近两万人……

哪怕他们的队员都能够以一当十，但三百人对于何家营来说又算什么？如果他们愿意，也许随时都能动员出五百人来攻击他们。

齐峰沉重地点了点头，向背后走去。

“王永军！你们几个跟我来！”张晓舟大声地叫道，同时握紧了铁矛，大步地向高速公路的边缘走去。

车队那边有人走了过来，但他们或许是惧怕暴龙去而复返，大多数人并没有走出烟雾保护的范围，并且有人站在车顶监视暴龙的行踪，只有少数几个人走了过来。

张晓舟回头示意武文达他们，让他们少安毋躁。

“张晓舟，果然是你！”来的人中有一个他们并不陌生，他扬扬得意地仰着头大声说道。

“是你？”张晓舟说道。他记得他满脸的络腮胡，几秒钟之后他才想起了这个人的名字——杨勇。

他也曾经是这城北的一员，甚至成功地组织了一个车队想要到副食品批发市场去抢粮食，但却在最后关头功亏一篑。

但看他此刻的样子，虽然重新站在当初失败的地方，面对着那些听信了他的话却最后丢掉了性命的人的尸骨，他却丝毫也没有难过或者是愧疚，而是满脸的春风得意。

“张晓舟，你带着这些乌合之众挡在这里是什么意思？难道想和远山自救委员会为敌吗？”杨勇大声地问道。

“远山……自救委员会？”张晓舟轻轻地重复了一遍，“没听说过。”

“你们这些井底之蛙，”杨勇摇了摇头，就像是在面对一群没有见过世面的原始人，“都给我听好了！现在远山自救委员会已经成立了！你们不用再为活下去的问题而担惊受怕了！现在一切都好了！委员会已经做出了全面的计划和安排，你们只要好好地按照委员会的安排，服从命令，努力工作，做好自己分内的事情，就一定能活下去！”

他以为会听到人们惊喜的叫声，但高速公路上却是一片寂静，就像是没有人一样。

“你们没听懂吗?”他不由得愤怒了起来。

“什么委员会,不会是你们自己弄出来骗人的东西吧?”王永军大声地说道。

他旁边的队员们大声地笑了起来。

如果没有张晓舟所做的那些事情,人们在听到这样的消息之后,也许真的会不辨真伪,甚至喜极而泣。

如果他们的生活还是像之前那样被恐龙困在一幢幢房子里那样,食物越来越少,看不到任何一点希望,那这样的说辞绝对正满足了他们的渴求,不会有人去深究所谓的委员会背后有些什么样的东西,也不会有人去考虑,所谓的自救委员会是什么人成立的,宗旨是什么,有着什么样的架构,有没有能力和意愿去履行这样宏大的责任和义务,让所有人活下去。

最坏的结果也不过是死,既然已经绝望,那他们一定会想方设法抓住任何一点可能。

但城北的情况已经在变好,恐龙正在被杀掉。

所有人都知道张晓舟他们正在做这件事情。人们不知道他们杀掉了多少恐龙,但他们能够看到的是,城北的恐龙越来越少,周围的环境正在变得安全起来。预警体系建立之后,人们已经很少会被恐龙偷袭,成为它们的猎物。非但如此,张晓舟他们还杀掉了一只暴龙,把它的肉分给了所有的人。

粮荒依然无法避免,但预警体系建立起来之后,人们终于能够到房子外面寻找一些食物,可以与周边的邻居们进行一些交换,多少有了活下去的希望。更不要说,安澜大厦已经放出风声,准备把宝贵的种子拿出来借给他们耕种。所有人都相信,只要他们肯付出努力,几个月后,他们就将渡过这场危机。

生活依然艰难,但正在变好,他们都已经看到了活下去的希望。

在这种时候,一个在城北声名狼藉的人带来的消息究竟有多大的可信度,又有多少人会相信?

谁都知道,所谓的远山自救委员会无非就是何家营自己搞出来的一套把戏,他们一直憋在自己村子那块地方,不知道在做什么,也看不到他们有任何作为,然后,他们突然就以拯救者的姿态站出来说:“我们来救你们了,只要你们听我们的,按照我们说的做，一切就会变好。”

空口无凭，谁相信？

大话人人会说，但说得再好听也不代表就能做得好。

何家营那么点地方，却已经有了那么多人口。他们现在有什么底气敢突然站出来说可以养活更多的人？他们有什么底气说这样的大话？

人们心底自然会做出判断。

更何况，他们对何家营并非一无所知。王哲和严烨是他们的战友，他们当然愿意相信他俩的话。如果何家营真的是一个乐园，那他们为什么要冒着生命危险逃出来？他们闲暇的时候说过许多关于何家营的事情，那些细节，那些悲惨的故事不是胡编乱造的。

那里也许不是人间地狱，但也不会有多大差距了。

让他们感到畏惧的是何家营庞大的人口，但这并不意味着，他们就愿意放弃现有的生活去过那样悲惨的日子。

张晓舟的镇定给了他们勇气。他已经成功过许多次，这一次，他也一定能带领他们化解何家营入侵的危局。

“你说什么？”杨勇的脸色变得很难看。

他在何家营里落脚并且成功加入管理层的最大依仗就是对于城北的熟悉，不管是被杀掉的高鸿昌还是现在占据了优势的何春华，他们信任他，愿意栽培他，让他带一支队伍的最大原因都是希望能够通过他来轻松地把城北这个地方收服，然后把这片区域变成何家营稳固的大后方。

如果他不能像他曾经向这些人吹嘘的那样迅速解决问题，那他的下场……

杨勇突然颤抖了一下，那是他绝对不愿意设想的结局。

他用阴狠的目光盯着张晓舟。虽然已经离开城北很久，久到不知道这里又发生了什么，但他从站在高速公路边上的那些人的神情里可以感觉到，他们胆敢在何家营如此强大的力量面前拒绝他的好意，嘲笑自救委员会的权威，一定是因为这个人。

这个他很久以前就一直都很讨厌的人。

怎么办？

是以强硬的态度继续向他们施加压力，继续扯着何家营的这块虎皮逼迫他们就范，还是以自救委员会这杆大旗迷惑他们、利诱他们、分化瓦解他们，在他们接受委员会的管理、成为委员会的棋子之后，再一个个收拾他们？

就在他们僵持的时候，车队那边又有几个人走了过来。

“何秘书长……我这边正在和他们交涉，你放心……”杨勇急忙说道。

来的正是何家营当前的二号人物，也是远山自救委员会建立的首倡者和最有力的推动者何春华。当然，他现在已经不是何家营护村队的队长，而是新成立的远山自救委员会的秘书长。但不管名称怎么改，何家营护村队最精锐的队伍依然牢牢地控制在他的手上。

“怎么回事？”何春华问道。

“有点误会，马上就能处理好了。”杨勇急忙说道，“放心！”

何春华皱了皱眉头。

他对于城北的关注度甚至超过了副食品批发市场的那些粮食，不但把自己最精锐的队伍带到这里，亲自来打探虚实，并且把杨勇也叫到了这边，而副食品批发市场那边则仅仅是交给了自己的副手。但让他失望的是，杨勇显然并不像他自己所吹嘘的那样在城北有着一呼百应的声望，站在高速公路上的那些人显然认识他，但并不搭理他。

对方居高临下地看着他们，目光中充满了戒备和敌意，却没有他已经习惯于从人们眼中看到的敬畏，这让他的心里一下子就不舒服了起来。

又一个只会吹牛的东西！

何春华厌恶地想道。

何家营里，这样的人已经太多，可以说，盘踞在中层位置的有一半都是这样夸夸其谈、只会吹牛干不了正事的废物。他们在争权夺利，抢女人要好处的时候火力全开，什么能耐都使得出来，但真正需要他们解决问题的时候，却什么有建设性的办法都拿不出来。

怕苦、怕累、怕死，要面子、要好处、要地位，一无是处。

但偏偏这些人却是他们何家能够坐到现在这个位置上的最大支柱。推翻他们容易，但没有了他们，何家的统治却马上就会变成空中楼阁、无本之木。

身为何家营二号人物的何春华一直都在寻找解决问题的办法，却一直都没有找到答案。

何家营不缺人，在执行了可以说得上残酷的粮食政策后，短期内也不缺粮食。但他们却严重缺乏纵深，也缺乏长久经营下去的计划。一万八千多人挤在那么个不到一平方公里大的地方，严重限制了它的发展潜力。

他们已经把所有能够耕种的土地都种上了，但在楼房林立的城中村，这样的地方真的不多，他们只能把几乎所有的房屋顶上都种上了粮食。他们也想过在楼房里种粮食，但村里的那些房子本身窗户就不大，而且当初为了能够在有限的地皮上多盖几幢房子，房子与房子之间的间距也近得不像话。这样的房子在没有灯的情况下，白天也像傍晚一样，所有的通道也都阴暗得很，难以利用。

对于这么大的人口基数来说，这些作物简直不值一提，仅仅是能够给予一点点安慰。但即便是这样，很多幼苗都在晚上被人偷偷地拔走吃掉，因此而杀掉了好几个人，也难以杜绝这种行为。

何家营的每一个高层在看到那有如蚂蚁一样密密麻麻的人群时都会感到发自内心的恐惧。现在他们还能把这些人踩在脚下，还可以想办法拉拢其中的一部分人，一起去压迫其他人，让他们在生存的压力下接受那些苛刻的规定，像牲口一样为了仅够维生的粮食而拼命工作。

但谁知道这能持续到什么时候？

这一万几千多人是一种资本，但也是可怕的负累，就像是正在酝酿爆发的火山，不知道什么时候就会突然把何家营整个炸得四分五裂。

但他们却找不到解决问题的办法，于是便越发不敢开放粮食政策，越发不敢放开手中的权力。

有些人已经绝望，过起了“今朝有酒今朝醉”的日子。有些人觉得让这些人饿得没有反抗的力量，甚至饿死其中的一半才能解决问题。

而何春华则希望能够有更好的解决问题的办法。

也就是在这个时候，杨勇带来的关于城北的信息给了他解决问题的灵感。

按照杨勇的说法，整座城市现在其实就是三个部分：何家营人口最多；地质学院人才和技术最强；而剩下的则是各自为政、一盘散沙，但却又分布在最广范围内的零散团队，他们绝大多数都在城北，其中一些人获得了不少玉米种子，并且应该正在尝试着把它们种植在楼房里。

如果套用《三国演义》的说辞，学校明显是把看得上的资源和人口先抢占，然后闭关自守，让剩下的人口自生自灭、等待天时；何家营一开始的时候没有意识到发生了什么，大量地接纳了逃亡者，拥有整座城市一半以上的人口，明显占据了人和；而剩下的那些人则占据了城市中广大的地盘，勉强可以说是占有了地利。

如果把地利夺过来呢？何春华忍不住这样想。

何家营的环境其实并不好。他们也曾想过利用手中的人口向外扩张，但村子西侧那一大块地刚刚被拆迁，满地都是建筑垃圾，而且过于开阔，难以利用，北面和东面则都是批发市场、物流城和工厂。这些地方的建筑物大多数都是钢架、彩钢瓦和轻质材料搭起来的半临时性建筑，很难像正常的房屋那样抵挡恐龙的袭击，也很难像何家营这样堵住几个入口后就能形成一个易守难攻的环境。

何春华自己就不止一次地见过暴龙撞破工厂的墙壁到里面去追击那些因为饥饿而被迫离开何家营出去寻找食物的人。这样的建筑物不可能用来安置多余人口。

继续困守在这样的环境之下，即使是有再多的食物也总有耗尽的那一天。他们终会迎来毁灭，只是时间早晚的问题而已。

但如果他们冲出这个地方，占据城北那块拥有众多居民楼和办公楼的地域，把众多的人口分散到每一幢房子里，把每一块有光照的地方都利用起来种植作物，同时集中人力打通下水道，或者是在楼宇之间用索道连接起来，让人们能够方便地在楼与楼之间行走，那就能够真正地把这些房子都利用起来，拯救这座城市。

他将带领人们战胜饥荒，走出困局，而人们将会对他感激涕零。

他将不再需要那些无赖的支持，也不需要再忍受他们的无能和愚蠢，不需要再接受他们的讹诈。

所有人都会因为他的这一创举而膜拜他，而他也将凭借这样的功绩获得人心，并且在这个过程中锻炼和掌控一支只听命于他的队伍，实现对这座城市的统治。

新洲酒店这里一直有专人在观察何家营那边，其实何家营那边也一直有人在观察新洲酒店这边。

因为大量建筑物、树木和高速公路的遮蔽，他们在村子里其实看不到城北的太多情况，一切都只能靠猜。地质学院那边自然是什么都看不到，但作为整座城市的中心，而且也是周围最高的建筑物的新洲酒店，他们怎么可能看不到？

新洲酒店上第一次扬起不同颜色的旗帜时他们就已经注意到了，而且马上就有人通知了何春华和杨勇。但预警体系是杨勇出来好多天之后才弄出来的东西，他们怎么可能知道这是什么意思，只能猜测，这些旗帜应该是用来向周边，或者是向某些特定的目标传递信息的工具。

旗帜很快就消失了，但新洲酒店里的人类活动却丝毫没有减弱的迹象。虽然张晓舟等人已经很注意地把烧火的地方都放在了靠北侧的房间，但为了通风，他们并没有把门关上，于是在何家营这边就能清楚地看到火光，知道新洲酒店里已经有人定居。

几天之后，新洲酒店楼顶再一次竖起了旗帜，而且这一次再也没有像之前那样很快就降下去，而是一直竖立在那个地方。不久之后的一个早晨，更北的地方有浓烟直上天际，直到很久之后才消散。

不管杨勇之前在村里吹的那些东西是不是真的，种种迹象都表明，城北的情况显然已经在他离开之后发生了变化。

旗帜有可能是用来传递信息的，但更多的时候，它代表的却是某个群体、某种势力。

何春华和杨勇都变得坐不住了，后者是因为清楚自己存在的价值是什么，一旦城北的局势变化到完全和他所知的不同，那他的地位也将岌岌可危，而前者则是担心自己的宏伟计划将会因为城北发生变局而受到影响。

但他们却都因为何家营内部的改组困难重重而无法抽身。

确切一点说，是何春华无法抽身，而杨勇没有勇气在缺乏足够保护的情况下穿越恐龙肆虐的道路到城北来一探究竟。

他们甚至没有胆量抽调少量人员来进行侦察，何家营粗暴的尸体处理政策让村子周围时常聚集着大量的肉食恐龙。虽然它们在饱食之后往往会销声匿迹一段时间，但在经历过追捕王哲的那支队伍伤亡惨重且只有少量人员逃回之后，已经没有任何官方的队伍敢于踏出村子一步。

迫不得已之下，何春华只能在自救委员会成立之后的第一次大型行动中，抽调一支队伍来探一探这边的虚实。

而结果却和他担心的一样，眼前的这些人显然是看到他们的行动后赶过来阻止他们的队伍，这是不是代表着，城北已经不再像杨勇知道的那样是一盘散沙，而是已经成为一个整体？

那他们的力量有多大，会不会对何家营造成麻烦？

“再给你五分钟。”何春华对杨勇说道。

何家营的这一万八千多人的确是沉重的负担，但只要能够进行正确的引导，在某些时候也能成为强大的武器，足以撕碎这座城市中任何胆敢拦在自己面前的人。在这座城市里，已经不可能再有什么力量能够与之对抗。

眼前的这些人或许会成为麻烦，或许会让他的计划受到一定的干扰，带来不小的变数，但说到底，他们也只可能是麻烦。

如果五分钟之后杨勇还不能打开局面，那说明他对城北的影响力根本就是个笑话，那何春华将不得不重新考虑他的利用价值。

杨勇慌乱了起来，他当然明白何春华的意思，于是马上大声地叫道：“张晓舟！你要想清楚，别与大家为敌！自救委员会已经有两万多人加入！你们这点儿人算什么？不要因为一时的冲动而抱憾终身，更不要错误地站到大家的对立面去！”

这样的话让站在高处的人们大笑了起来。

杨勇不知道他们的底气从何而来，如果他们真的是一群乌合之众也就罢了，但他们身上那怪模怪样的盔甲和整齐划一的武器，还有表现出来的气势都让人感觉到，他们并不是一般的幸存者。

城北到底发生了什么？

但他只能继续说道：“张晓舟，你是个人才，委员会现在最需要的就是你这样的人！我可以向委员会推荐你，以你的本事，说不定能成为某一方面的执委，不但可以保留你现在手上的力量，还可以帮助更多的人！这样不好吗？我们把所有的幸存者团结起来，大家一起努力去战胜、去征服这个世界！以我们的力量，碾死你们简直就不需要费任何力气，但我们只带这些人，就是为了表现我们的诚意，为了告诉你们，我们为了和平而来。为什么要相互抱有敌意？”

他的话和张晓舟平时喜欢说的那些话有些相似，一些队员疑惑了起来。他们当然相信王哲和严烨说的话，但他们从何家营跑出来已经是十几天前的事情，难道何家营里后来发生了什么事情，一切有了改观？

“说得倒是不错，”张晓舟清楚不能再任由杨勇这样说下去，主动权必须掌握在自己手里，“但你怎么证明自己所说的这些东西？”

“你要什么证明？”

“最起码，你所谓的远山自救委员会是怎么成立的，宗旨、规章制度是什么，加入或者不加入有什么样的不同，加入之后能够得到什么，要付出什么，有什么样的权利，要承担什么样的责任和义务？”张晓舟摇了摇头，“让我们亲眼看看它是怎么运作的，否则的话，我们不会相信你所说的话。”

作为何家营的中层管理者之一，杨勇当然知道所谓的自救委员会不过是用来把何家营包装得更好看，让它鸟枪换炮的举措。何春华或许雄心勃勃地想要通过这样的改变来对现有的权力构架做出一些更有益的调整，但到目前为止，它和之前的何家营相比，除了名字更大，列出了一些没有人会去履行的宗旨和条款之外，并没有什么差别。

正是因为如此，张晓舟所说的这些东西，他甚至没有花什么心思去记，当然也不可能说得出来。至于张晓舟说的“亲眼看看它是怎么运作的”，那就更是一个笑话了。

正当他僵在那里不知道是不是应该恼羞成怒借机发作的时候，何春华却惊讶地说道：“是你？！”

第15章

旧 识

张晓舟愣了一下，终于想起了这个人。

在他们来到这个世界的第一个上午，这个人被恐爪龙追杀逃上他的车子，然后和他一起被困在服装店里，最终他们幸运地烧死了一只恐爪龙逃生。

张晓舟已经忘记了他的名字，但他现在终于想起来，这人那时的确邀请自己一起到何家营去避难，而且他那时候也确实说过，自己的哥哥是何家营的村主任。

但张晓舟从来都没有把这件事情放在心上过，那已经是一个多月前的事情，而且，两人被困的时间其实并不长，彼此之间也许可以说有一点交情，但真没多深。

那两只死于张晓舟之手的恐爪龙或许是被困在这个世界上的人们杀死的头两只恐龙，可对于张晓舟来说，杀死它们依靠的主要是运气，其中的惊险远远不能与之后的那些战斗相提并论，根本没有在他心里留下什么印象。

但这件事情对于何春华来说却没有这么简单。

异变发生的那天，几乎所有人都乱了分寸。

这样的事情有谁预料得到？又有谁知道应该怎么办？

那些恐龙跟随在逃命的人群后面冲进何家营，乱咬乱杀，人们完全崩溃，疯狂地拥进距离自己最近的房子，再也不敢出来。几个退伍回家的村民勇敢地拿起棍棒，站出来想要驱逐这些野兽，却被恐龙当着所有人的面轻松地杀掉。要不是刚好与张晓舟一起被困在那个服装店，看着张晓舟用一根衣叉杀死了一只被汽车压住的恐龙，又和他一起用燃烧瓶烧死了另外一只，他大概也不会知道应该怎么办。

但正是因为有过这样的经历，他才知道这些恐龙也不过如此，他把自己摩托车里的汽油抽出来，灌了好几个燃烧瓶，然后联合逃进自己家的几个村民，一起把那些已经吃得圆滚滚的恐龙从村子里赶了出去。那个他一时兴起砍下来准备带回家给大伙看看的恐爪龙脑袋也成了他震慑村民的利器。

人们惊讶地问起这东西是怎么来的，他稍一迟疑，便告诉他们，自己被一群恐龙围堵在一个店铺里，然后发狠干掉了其中的一只，把其他的吓跑了。

就这样，他毫无争议地成了护村队的队长，成了大哥何春成最有力的臂膀，而那个恐爪龙的脑袋则被村中懂得制作标本的老人细心地处理，现在还作为他的战利品挂在他的办公室里，提醒着每一个到这里办事的人，他何春华可是能够单枪匹马干掉一只恐龙的狠人！

现在看到真正杀掉那只恐龙的人，他心里不禁微微有些惊讶，但长达一个多月统领数百名护村队员，事实上参与了对何家营近两万人统治的历练之后，他也不再是之前那个靠着出租房牟利、终日无所事事的中年混混了。

惊讶之后，他便大笑了起来："你就是张晓舟？真没想到，竟然是你！"

"何秘书长……"杨勇惊讶地说道。之前他不止一次地说起过张晓舟的名字，但何春华丝毫也没有什么特殊的反应，说明他根本就不知道这个人，但怎么……

"你们都站开，我要和张晓舟单独聊聊。"何春华说道。让杨勇出面是要借助他对城北的影响力，但既然眼前这帮人的头头和他有交情，那当然就可以让杨勇靠边站了。

他做出这样的姿态，张晓舟反倒不好再明刀明枪地针对他们。他回头看了一眼，新洲酒店的队伍还没有拉出来，安澜大厦那边就更不用说了。于是他微微沉吟了一下，把齐峰叫了过来："我去拖延时间，等到他们过来，你让他们排成一队，站到正式队员后面。身体尽可能不要露出来被他们看到，但要把长矛和那些旗子露出来，让他们感觉我们有很多人，很强的力量！要是他们有什么异动，就让武文达他们用投矛威胁，然后把弹弓拉到前面去！"

"我清楚了，你放心，我们一定办好。"齐峰点点头，"你小心！"

张晓舟把手中的长矛递给齐峰，拉着之前绑在路边防护栏上的绳索荡了下去。

何春华一边大笑一边摇着头，过来拥抱了他一下，张晓舟身上的盔甲硌了他一下。

“这是……？”何春华终于意识到了张晓舟身上的东西是什么，之前站在下面看不太清楚，但在这么近的地方，他马上就明白这并非粗制滥造的东西，而是精心制作的防身之物。再看看站在高速公路边上这些人都穿着一模一样的东西，他马上就感觉到，虽然看上去花花绿绿、没有章法，但张晓舟手上的力量并不像他想象中那么弱。

“我早就知道你不是一般人。”何春华说道，“张晓舟这个名字我听得耳朵都起茧子了，可真没想到是你。”

“过奖了。”张晓舟答道。

“这些是你的手下？”

“是我的兄弟。”张晓舟答道。

何春华笑着摇了摇头：“兄弟也好，手下也好，你应该明白我的意思。咱们俩也算是生死之交，我以前说过的话，现在照样算数。”

他摆出这样的姿态来，张晓舟也不好像面对杨勇那样说什么硬邦邦的话。

但这并不意味着他就会妥协。

两人相处的时间太短，张晓舟也根本就无法知道他是个什么样的人。王哲和严烨讲的事情里没有提过何春华，但他既然是村主任的弟弟，又明显是在村里很有权威的人，那何家营里所发生的事情就很难说和他没有关系。他就算不是主谋，最起码也是一个推波助澜的人。

这样很容易就能推断出他的秉性，未必是什么好人。

于是张晓舟只是微微一笑，等待着他后面的话。

“张老弟，你可别怪我说话不会拐弯。我这个人就是这个脾气，有什么说什么。”何春华却像是根本没有看到他敬而远之的态度，继续说道，“老实告诉你，我现在是自救委员会的秘书长，算是二号人物，但具体的事情我哥基本上不管，何家营里的这近两万人，现在都是我说了算！我知道你是个有志向、有担当的人，正好，我身边现在缺的就是你这样的人！过来帮我！你现在的队伍不动，还是你说了算，你的兄弟也都任你安排。粮食要是不够，我帮你想办法，总之一定让你满意。我另外给你一个执委会理事的位置,保证你在委员会里有一席之地,怎么样?”

虽然不知道所谓的自救委员会是什么情况,但这样的条件不可谓不优厚了。原有的力量不受损,还有粮食保证,再加上更大的权力,如果张晓舟是个趋炎附势之徒,或者是个寻求自身权势的人,以这样的条件带着队伍加入何家营,当然是个不错的选择。

在何春华看来,自己这一手也算是很漂亮了。

他之前所谓“张晓舟这个名字我听得耳朵都起茧子了”,不过是一句漂亮话。杨勇要把自己包装成在城北举足轻重的人物,当然就不可能把张晓舟说得很厉害,事实上,他把张晓舟做的很多事情都移花接木到了自己身上。在他看来,张晓舟不过是运气好,占了先手而已,张晓舟所做的那些事情,说穿了一文不值,谁都能做到。他自己不就拉起了一个比张晓舟那次规模更大的车队?

要不是运气太差被那只暴龙袭击,他现在说不定已经是城北的统治者,又何必在何家营捧那些什么都不懂的人的臭脚?

安澜大厦和张晓舟的名字被好几次提起,只是因为他们手上有粮食、有种子,还计划在楼里种植粮食,而这一点何春华很感兴趣。在杨勇的描述里,城北真正有力量、有影响力、心狠手辣的还是康华医院。但他对那里所知不多,甚至不知道里面的负责人是谁,只能含糊其词,把康华医院的力量进行了一番夸大,以便在今后做事的时候方便。要是劝说成功,那功劳自然更大;但如果不成功,那也是因为医院本身的力量就很强的缘故。

新洲酒店的变化和康华医院方向的那股浓烟让他们估计到,城北应该发生了一些变化,但张晓舟不过是一支一百多人的小队伍的负责人,能掀起什么浪花来?何春华愿意给出这样的条件,一方面是因为知道他手里有种子,有会做事的人,另外一方面则是因为他身后的这些人。

这样一支强兵,能笼络过来,当然对急于完全控制何家营的何春华有利,即使笼络不了,只要能够把他们打上何家的印记,在何家营的权力分配中也会是很有力的筹码。

“这么大的事情,何秘书长你真能直接做主?”张晓舟却问道。

“张老弟你不相信?”何春华稍微有些不高兴。作为拥有近两万人口的最大势力的二把手,他早已经习惯了被人们敬畏的感觉。自己如此礼贤下士,张晓舟就算不感激涕零,也应该受宠若惊,这样的态度算什么?难道他还觉得自己有资格和何家营的二号人物平起平坐?

高速公路上突然一阵混乱,有人高声地喊着口令,然后便是纷乱的脚步声。很显然,有一支人数不少的队伍又到了那个地方。

在他们站的地方看不到具体的情况,但却能够看到几十根长矛的矛尖和几面彩色的旗帜在快速地移动,然后在"立定"的口令声中停了下来。

"向右看齐!向前看!稍息!"那是杨懋的声音。他的体力不行,但声音却很洪亮。不用说,这些都是他父亲教他的东西。

"报告!新洲支队已就位,请指示!"

"立正!"齐峰大声地说道,"原地警戒,等待命令!"

"是!"

这样的阵势让高速公路下面的人们有些吃惊,何春华和杨勇都有些色变。

这是什么意思?

张晓舟心里稍微定了一些,随后对何春华说道:"何秘书长,不是我不相信你,不过你身边这个从城北逃出去大半个月的人大概是以过时的信息误导了你们,让你们有点没搞清楚情况。"

何春华的眼睛眯了起来。

"城北现在已经成立了联盟,所有力量已经统合起来,一致对外。我之前带着的,是专门猎杀和驱赶恐龙的队伍。现在过来的,是距离这里最近的新洲酒店的队伍。要是有必要,稍稍远一点的安澜大厦的队伍和康华医院的队伍也会陆续赶过来。"张晓舟微笑着说道,"城北的人当然没有你们何家营那么多,不过嘛,两个小时之内,一两千精壮还是拿得出来的。要是何秘书长真的有事要我们帮忙,更多的人也不是凑不出来。大家是邻居,遇上了困难守望相助也是应该的。就是不知道,何秘书长之前说的,可以支援我们粮食,是开玩笑还是说真的?"

这样的变化让何春华和杨勇都愣了一下。

杨勇站得稍远,但张晓舟的这些话说得很大声,他也听得清清楚楚。

"这不可能!"杨勇大声地说道,"城北这么多地方,一盘散沙,怎么可能在这么短的时间里……”他猛然想到了什么，“我明白了，你一定是把安澜大厦的人都拉出来了……”

何春华的脸色稍稍有些变化，这时候，高速公路那边又一次传来了纷乱的脚步声和整队的声音，随后是钱伟的声音：“报告！安澜支队已就位，请指示！”

“原地警戒，等待命令！”齐峰再一次大声地说道。

“是！”

站在下面的人只能看到高速公路上面又多了三四十根长矛和四五面各色三角形旗帜，随后，钱伟带着一排青壮年慢慢走到了高速公路边，立定站好。

杨勇刚刚想要揭穿张晓舟的诡计，上面第三次传来了人们的脚步声，而这一次，声音更大，感觉人也更多。站在他们这里，可以看到五六十根长矛和七八面三角旗出现，随后，一个声音开始整队，然后大声地说道：“报告！康华支队已就位，请指示！”

“原地警戒，等待命令！”

“是！”

何春华脸上阴晴不定，招手让一个手下过来，在他耳边轻轻说了几句。那人便回身向载他们来的卡车跑去，很快就爬了上去，向高速公路这边看过来。

张晓舟心里一急，他打的主意本来是凭借人数虚张声势，拉出城北联盟的旗号吓住他们，但如果被他们看穿里面大多数都是老人和妇女，那就反而把自己这一方虚弱的内幕暴露了出来。

怎么办？

何春华一直看着张晓舟脸上的表情。张晓舟虽然心里焦急，但脸上却不动声色，只是悄悄地向何春华靠近了一步。

何春华是何家营的二号人物？那如果抓住他……

何春华的手下这时候却已经从车上下来，匆匆往这边跑了过来。

张晓舟伸手抓住了藏在后腰盔甲里的那把军刀。

“上面的青壮年大概有一百四五十人，不过穿这样盔甲的只有二三十人，所有人都持矛……后面还有人打着旗子赶过来，看不清楚，估计还有一百多人。”

这样的答案不但让何春华和杨勇色变，就连张晓舟也感到有些惊讶。

这么多人是从什么地方冒出来的？

“报告！红叶支队已就位，请指示！”

“报告！沁园支队已就位，请指示！”

何春华和杨勇都住在附近，对于城北的主要建筑物也不陌生。已经出现的几个名字，“新洲”肯定是新洲酒店，“安澜”不用说是安澜大厦，“康华”则是康华医院，而“红叶”应该是北面的红叶酒店，“沁园”则应该是沁园小区。如果按照出现的地名来判断，那城北小区和写字楼集中的区域都已经被张晓舟声称的这个联盟囊括了进去。

杨勇还想挣扎，但这时候，有不少手持长矛的青壮年又排到了高速公路旁边，其中一些人他认识，都是城北几个离安澜大厦有一定距离的小团队的头领。

这些人的出现让他彻底蒙了，难道他们真的联合在了一起？

何春华突然哈哈一笑：“张老弟你真是不够意思，明明已经有了好窝子，却不和老哥我说，白白让我替你操心。你说，该怎么罚你？”

他轻轻地把张晓舟的问题抹了过去，重新占据了主动。张晓舟稍稍考虑了一下，走到路边，大声地叫道：“王永军！”

“到！张队长！”王永军本来就站在前排，马上大声地应道。

“把我们今天打的那些猎物送下来，让何秘书长他们尝尝鲜。”

“是！”王永军微微迟疑，但还是马上答道。

五只速龙很快就被搬了过来，开始用绳子捆住往下放。

何春华的脸色终于变得难看了起来。

跟随他从何家营出来的这三百多人里，有一半是护村队的精锐，另外一半则是饿得眼红了的难民。但如果不是这些车子全都进行过改装，足以保证他们的安全，他们中绝大多数人都没有胆量从村里冒险出来。

他知道城北应该有两三只暴龙在活动，那些中型恐龙则可以很容易地跨越高速公路。就何春华所知，最近一段时间，之前在何家营周围活动的恐龙群当中，至少有一半不知道是因为什么去了城北。他们选择今天出动去搬空副食品批发市场，也是有这方面的考虑。

张晓舟能够在这么短的时间里聚集起这么多人，而且没有车子的保护，步行过来这里会合，这简直就是一件不可思议的事情。

他们就不怕那些恐龙？

但这五只速龙的尸体一放出来，一下子就解答了他的疑惑。

第一只速龙的尸体很快就放了下来。

何春华也顾不上什么了，马上走了过去。

这样的恐龙他并不陌生，但以这样的姿态出现在他面前还是第一次。

它身体上满是创口，里面流出来的鲜血还没有凝固，显然是不久前才被杀掉的。伤口大多数都在正面的躯干部位，显然不是陷阱，不是下毒，不是火烧，而是面对面用长矛把它们杀掉的。

一、二……他默默地数着速龙的数量，一共五只，而且看上去都是同样的死因，血液的凝固程度也相同。

是同时被杀掉的？

他们动用了多少人手？

何春华忍不住仰头看了看正在把速龙从高速公路上用绳子往下放的那几个人，他们身上穿着和张晓舟一样的用铁丝网制成的盔甲，神情看上去相当彪悍，有几个人的胸前还有血，显然是被溅上去的。

这样的人有二三十个？

他回头看了看自己的精锐部下，虽然服装和装备统一，看上去也不差，但何春华心里清楚，让他们去对付难民的叛乱没问题，但面对速龙这样的猛兽，大多数人多半要逃。

面对五只速龙而且正面进攻把它们杀死？

“那怎么行？”他突然大笑了起来，“张老弟你们杀掉这么多恐龙也不容易，怎么能一下子都让我们拿走？不过以你我的交情，你的好意我也不能不领情。这样吧，我拿一只走，剩下的还是留给你们。张老弟你们需要什么，只管开口，下次我安排人给你送过来！”

张晓舟跟着他笑了起来：“何家营那边家大业大，一只速龙的肉怎么够吃？要拿就全拿走！何秘书长，不瞒你说，我们这边最近杀掉不少恐龙，就连暴龙也杀掉了一只，肉是真的不缺，你就别跟我客气了。”

这样的话里，示威的成分远远地超过了客气的成分，何春华的眼睛习惯性地又眯了一下。

杀暴龙什么的，自然不可能让他相信，但眼前这五只速龙却是实实在在的。于是他拍了拍张晓舟的肩膀："好，那我就真不客气了。张晓舟，你是好样的，从我第一次见到你我就知道了。你老实告诉我，你在城北是个什么位置？"

张晓舟微笑了一下，道："和何秘书长你差不多。"

何春华笑着摇了摇头："你还真是够低调的。既然是这样，那没什么好说的，咱们兄弟俩能在那个地方相识，一起杀了那两只恐龙，今天又各自坐到这样的位置上，这就是缘分！你别跟我什么秘书长不秘书长的搞得那么生分，从今往后，我南你北，咱们相互扶持，互通有无，共进共退！怎么样？"

"好。"张晓舟微笑着说道。

杨勇急了，但他却什么都不敢说。

城北的局面真的像张晓舟说的那样？打死他也不信。

但面对眼前的局面，尤其是面对那五只新鲜的速龙尸体，他什么话也说不出来。

何春华回去之后会怎么对他？他突然有点不敢想象了。如果何春华认定他之前都在欺骗何家营的人，那他……

"张老弟，你别嫌老哥我啰唆。"这时候何春华说道，"你看，杨勇以前也算是城北的人，不过嘛，他现在在委员会任了个职，算是我们城南的人了。他手下的那些弟兄呢，情况也跟他差不多，现在都算是我们自救委员会的得力人员了。让他们回城北，想必你们也用不上，不如把他们留在我们那边，这没问题吧？"

这没头没脑的话让张晓舟警觉了起来。"那当然。"他轻声地答道。

"那太好了！我就知道张老弟你是个实诚人！"何春华一副很高兴的样子，"我们今天过来其实没别的目的，就是准备把这些兄弟的家属接过去团聚。哈哈，不知道你们这边的情况，也没提前通知你们一声，把张老弟你们搞得如临大敌，真是抱歉啊。既然张老弟你来了，那我们也就不过去了，就麻烦你把杨勇他们的家属送过来，让我们带回去，免得他们妻离子散，在你们那边也浪费你们的粮食养活他们。这事情本来是有点麻烦，不过城北既然已经成了一个联盟，又把恐龙杀得差不多了，那这应该就是件小事，不费什么劲了吧？"

张晓舟没想到他竟然会想出这样的办法来将他一军。

让家属去何家营？

那绝不可能！

他们不可能对自己的亲人隐瞒事实，也没有任何理由隐瞒。只要人一过去，城北的情况马上就交代得清清楚楚。不要说城北现在根本还没有成立联盟，他们一过去就什么底都被揭穿了，就算是他们真的成立了联盟，也不可能让这么一大批人过去把城北的虚实完全透露出去。

但何春华的理由却无比充分。

之前双方没有任何接触和联系，虽然近在咫尺，却被恐龙分隔，生死不知，无法团聚。但现在，双方已经有了接触，而且还达成了表面上的友好合作，那扣押对方的家属就没有任何道理。

怎么办？

第16章

棋逢对手

何春华目光炯炯地看着张晓舟。

他现在已经很清楚，杨勇很有可能谎报了很多关于城北的信息，但他还是相信，一些根本性的而且随时都会被揭穿的事情杨勇不太可能会撒谎。

张晓舟也许是在杨勇逃到何家营的这段时间里收服了整个城北，但以何家营的情况来看，即使是有着宗族和村民的支持，何家营内部的权力斗争依然给它带来了严重的问题，极大地削弱了他们的力量，很多本来应该能够做到的事情都没有做。

何春华绝不相信自己都没有办法做到的事情，张晓舟能够轻松解决。

城北的真实情况绝对不会像他们现在看到的这样，他需要更多的情报来进行分析，并且最终决定如何与城北相处，而那些逃亡到何家营的人的家属就是最好的消息来源。

他相信张晓舟绝对不会看不出他的真实目的，但这又怎么样呢？他自己已经同意让这些人留在何家营，那么，把家属交出来让别人一家团聚就是再合理不过的要求。

他故意把这件事情说得很大声，即便张晓舟想到办法推托或者是找到了借口，这个消息也很快就会流传开，到时候，难道这些人的家属不会因为他的阻挠而愤恨？难道他们不会想要逃到城南来和家人团聚？

何家营将会一直有一个介入城北的理由，而这个理由任何人也不能说它不对。

“这没问题！”张晓舟在沉默了片刻之后，却说出了让何春华意想不到的回答。

“不过当时和杨勇一起出发的有一百多人，据我们所知，其中大多数都已经死了吧？”张晓舟紧接着问道，“现在突然说其中有一部分人没死，好好地留在何家营，而且准备把亲人接过去，我怕那些死者的亲属会有想法，甚至是采取一些过激的行动，这就不好办了。这样吧，你们给我一个名单，哪些人的亲属要接走，我今天天黑以后悄悄地把他们集中过来，明天一早，你安排人过来，我把他们交给你们。怎么样？”

这样的回答没什么刺可以挑，何春华明明知道他是在拖延时间，却没有办法反驳。

明天一早……何家营要策划一次距离村子这么远的外出行动也不是随随便便就能做到的。如果他们有能力杀掉村外的恐龙，那出来一趟也不费什么事，但他们偏偏没有这个能力。

城南现在有两只暴龙在活动，为了接一群老弱病残而出来冒险？

不远的地方突然一阵咆哮，那只之前被烟雾熏走的暴龙又一次出现在了附近，何春华的手下一下子慌张了起来。

“烟球！烟球！”队伍马上就崩溃了，一些人叫了起来，而另外一些人则干脆想要逃到高速公路上去。

“齐峰！”他们的表现让张晓舟的心一下子放松了不少，何春华带来示威的应该是何家营的精锐队伍，如果他们面对暴龙时是这个样子，那他们倾巢出动进攻城北的可能性就趋近于零了。

“张队长？”

“驱走它！”张晓舟大声地说道。

本来对准那两辆卡车的弹弓很快就调整了方向，何春华等人这时候才意识到，原来那些不起眼的东西是用来对付自己的武器。

套索内的燃烧瓶被点燃，对发射这个东西最有把握的两名队员小心地瞄准着正在快步走近的暴龙，突然放了手。

两个燃烧瓶在半空中划过一条长长的弧线，一前一后落在暴龙周围，猛然爆开，把它吓了一跳。十几秒之后，两个燃烧瓶再一次被发射出来，而这一次，其中一个击中了暴龙的右腿，粘在它身上燃烧了起来。

这样的攻击让这只暴龙惊慌了起来，它庞大的身体在距离那些烟团三四十米的地方猛然转身，随后仓皇地逃了回去。

“哈哈，哈哈。”何春华干笑了两声，自己手下的阵势已经彻底乱了，而高速公路上城北的队伍看上去却依然沉静有序，两相对比，高下立判。

想到这里，他突然对接受了张晓舟送的速龙稍微有点后悔。

今天这个场子显然是找不回来了，搞得不好，反而会动摇军心，让护村队对城北的队伍产生一种畏惧的情绪。回去说这些速龙是自己人干掉的？这么多人，真相很难掩盖得住，但说是城北的人杀的，那岂不是在替他们扬威？

“张老弟果然是好手段。”他干笑着对张晓舟说道。

“小事情而已。”张晓舟说道，“那家属的事情……？”

“这个嘛，好说，好说。张老弟你办事，我当然放心。”何春华当然不可能承认自己的手下没有派小队伍外出的勇气，但他如果动用大批人员，张晓舟却找个借口让他无功而返，对于他的声望来说将是一个打击，“不过你说得也有道理，要是因为这个导致你们内部出现矛盾，那就不好办了。这样吧，其他人的家属暂缓，不过杨勇的家属……”

张晓舟脸上突然悲戚起来：“这个事情……杨队长，这事情我也是最近才知道……你们出事的时候，城北还是一盘散沙，大家各管各的。你们失败当天，就有上百个家属把气撒在了你们那个团队留守的人员身上。”他深深地叹了一口气，“你的家属已经失踪十几天了。抱歉，但你应该知道当时的情况，我这边也是鞭长莫及、爱莫能助。”

这样的话难辨真假。杨勇的眼前一黑，身体晃了一下，抓住了旁边的人才没有摔下去。

“你这话是真的？”他咬牙切齿地问道。

“你要是有时间，可以留下自己去调查，说不定能有一个不同的结果。”张晓舟答道，“不过当时有那么多人因为你而死，那些家属群情激愤之下做出一些不理智的事情，也在所难免。说不定，动手的人里，还有跟着你逃到何家营的那些人的家属，这又怎么说？我听说当时的情况很混乱，大多数人其实都不知道发生了什么事。杨队长，这种事情，现在来追究责任真的很难。要怪，只能怪这个世道。你还是别想那么多了。”

杨勇的眼睛瞪着他，想要知道他说的是真的还是假的，但张晓舟的话里偏偏又不那么绝对，只说是失踪，又说当时的情况混乱，不知道发生了什么。

这是在要挟他，还是另有目的？

杨勇的心情极度复杂，其实他之前也曾经想过，自己逃到何家营，留在家里的人会不会有什么危险。但当时那个情况，不往何家营逃，他也只有死路一条。无奈之下，他只能先保证自己活下来。

他们大概会没事吧。

他一厢情愿地这样告诉自己，然后迷失在何家营错综复杂的人际关系和权力斗争中，彻底忘记了这件事情。

但这层伤疤被人无情地揭开，却依然让他感觉到疼痛。

他不禁仇恨起张晓舟来。如果不是他之前的成功，自己又怎么会模仿他的做法，聚集了那么多人去冒险？如果不是他们在成功之后把通往城南的土坡毁掉，他们又怎么会花费大量的工夫去重新把它填起来，从而丧失了宝贵的时间，并且最终遭到了暴龙的伏击？如果不是他，城北又怎么会变成现在这个样子，让他在何春华和何家营其他高层面前夸下的海口成了笑话？

如果不是张晓舟，一切根本就不会变成今天这个样子！也许他将会留在城北，而他们所成立的联盟当中，一定会有他的一席之地……不，很有可能将是由他来主持一切！

都是因为张晓舟！

“杨勇你要留下吗？”张晓舟却在这时问道。

“还是不用了。”何春华代替杨勇答道。

就像张晓舟能够看穿他所谓“来接回家属”的真正目的，何春华也能马上就看清张晓舟的目的。

他想知道城北的虚实，张晓舟他们又何尝不想知道何家营的虚实。

说来可笑，双方控制区域最近的距离也许还不到一公里，但在现在这样的世界里，却成了一道天堑。即使看到了血淋淋的速龙的尸体，何春华也不相信张晓舟有能力派遣间谍单独穿越这片危险的区域，混入何家营去探听情报。但同样，何春华一时也想不到自己手下有什么人敢穿越这段距离到城北探听消息。

不管杨勇的家人是真的失踪、死了或者是根本还活着，张晓舟的目的都不可能是真的邀请杨勇留下处理这个事情，他们一定会想尽办法逼迫杨勇开口。这样看，杨勇的家属活着的可能性更大。

他们很有可能会利用杨勇的家属来威胁他，让他把何家营的情况都说出来。

不能让他得逞。

“既然事情已经这样，再回去也只是白白地伤心一场。”何春华说道，“张老弟，今天我看就这样吧，我那边的队伍应该也快完成任务了，我该过去和他们会合了。要是你有心，一定要抽时间到何家营来做客，老哥我别的不敢说，一定招待得让你满意！”

“好。”张晓舟说道。

这也是他所期望的结果。

虚张声势把何家营的人吓走，让他们暂时没有心思对城北动脑筋，然后，尽快把该做的事情做好。

夜长梦多，他们留得越久，露馅的可能性就越大。

“说起来，你们的燃烧瓶好像和我们当初用的不同？”何春华突然问道，“有什么秘方吗？”

“这我就不清楚了，都是手下的人弄的。”张晓舟答道，“有什么不同吗？”

“大概是我看错了吧？”何春华笑了笑，和张晓舟亲热地拥抱了下，随后便催促部下把那五只速龙装上车，毫不犹豫地离开了。

张晓舟终于松了一口气，返身拉住一根垂下的绳索，任由王永军把他拖了上去。

回去之后要想办法派人到城北来。

何春华通过后视镜看着张晓舟的动作，同时在心里想道。

随着车子走远，高速公路上的那些人也渐渐进入他的眼帘，不过随之而来的则是因为距离拉远而造成的视觉上的模糊。但不管再怎么刨除虚的，站在那个地方的人也应该有两百人以上。这样的力量，已经不是动用属于他个人的力量能够消灭的，必须动用何家营其他势力才行了。

现在这个世道，以利益收买根本就靠不住，至于恩义，何春华根本就不相信有什么恩义能够让一个人在长时间离开自己的控制之后还死心塌地地向着自己。

用家属逼迫某个人，让他逃亡到城北去获得张晓舟的信任，充当间谍？

或许也只有这招了。

但这样的角色，一定要挑一个非常重视家人，且个人能力又不弱的人。

如果有这样的人，用在这个地方是不是太浪费了？

何春华的头突然微微地疼了起来。

但不管能不能找到这样一个人，他都必须打败，甚至是消灭城北这股力量，把它并入何家营。唯有这样，才有可能解决何家营现在的困局。

“孟哥你们怎么过来了？”张晓舟惊喜地问道。

高速公路上站满了人，远比他所预料的最好的情况更好。新洲酒店的老弱们躲在后面充场面，但前排站的货真价实的都是来自城北各个团队的人。

这是怎么回事？高辉的能力这么强，能在这么短的时间里把他们请过来？

“安澜大厦刚才刚好在他们那边签协议、发种子，大家都聚在那里等着。高辉过来一说，钱队长就动员我们了。”被他称为孟哥的男子笑着说道，“上阵打仗杀恐龙这种事情我们也许做不了，可出来帮张队长你站站队、撑撑场面这种事情我们还是能做的，更何况，这也不是张队长你们一家的事情。我们都听说何家营那边的事情了，要是真的让他们冲过来，我们可就完了。”

这样的回答既出乎张晓舟的意料，却又在情理之中，他一家家地感谢了来帮忙站队的那些团队的负责人们，然后才走到钱伟面前，重重地拥抱了他一下。

“这次是把他们吓走了，可下一次怎么办？”钱伟说道，他们站在上面零零星星也听到了一些张晓舟和那些人的对话，不用张晓舟说也大概知道情况了，“这个联盟我看必须马上就建立起来，否则的话，下一次他们再来，就没有那么容易走了。”

张晓舟看了看那些团队的负责人，有些人若有所思地点着头，但也有人有些迟疑。

他本来想在彻底解决掉那只暴龙之后，借着第二次分肉的机会顺理成章地做这个事情，但现在看起来，时局已经容不得他再等下去了。

偌大的会议室里，吵得如同在菜市场一样。坐在大会议桌的一边，大家只能听到自己身边的人说什么，至于对面的人在说什么，只能从他的表情和语气上去猜测。

张晓舟已经从会议室里退了出来，站在会议室外那个小小的阳台上，深深地吸了一口气。

“没想到会是这样……”钱伟很快也走了出来，颓然地说道。

张晓舟摇摇头，轻轻拍了一下他的肩膀。

这样的局面他早就已经想过，但人们的反应比他想象中更激烈，争执也更频繁，这是他没有预料到的。

此前安澜大厦的那点事情与现在相比根本就算不了什么，至少在安澜大厦，人们虽然有自己的小心思，但根本利益是一致的，很少会因为原则性的问题发生争执，管理团队的威信也足够维持秩序，让发言和讨论控制在一定的限度内。

而现在，人们仅仅是因为对时局的恐惧、张晓舟的威望和信誉才集合在了这个地方，相互之间有过合作，但更多的却是隔阂和平日里因为争夺某块绿地中出产的食物而带来的矛盾，彼此之间缺乏信任。

大部分小团队都乐于看到联盟的成立，希望能够抱团取暖、渡过危机，但他们对于康华医院、安澜大厦和新洲酒店这样实力远远超过他们的团队本能地抱有戒心，担心联盟最终将会成为他们的玩物；而大团队则担心加入联盟之后会被要求承担更多的责任，甚至是把粮食拿出来救济其他人，对于联盟的成立并不热心。

康华医院内部甚至都没有拿出一个统一的意见来。按照人数比例，他们可以派出十二名代表，但在内部激烈地争吵了一个晚上之后，最终只选了八名代表参加会议，而且彼此之间依然是按照城市和农村两个派系表现得泾渭分明，甚至在会上自己就先吵了起来。

张晓舟的太阳穴一阵阵地疼。

此时此刻，他真的很希望自己手上有一支强大的力量，把里面那些正在聒噪的人都抓起来，狠狠地修理一下，教会他们规矩之后再放出来，甚至是直接凭借这样的力量把所有争议强压下来，消除内部矛盾，把所有人的力量集中起来应对当前的危局。

但遗憾的是，他并没有这样的力量。以新洲酒店的战斗力，把这些人抓起来当然不是难事，但这些人背后代表的是整个城北四千多人，一千五百多名成年男子的意见，他可以把这个会议室里的人的意见强压下来，但他却没有办法把所有人的意见都强压下来。

“这样下去不行！”过了几分钟，吴建伟和刘玉成也走了出来，吴建伟皱着眉头大声地说道。

按照人口，安澜大厦可以有三名代表，梁宇平时得罪的人太多，在投票中得票数惊人地低，但这并不意外。可王牧林的得票数也远远落后于其他人，这就让人有些意外了。到最后，却是吴建伟这个很少与人有什么交集的工程师和刘玉成这个总是不得罪人的商人成了安澜的代表。

“我知道。”张晓舟点点头，“但现在还不是时候，让他们先吵够了再说吧。”

每个团队满五十人可以推选一名代表，人数低于五十人但高于二十人的团队可以推选一名代表，不足二十人的团队和其他团队合并推选产生代表。这样的规则之下，整个城北最终选出了将近一百三十名代表来参加这次联盟成立的预备会议。

最初确定这样的规则时，高辉也提出过人数会不会太多了。

参会的人越多，会议的效果就越差，效率也会越低，这已经是大家的共识。

但城北绝大多数团队的人数都在二十到三十人之间，如果把标准提高，减少代表的人数，很多团队都会失去参与和发表见解的机会，他们最终会不会认可这个联盟？

如果这个联盟忙到最后变成了少数人的权力游戏，甚至是把大多数人排除在外，那它还能不能在遇到危机的时候发挥应有的作用？如果人们从一开始就把它看作是强大团队控制甚至是奴役弱小团队的工具，甚至对它没有任何认同感和归属感，那费这么大力气成立它就没有任何意义，还不如保持现状，或许张晓舟凭借自己的威望和信誉调动人员和物资还会更快捷、更方便一些。

“争吵也是一种表达自己意见的途径，也是一种求同存异的过程。”张晓舟回头看着会议室里的人们，叹了一口气说道，“我已经让新洲酒店的人盯着，吵可以，打不行，动了拳头就把人拉出去单独关起来，冷静下来之后再放回来。给他们两个小时，让他们吵够了，吵累了，嗓子哑了，自然就安静了。”

“难怪你一人只给一杯水。”钱伟开玩笑地说道。

“别把我想得那么奸诈。”张晓舟说道，“没有电，没有煤气，你以为靠几个火塘和炉子烧这么多人喝的水很容易？”

“要统一这么多人的意见根本就不可能。”吴建伟有些担心。

在安澜大厦的时候吴建伟就不愿意参与这类事情，这次意外地被选出来，完全偏离他的本意，但既然来了，他也只能代表把自己选出来的人，如实地反映他们的想法，替他们争取权益。

“这是肯定的。”张晓舟点点头，“第一步是要把联盟建立起来，确定几个最基本的原则，能做到这个就已经足够了。剩下的，那就让他们选个人出来慢慢磨吧。一个安澜大厦就够我受的，我不会再让自己陷在这样的泥潭里了。”

说到这里，他有些遗憾。安澜大厦选出来的代表如果是钱伟、王牧林和梁宇，那情况就会好得多。

虽然王牧林和梁宇在很多方面和他的想法偏离得越来越厉害，甚至已经闹到了不欢而散的地步，但就目前而言，他们还是张晓舟所知道的对于内部管理最有办法的人。

联盟主席的位置他一定要争取，但他绝对不会让自己陷入内部管理的泥潭里，只会参与确定一些大的原则和方向，然后主抓对外事务和军事层面的事务。内部管理他决定参照何家营的方式，设置一个秘书长或者是执行委员会之类的机构来进行处理。

本来他心目中秘书长的人选是王牧林，梁宇可以作为一名执委来处理他所擅长的制度性的工作。不过联盟不可能接受安澜大厦一家在联盟中拥有这样的权力，所以他也就打消了这样的念头。

钱伟干不了这个事情，既然自己没有合适的人选，那就让他们自己去选吧。只要被选出来的这个人不是喜欢背地里搞阴谋的野心家，不是尸位素餐的无能之辈，他也愿意和这个人一起努力，把城北的事情处理好，让人们的生活好起来。

“我们进去吧。”张晓舟无奈地对钱伟等人说道，“我们始终是发起人，长时间在外面躲着也不好。”

张晓舟耐着性子继续在会议室里听着人们的争吵，不过很快，他就找到了自己该做的事情。

其实各方的意见和论点刚刚开始吵的时候就已经说得很清楚，到了后面，人们不过是一直在通过各种各样的方式论证自己的道理，试图说服对方，甚至是想要逼迫对方接受自己的论点。

当然，其中也有明显是有私仇的，借题发挥只是想要给对方难堪，让对方下不了台。

这样的人很快就被张晓舟记了下来，并将他们排除在了联盟核心之外。联盟成立对于城北的每个人来说都是一件大事，作为某个团队的代表，你出于团队的利益考虑，可以不支持甚至是反对，但在这种时候把自己的私事置于公事之上，这样的人显然不能被重用。

那些夸夸其谈却一直抓不住重点、说不到点子上，甚至是开始胡搅蛮缠的人也同样被他记了下来。这些人能够被推选出来一定是有他们的可取之处，但显然，不是在管理这个方面。

还有一些人显然是在浑水摸鱼，试图与力量强大的团队搞好关系。但大多数人在长时间的争吵之后都渐渐安静了下来，只剩下少数精力旺盛，又特别较真，或者可以说特别有责任感的人还在争执着。

争议很多，但张晓舟把它们归结起来，其实就是两个方面。

众多小团队大多支持成立联盟，但他们支持的理由并不是要抗拒何家营，而是希望能够抱团渡过生存危机。他们对何家营的担忧仅限于那么多人北上之后，可能会挤占他们的生存空间。但对于他们来说，生存的压力太大，如果活不下去，那谈什么都是空话。如果何家营愿意保证他们的生存，他们反正也没有什么可以失去的，不是完全不能接受。甚至有人在争吵中威胁说，如果那些有粮食的团队不愿意做出让步，那就别怪他们做出对不起大家的事情。

如果联盟建立，他们希望联盟能够更加尊重中小团队的意见，而不是被少数几个力量强大的团队控制。他们同时希望，联盟能够帮助他们解决当前的粮荒，最好是能够把联盟内的粮食集中起来，然后按照人头平均定量分配。如果不能，那像康华医院、安澜大厦这样有存粮的团队至少也应该交出一部分粮食，帮助他们渡过危机。至于每个团队对于联盟的责任和义务，他们认为那些大团队有能力，也应该承担更多的责任，小团队能力有限，只能承担力所能及的责任和义务。

简单地说，就是想要更多的权利和好处，却做不出多大的贡献，更不想承担太多的责任。

而当前还有较多存粮的团队则首鼠两端。一方面，他们担心何家营北上之后，会抢夺他们的存粮，剥夺他们的权利，从这一点出发，他们迫切地希望联盟能够尽快成立起来；但另一个方面，他们却不愿意自己辛辛苦苦获得和节省下来的粮食就这么轻易地分给其他人。

凭什么呢？当初他们也是冒着巨大的风险才得到这些粮食的，在别人不敢外出的时候，他们勇敢地走了出来，才获得了这些粮食。一些团队中，甚至有人因此而受伤、丧命，付出了沉重的代价。这些人因为恐惧和无能而躲在家里，坐吃山空，现在却摆出一副理所应当的架势要来分走他们的粮食，凭什么？

难道联盟成立的目的就是要养懒汉和胆小鬼，让他们这些有勇气、愿意冒险的人吃亏？那加入这样的联盟，还不如被何家营吞并了算了！就算是被抢了、喂了狗，也比给这些懒汉和胆小鬼强！

他们希望联盟能够体现出对有贡献者的尊重，体现出对有能力的人的尊重。一些人甚至提出，当前这种代表推选方式根本就不合理，很多小团队里都是妇孺老弱，但因为人多，却和精壮多的团队有着同样的发言权和表决权，这完全不合理。他们认为应该按照安澜大厦之前的做法，妇孺老弱不应该计算表决权，而是以所拥有的精壮的人数来重新推选代表，或者是以能够承担责任和义务的人数来重新推选代表。

至于粮食，一部分人表示绝对不可能交出来，一点儿也不可能；而另外一部分人则表示，就算交，也只能交确保他们自身粮食供给之外的那一小部分，而且不能白交，联盟必须给出说法，要么给予他们更多的代表权和表决权，要么就给予他们免除责任和义务的优待。

要点就是，不接受大锅饭和平均主义，要求按照贡献和付出来分享权利。

张晓舟个人当然是支持后者，这些团队中，有相当大的一部分人也是当初和他一起合作，到副食品批发市场去冒险的人，与他已经有了一定的信任和默契。

但问题却在于，这些人在整个城北来说比重太小，总人数还不到一千人，凭借着这四分之一的人口支持，联盟无法成立，也就什么都谈不上了。

拥有六百多人口和将近两百精壮的康华医院在这个时候成了天平上重要的砝码，但他们自己内部都无法形成统一的意见，甚至和其他人的想法也都不同，明显是在顾左右而言他。

为什么？

张晓舟皱起眉头看着他们。康华医院所处的位置距离何家营最远，而且因为有着相对坚固的堡垒和相对丰富的医疗资源，他们或许并不太惧怕会被何家营以暴力攻占，这使得他们加入联盟的意愿变得最低。

“你们那边是怎么回事？”张晓舟找了个机会把段宏叫出会议室问道。也许康华医院只过来八个代表这件事的背后，并不那么简单？

“很多人并不愿意加入城北联盟。”段宏无奈地答道。

如果段宏是个更有政治野心、手腕更高明的人，那他凭借着自己医生的身份就能在这座城市站稳脚跟，并且在任何团队左右逢源。但他偏偏不是这样的人。他告诉张晓舟，康华医院在经过这么多天的混乱之后，渐渐又形成了两股力量，依然是以城市派和农村派为界限，相互敌视。

城市派名义上以他为中心，事实上却开始以一个叫王兴的人为主，王兴自称以前是一家健身中心的负责人，之前是赵康的心腹之一。而农村派名义上以许俊才为首，但事实上越来越多的事由一个叫蒋老五的人做主，他之前是医院附近一家超市的夜间保安，也是康祖业的心腹之一。两人在众多渴望成为康华医院新当家的野心者当中渐渐脱颖而出，当然他们都没有之前赵康和康祖业的威望，都只能影响一部分人，拉拢其他人。但在混乱了这么多天之后，康华医院的人们已经开始厌倦这样无休无止的内耗，强烈地希望有人能站出来承担责任。他们俩的呼声都很高，只是因为城市派和农村派的冲突无法调和，才一直僵持在那里。

这简直是一个坏得不能再坏的消息。

张晓舟看着忧心忡忡的段宏，却没有办法指责他的无能，在占据了医生和原管理层这两种有利的身份时，竟然还会被人越俎代庖。

“既然两派之间的矛盾无法调和，那干脆把康华医院分成几个部分，你觉得可行吗？”张晓舟沉吟了一下之后问道。

段宏愣了一下，随即摇了摇头：“难！人分开容易，东西怎么分？地方怎么分？谁都清楚康华医院最有价值的就是医疗设备和药品，还有那好不容易建立起来的堡垒。没有人会愿意离开的。”

“但那块地方土地始终有限，不可能种出六百多人吃的粮食。”

段宏叹了一口气：“所以我们那里大多数人其实并不希望城北成立什么联盟。他们更希望地质学院或者是何家营尽快把整座城市控制起来，这样一来，康华医院就能以医疗资源和城市的控制者谈条件，换取食物和安全，而不用考虑粮食的问题。”

这是赵康之前所定下的策略。首先要有基本的自保能力，要能成为一只刺猬，让任何对手都没有办法轻松地吞下自己。然后，以医疗资源和对方谈判，争取独立自主权，并且用医疗资源获取粮食和其他物资。

毫无疑问，康华医院所拥有的资源在这个世界是独一无二并且不可再生的，任何人也不敢说自己一辈子不会有用得上医院的时候。毁掉医院，也就相当于毁掉了所有人生存的希望。只要抓住这一点，医院这样的团队就永远也不会有被灭掉的隐忧。

只要这样的格局成立，他们就永远也不用面对这个世界的危险，仅仅是凭借手中拥有的医疗资源就能过上安稳的生活。

“真是一厢情愿！”张晓舟说道。

如果康华医院内部是铁板一块，或者是由某个有能力的人带领，那这样的构想也许可以成功。但基于康华医院一直以来内乱不止的现实，这样的构想就只会是一个笑话。

堡垒往往先从内部被攻破，仅仅是他和老常两个人就能够趁着康华医院高层内斗的机会制造出那样的混乱，在强大的外力压迫之下，他们真的能坚守下去？

绝不可能。

康华医院独善其身的想法只有在城市一直保持四分五裂的情况下才有可能实现，否则的话，任何整合统一了整座城市的势力都不可能让这么重要的资源掌握在别人手里。他们一定会利用康华医院内部的分歧设法对他们进行分化瓦解，挑拨离间，然后一举将它拿下。

“我知道这是一种不切实际的想法，”段宏无奈地说道，“但王兴昨天晚上把这个想法提出来之后，获得了很多人的拥护。很多中间派和农村派的人也开始支持他了。”

人们总是渴望着能够远离辛劳、危险，最好是能够不劳而获，这样的设想显然迎合了很多人的想法。赵康以前是要用这样的办法来保证自己的享乐，而这个王兴则把它放在了每个康华医院成员的面前，这样一来，他们就被同样的利益捆绑在了一起。

“谁是王兴?”张晓舟问道。

“他强烈地反对成立联盟,所以没有来。”段宏答道。

张晓舟看着属于康华医院的那些座位,他看到了许俊才,但其他人他却不认识。“蒋老五呢?他来了吗?”他问段宏。

“那边那个穿着白色汗衫、头有点秃的就是他了。”

“你能不能把他叫出来?”张晓舟说道,“我想和他谈谈。”

“张队长?”名为蒋老五的男子显然对于张晓舟的邀约心存疑虑。从某种意义上来说,他现在打的是继承康祖业势力的旗号,和这个亲手杀死康祖业的凶手单独见面并且密谈,很有可能会被竞争对手利用而产生恶劣的影响。

但作为他最大竞争者的王兴昨天晚上突然向人们抛出了源自赵康的那个计划,一下子拉拢了很多人,这让他没有了退路。那个东西既然是赵康的想法,他作为康祖业的继承者当然不可能去迎合,更何况,王兴已经抢先在这个问题上占据了主动,他又怎么可能跑去捧他的臭脚?

选择来这里参会成了他的救命稻草,如果他能够在成立联盟这件事情上替康华医院争取到更大的利益,那他就有可能扭转局面,重新把王兴打压下去。

但整整一个上午都是漫无边际的争吵、不靠谱的提议、让人不齿的低劣的相互谩骂和威胁,这让他彻底失去了信心。

尤其是那些小团队的人,他们的说法简直太过于可笑,让蒋老五觉得就像是被人逼着吞了一只苍蝇那样恶心。如果按照他们的思路,这样的联盟对康华医院这样的团队根本没有任何好处,那它还有什么必要加入?

康华医院本身就占据了城北一成多的人口,其中有不少的精壮,还有大量的食物和独一无二的医疗资源,怎么可能像他们所想象的那样,大公无私地把这些东西拿出来分享,却什么好处都得不到?凭什么?难道他们都是傻瓜吗?

“蒋师傅。”张晓舟用了一个这样的称呼。

蒋老五等待着张晓舟的条件。在他看来,张晓舟作为这次联盟的倡议者、推动者和联盟领导者最有可能的候选人,无疑是最渴望联盟建立的人。这意味着,他应该会不惜一切代价来推动这次结盟。

那么,他邀自己到这里来密谈,是不是意味着,可以从这里获取一些额外的好处?

蒋老五对张晓舟的感觉很复杂。

一方面,张晓舟杀掉康祖业,让本来在康华医院作威作福的蒋老五等一伙人失去了继续欺压其他人的根基,他们不得不放低姿态,以此来获取人们的支持。说他对张晓舟没有愤恨,这是不可能的。

但张晓舟杀掉康祖业,杀掉樊武,揭露樊武杀死赵康,让康华医院陷入混乱,却也给了蒋老五上位的机会,不然的话,他或许就一直是康祖业的跟班,默默无闻地在这个乱世厮混下去。从这个角度出发,他似乎又应该感谢张晓舟的那一刀。

他在康华医院的权力争斗中已经落了下风,但如果能够获得张晓舟的支持,也许一切还有挽回的机会。

心里虽然这样想,他的脸上却波澜不惊,甚至稍微有些冷漠。

两人在房间里沉默地坐了一会儿,这让作为介绍人和陪客的段宏感觉很不自在。这两人怎么这样?这是要干什么?

"张队长,"最终还是蒋老五首先受不了这样的沉默,不满地问道,"你让段医生找我来,究竟是有什么事情?要是没事,那我就不奉陪了!"

张晓舟微笑了一下:"蒋师傅,我听说,你在康华医院那边算是支持联盟的?"

"那要看是什么样的联盟!"蒋老五没好气地说道,"联盟的宗旨不定下来,利益和权利义务这些东西不明确,那康华医院也没有加入的必要。"

张晓舟笑了笑,却没有继续讨论这个话题,而是说道:"我听说蒋师傅在康华医院的外来派中很有威信?"

"你还听说了什么?一次说完好了。"蒋老五有些不满地看着段宏。他简直就是个奸细!但他偏偏又是康华医院最重要的筹码之一,不然的话,真该把他抓起来!

"我还听说,康华医院现在本地派和外来派之间闹得很不愉快。"张晓舟说道,"这样下去也不是办法,蒋师傅,不知道你有没有想过,怎么解决这个问题?"

蒋老五有点摸不清张晓舟的意思了:"你说怎么解决?"

"照我看,要彻底解决这个问题,只能让其中一部分人离开。"张晓舟说道。

"你把话说明白一点!"

"蒋师傅,我可以支持你带着你选定的两百人从康华离开,自立门户,你可以带走足够你的人坚持三个月的粮食,你觉得如何?"

蒋老五愣了一下，随即大笑了起来："张队长，你在开什么玩笑？"

"我没有开玩笑。"张晓舟说道，"蒋师傅，你自己清楚，你现在已经在康华医院负责人的竞争中落了下风，如果就这么回去，你很有可能什么都得不到。但有我支持，你却能得到三分之一。两百人的团队，即便是在城北也算是数一数二的团队了，比安澜大厦和新洲酒店都大。联盟建立之后，你在联盟里的影响力、表决权都是最高一级，这难道不比窝在康华医院那个地方斗来斗去的好？"

"但是……"蒋老五迟疑了。

"我知道你想说什么。"张晓舟摇了摇头，"你真的觉得自己能够控制住医院？控制住那些资源？没有段宏他们几个医生和护士，那些器械在你手上就是一堆废铁，那些药你也不知道该怎么用、怎么吃，有什么意义？维持一座医院的正常运转不是几十个人、几百个人能够做到的。没有大量的社会资源支持，它发挥不了应有的作用，甚至有可能会迅速地衰败。蒋师傅，能真正拿到手的才是自己的东西，有些东西看上去很好，但如果注定是别人的，那你再怎么想也没有用。"

"那王兴呢？"蒋老五不甘心地问道。

"要是他愿意，我也可以让他带一部分人走，但要留下维持医院运转所需要的人手。据我所知，康华医院里外来派占的比重更大，那他能够带走的人应该会比你少。"

"大家不会同意的。"蒋老五说道。他有些心动，但他知道，即便是他真的想走，在这个时候也拉不走几个人。即使真的能带走足够多的粮食，也没有人愿意离开安全的堡垒，放弃依靠那些医疗资源就能在这个世界过上好日子的希望。

"不需要你们的同意。"张晓舟的表情却突然严肃了起来，"医院这样的地方，本身就具有强烈的社会性和公益性质，在当前这样的世界里，它不应当，也不可能成为某个人或者是某些人的财产。联盟将会保护所有人的合法财产，保护每个人的生命、健康、安全，为了达到这个目的，一些在个人手上无法发挥最大作用的重要资源将收归公有。医院将是公有财产，而不是少数人牟利的工具。必要的时候，我们将会采取一切必要的措施来确保这一点，你明白吗？"

蒋老五和段宏都惊呆了，他们看着张晓舟的眼睛，但从那里面看到的，却是不容置疑的决绝。

"张队长……"段宏忍不住说道，但话到嘴边，他突然不知道该说什么了。康华医院是赵康和倪敏夫妻俩的财产,但他们已经被樊武杀了。

那么,谁对这些宝贵的财产有继承权?是现在住在康华医院的这些人吗?

他轻轻地摇了摇头。他们中的绝大多数人之前和医院甚至一点关系都没有,只是作为守卫者和劳力被赵康吸纳了进来。当然,康华医院周边的那些防御设施有他们付出的劳动,但赵康当时也付出了粮食和安全给他们作为报酬。将这一点作为他们占有康华医院的理由是说不过去的。

如果非要说,也许他们这些康华医院的医护人员才更有继承权,但张晓舟的话说服了他,医院本身就应该具有社会性和公益性质,在现在这个时候,它的确不应该属于某个人、某个团队,而是应该属于所有的人。

蒋老五感觉到的则是赤裸裸的威胁,张晓舟一刀捅向康祖业的情景突然又浮现在了他的面前。那时他就站在不到十米远的地方,却无力阻止这一切的发生,只能眼睁睁地看着康祖业死去。

还有接下来的大火,张晓舟带来参与救火的那些人,如果那些人真的对康华医院下手,他们有抵抗的能力吗?

他突然看到张晓舟腰上随手就能拔出来的那把刀,如果现在说“不”,他会动手杀掉自己吗?

冷汗突然沿着他的额头流了下来。

“蒋师傅,你好好考虑一下,我等着你的回答。”张晓舟说道。

他早已经不是那个默默无闻、人畜无害的副研究员,在这一个多月的时间里,他作为团队的领队经历了很多事情,也思考了很多东西。尤其是在安澜大厦所经历的那些可以说得上是失败的事情,让他明白了很多道理。

其实这些东西他一直都懂,但很多时候,人们在面对一个事件时,让他们做出判断和选择的并不是他们的理性,而是感性,有时候,甚至是他们的惰性。

所有人都知道成功就是与自己的懒惰和平庸对抗,所有人都知道,减肥无非就是“管住自己的嘴,迈开自己的腿”,但在这个世界上,能够做到的人真的是凤毛麟角。

张晓舟当然也知道,乱世当用重典,当然也知道,某些时候,就应该狠下心来,不管对敌人还是对自己人都是如此。

但他对于敌人可以这样做,对于那些相信他、依靠他的同伴却完全没有办法这样做。

离开安澜之后，张晓舟没有把别人的评价放在心上，但好多个晚上，当高辉睡着，由他负责守夜时，他却一直在回想自己所做出的那些选择。

如果狠心一点，结果会完全不同吗？

已经过去的事情无法假设，他只能着眼未来。

“张队长，我该怎么做？”蒋老五终于问道。

第17章 联 盟

张晓舟和段宏、蒋老五回到会议室的时候，争吵仍在继续，但经过将近三个小时之后，大多数人都已经筋疲力尽、口干舌燥，没几个人还能保持一开始时旺盛的精力了。有七八个团队的代表因为试图用暴力诠释自己的意见而被新洲酒店的人抓了出去，刚刚才放回来，这让会议室里稍稍安静了一会儿。于是，很多人都看到张晓舟等人从后门进来。

大家突然意识到，作为地主、倡议者和结盟这件事情最有力的推动者，张晓舟从一开始到现在都没有发表任何意见。非但如此，来自新洲酒店和安澜大厦的代表们也没有发表任何意见。

这是什么意思？

“张队长，”一名和张晓舟相对熟悉的团队负责人忍不住说道，“怎么都没听到你发言？”

“孟哥，不急，我先听听大家的意见。”张晓舟答道，“等大家都把自己的想法充分表达清楚之后，我再根据大家的意见，说说我的想法。”

“该说的都已经说了吧？”姓孟的男子看了看周围的人，摇摇头说道，“翻来覆去无非就是那些东西，吵得我头都疼了，我看也没有什么新的东西了。”

“是吗？”张晓舟看了看其他人，“那么，还有人要发表新的想法吗？”

会议室里渐渐安静了下来，还在说话的人被旁边的人拉了一下，于是也安静了下来。

张晓舟于是掏出自己之前用来记录的那个本子，摊开后放在自己面前的桌子上，然后站了起来。

人们正襟危坐，等着听他说什么。

“大家之前的意见我听了很多，”他拿起本子说道，“也记了不少，我整理了一下，刨除那些过于具体的、属于联盟成立之后才需要解决的细务方面的内容，真正和我们今天议题有关的却不多。大家关注的问题很多，但有一个最根本的问题却几乎没有人关注，今天我们在这里讨论关于成立联盟的事情，可很多人甚至都还没有搞清楚，这个联盟成立了是要干什么、成立它的目的是什么，是为了对抗恐龙？对抗其他团队的入侵？为了解决粮食问题，还是为了把城北这个地方重新建成我们生活的家园？甚至是更大的目标，是为了把所有来到这个世界的人统合在一起，征服这个世界？”

有人笑了起来。

“好笑吗？我不觉得这有什么好笑。”张晓舟看了他一眼，淡淡地说道，“如果这个地方还是随时充满了危险，如果我们还是被困在房子里，没法外出也没有沟通交流，这当然是一种奢望。但现在我们已经可以从各自躲藏的地方走出来，走到一起，那就没有什么是不可能的。

“联盟的作用是什么，大家应该都清楚，无非就是把更多人的力量集中起来，去完成少数人无法完成的事情。一个人，一家人，在这个世界几乎什么都做不到，求生都很困难。几家人合起来变成一个小团队，好一点，但生活的重心依然是想方设法填饱肚子。我知道在座的有些团队，因为没有足够的存粮，每天都要花费很多时间来寻找吃的东西，甚至要冒险走到离家很远的地方，但即使是这样，一天从早到晚能弄到的食物也只能勉强糊口。”

会议室里响起了深深的叹息声。

“这还是在我们建立了一个简单的预警体系的基础上，如果没有这个体系，出门寻找食物就是拿命在拼，谁也不知道，什么时候那些东西就冲过来了。如果没有这个东西，每个人都要花费更多的精力和时间在安全上，能找到的食物就更少了。”张晓舟看着那些发出叹息的人说道，“一个人、一个地方举旗示警毫无意义，但所有地方都有人这样做，大家就知道哪里安全、哪里危险，应该躲起来还是可以外出。对于一幢楼来说，付出的劳动力不多，只需要一个老弱就能做到，但集合起来的效果却可以拯救许多人的生命，让大家有更多的时间能够到户外去寻找食物，甚至完全改变了我们这个区域的安全形势。这就是联盟的意义。

“仅仅是这么一个简单的举措就有这样的作用，为什么我们不能做得更多？在座的很多人都和安澜大厦签了协议、领了种子，但你们有没有想过，绿地就这么多，即便是全部用上，又能种多少玉米？把绿地上的植物铲除用来种植玉米之后，你们又准备到什么地方去寻找糊口的食物？我们必须得利用所有能用上的空间，楼顶、阳台、窗台，一切有光照的地方都要用上！我们得运泥土上去填满这些地方，运水、运肥料去浇灌这些泥土，甚至是把那些被水泥、地砖和柏油路面覆盖的土地开辟出来！但凭借一个小团队自己的力量，每天吃饱饭都成问题，又有多少时间来做这些事情？一个小时，还是两个小时？不说别的，现在有多少团队有铲子，有锄头，有装泥土和肥料的工具和小车，有用来砸破地面的大锤和凿子？凭你们自己，单凑齐这些工具就要花费大量的时间，什么时候才能开始做正事？我可以说，凭借一个个小团队自己的力量，这些工作也许永远都完成不了。

“但如果是整个城北来做这个事情呢？我们可以集中一部分人，让他们先去制作称手的工具，制作合适的容器，制作用来运输的推车、用来吊运东西的滑车。当一切就绪之后，每个团队都只需要出少量的人，我们就能在很短的时间内完成小团队永远也无法完成的工作，而且效果更好，也更能保证安全。”

“大家现在烧饭用的都是家具上拆下来的木头，一个多月下来，还剩下多少？还能烧多长时间？这些家具烧完之后，我们该怎么办？”张晓舟继续说道，“周围都是森林，有着无穷无尽的木头资源，也有着无穷无尽的食物，但凭借一个个独立的团队，有人敢进入森林吗？还有盐，我不知道大家手头还有多少存量，还能吃多久，但即便是再省、再节约，这东西都不可能变得出来。不组建联盟，不聚集大家的力量和智慧，这个问题任何人都解决不了。

“之前的两个多小时里，绝大多数的争议都在粮食上，我完全可以理解大家为什么有这样的担心，也完全理解为什么会有这么激烈的争执，但我想告诉你们，你们关注的重点从一开始就是错的。”

这样的话让人们议论了起来。

“我做过安澜大厦团队的队长,安澜大厦的存粮有多少我很清楚。康华医院之前发生火灾的时候,我也看过他们存粮的情况。其他团队的粮食情况我不知道,但总量不会比这两个地方多。我可以很负责任地告诉大家,这两个地方的存粮还不够他们自己吃三个月的。想要依靠他们的存粮来渡过难关,这根本就不可能。”

轰的一声,会议室里像是被炸弹引爆一般,一下子炸开了。

人们一下子惊惶了起来。

那些有存粮的团队还好,他们本来也没有指望过要从安澜大厦或者是康华医院那里分一杯羹,但那些挣扎在饥饿线上的小团队,吸引他们加入联盟最大的动力就是期望能够分到粮食,这样的消息对于他们来说,简直就是晴天霹雳。

一下子爆发出来的嘈杂声让张晓舟暂停了讲话,他站在原地,翻看着自己记录在本子上的东西。其中有之前记录下来的人们发言的要点,也有反思之前在安澜大厦所做的那些事情后随手写下的东西,但更多的,还是来到这个世界之后,在闲暇时记录下来的那些毫无条理的想法。

有些东西他试着在安澜大厦推行过,但却失败了。

大多数内容却还没来得及做,其中很多东西也许要很久之后才有实施的可能。

从文明陷入蛮荒之后,很多本来简单的事情都变得复杂了。有些东西想起来的时候觉得应该简单,但真正深入思考下去,才发现困难重重。原来那个世界里很多简单而又理所应当的事情,在这个世界几乎已经不可能重新构建。就以最简单的沟通来说,想要重新建立起电话体系就几乎是一项不可能完成的工作,未来很长一段时间,他们或许都只能通过信使和旗语之类的东西来实现远距离的信息交流。

过去的那个世界有着完善的工业体系和物流作为支撑,但在现在这个世界,仅仅是供电这个在以前微不足道的基本元素就几乎不可能实现,偏偏他们现在所能找到的许多东西都必须有电才能使用。但用汽油发电对于他们来说过于奢侈,张晓舟想过风电、太阳能电池板,甚至想过利用周边的水流和落差来发电,但他完全不懂这方面的知识,也不知道实现这些想法需要多少人手,需要什么工具和材料。即使是他今天真的促成了这个联盟,要恢复供电,应该也是一个漫长而又艰难的过程。

在这个世界,做一个有想法,渴望让一切变好,甚至是希望重新回归文明的团队负责人,真的是一件痛苦的事情。

“张队长……”有人在叫他。他抬起头,看着那个人。

“张队长,既然你早已经知道……那你有什么办法吗?”那个人一脸期盼地问道。

“当然有。”张晓舟答道。

在他们周围的人们都兴奋了起来,他们都知道,张晓舟一向都是一个很有办法,而且很有信誉的人,他说有办法,那应该就是真的有办法了。

会议室里依旧一片嘈杂声,但人们很快就把这个消息传了开来,于是几分钟后,所有人终于又都安静了下来。

“办法其实很简单。”张晓舟说道,“依靠这座城市里的资源,我们养不活自己。所以,我们必须走出去。”

“走出去?”

“对,到森林里去。”

人们又一次喧哗了起来,好在这一次只是持续了几分钟。

“这怎么可能?”

“凭借任何一个团队自己的力量,当然不可能,但如果成立联盟,那就有可能。”张晓舟答道,“一只暴龙身上的肉就有好几吨,足够我们所有人吃几天。但暴龙在白垩纪并不是最常见的动物,更多的应该是植食动物,比如说鸭嘴龙科的恐龙,它们是群居的素食动物,威胁性比暴龙要小很多,但身上的肉却也不少,小的有几百公斤,大的有几吨甚至是十几吨!如果我们成立狩猎队,从城边的悬崖进入森林,就有可能捕捉到它们。除了捕猎,森林里还有更多可以吃的东西:昆虫,小型的爬行动物和两栖类动物,鱼类。松树有松子,嫩芽也可以吃;蕨类植物的根茎里含有大量的淀粉,叶子同样可以吃;桫椤类的植物茎秆里可能会有可以吃的胶质,棕榈科植物除了果实之外,茎秆里也可能含有丰富的淀粉。

“只要走出去,我们就不会饿死,相反,我们还可以获得更多的资源。”他看着人们说道,“但这并不容易,而且很危险。没有周密的计划和安排,没有强有力的后勤支撑,没有合适的工具和防护措施,贸然进入只是送死。而这些东西,只有在我们成了一个牢固的联盟之后才能做到。”

人们都安静了下来。

他们以为成立这个联盟是为了对抗来自城南何家营的入侵，但张晓舟对这个理由却只字不提，反而在大谈他们来这里之前从来就没有想过的东西。

真的能像他说的那样吗？

很多人茫然了。

要怎么活下去，这或许是来到这个世界之后人们想得最多的问题。

但绝大多数人对这个世界几乎没有什么了解，他们知道恐龙多半还是因为电影和电视剧的关系，可那几部电影中的故事却并非发生在白垩纪，而是发生在现代，除了让他们知道恐龙是一种可怕的吃人怪物之外，对于他们的求生并没有多大帮助。

他们只能把自己的目光放在力所能及的地方，一开始时想尽办法收集自己身边的物资，后来则是想方设法地抢夺那些越来越少的可以吃的植物。但这些东西能让他们吃多久？

随着他们一次次地把野草和野菜连根拔出来吃掉，绿地上自然生长出来的这些东西越来越少了。大多数时候，为了防止被别人采掉，这些东西都还只是嫩芽的时候就已经被摘走了。所有人都清楚这是巨大的浪费，但没有办法，你不采，它也不会是你的；你采了，至少你还能吃到点嫩芽。

而那些叶片可以吃的树木，除了顶端那些难以采摘到的枝芽之外，几乎都是光秃秃的，一有嫩叶冒出来就会被人采掉。有些人甚至开始用刀斧去砍那些过高的树杈，以获取那些采不到的嫩叶。也有人已经开始剥树皮，开始挖树根。

已经有很多次，人们为了保护树木，为了阻止那些人破坏性的行动，发生了激烈的冲突甚至诉诸暴力，但这样的行为却愈演愈烈，无法阻挡。人们都清楚，这样下去，所有的树木和野菜、野草都会很快绝迹，这座城市里所有的绿地都将变得光秃秃的，而那个时候，所有人都将饿死。

他们把唯一的希望寄托在那些还有粮食的大团队身上，而不去想，那些东西又够吃多久。

但这样的希望却被张晓舟无情地击碎，而现在，他又在敲碎了所有人的希望之后，给出了一个听上去遥不可及，但却又确实存在的新的希望。

会议室里安静了片刻，随后，人们忍不住小声地和身边的人讨论了起来。

张晓舟继续等待着。

“张队长，如果真的像你说的那样，那我们岂不是根本就没有希望了？”突然有人站起来问道。

“为什么这么说？”张晓舟看着这个人。他并不怕有人质疑自己，一直以来，他都渴望有人能和自己对未来的所有设想进行探讨。

高辉也是如此，他是个不错的对象，但更多的时候，他只是能够根据自己以往所看到的那些杂七杂八的知识提出一些奇思妙想，却缺乏将它们进一步变为现实的能力。张晓舟本子上的许多东西都源于他，但它们中的绝大多数，应该会在很长一段时间里只是一个遥不可及的标题。

“按照你的说法，种玉米不是一天两天能够完成的，不算它们自然生长的时间，前期的准备就要消耗很多的工夫。而进入森林之前又要做很多准备工作，也不是一天两天就能做到的。现在城南何家营的人又已经把目光转向了我们，我们可以说是内忧外患，有什么能力在这种情况下同时做这么多事情？”

“你也许认为我在危言耸听，但实际情况就是如此。”张晓舟说道，“现实留给我们的时间并不多，如果我们还在一些细枝末节的事情上争执不休，还为了某些个人或者是个别团队的得失问题而浪费时间，那我们当中大部分人的结果必定会是如此。但如果我们从现在开始，从今天开始就抓紧时间，每个人都尽力地去完成自己力所能及的事情，而不是觉得自己做得多了，别人做得少了，那我们就还有希望。”

“所以你会让那些有粮食的团队把粮食交出来？”这个人看着他的眼睛说道。

问题又回到了最尖锐的地方，而且无法回避。

人们不约而同地安静了下来，等待着他的回答。

“要渡过这场危机，这是必须做的事情，我们别无选择。”张晓舟答道。那些有粮食的团队马上就发出了反对的声音。

“但我们不会白白地让你们把粮食拿出来，也不会让任何人白白地得到粮食。”张晓舟大声地说道。这样的承诺让人们又稍稍安静了一些。

“我们不会搞平均主义，也不会抢掠任何人的东西。”张晓舟看着人们说道，“这些粮食不是让你们白白地拿出来，而是联盟向你们借的，我们可以商定一个大家觉得合适的利息，按照偿还时间的长短和物资的种类来确定利息的倍率，三倍、五倍，甚至十倍都可以，一定不会让你们吃亏。这些粮食不需要你们一次性拿出来，你们可以用自己的双眼盯着，看联盟是不是履行了自己的责任，是不是有能力完成这些工作，是不是能够带领大家走出困境。如果你们觉得联盟没有能力解决问题，你们随时可以终止借出粮食。”

这样的说法让那些有粮食的团队的代表心里稍稍舒服了一些，风险仍然存在，最大的问题就是在联盟带领大家找到新的粮食来源之前，所有的存粮都已经耗尽，无以为继；或者是他们出借粮食之后，联盟却因为某种原因而崩塌、被颠覆，或者是被外来的力量吞并，那样的话，他们手上的契约就变成了废纸。

但这也正是张晓舟的目的。强行征用粮食必定会激起这些团队强烈的反抗，甚至使得这个联盟从一开始就陷入分裂。但以联盟的未来和巨大的利益来作为交换，既可以让他们不那么抗拒，又能争取到解决问题的时间。更重要的是，这样一来，这些借出粮食的团队就将成为联盟最忠实的拥护者，为了保证他们自己付出的东西能够收回来，他们将会本能地与一切试图颠覆和吞并联盟的力量做斗争，并且会尽自己最大的努力去促进联盟的发展，保证联盟有能力偿还欠自己的粮食。

哪怕是十倍的利息张晓舟也愿意接受，他预定的最长偿还期限是一年，如果一年之后，联盟还是没有能力偿还这些团队出借的粮食，那就意味着他的彻底失败，也意味着所有人的彻底失败。如果局势真的到了那一步，那他们是否活着都将是一个问题，所谓的欠债也没有多大意义了。

“在这个联盟中，责任、义务、权利将是对等的。”张晓舟继续说道，“我们将尽力去保证每个人的安全和健康，保证每个愿意为联盟付出的团队都获得相对公平的收获，保证每个孩子都能够健康成长。没有人能够不劳而获，也没有人能够凌驾于其他人之上，白白地享受别人创造的成果。种植玉米和进入森林两件事情我们将同时进行，所有借出粮食的团队将有权利选择自己从事哪一方面的任务，并且获得优先权；而那些接受粮食补助的团队必须接受联盟给予的任务，在按时按量完成任务之后才能得到应得的那份补助。”

马上就有人不满地嘟囔了起来。张晓舟沉默而又威严地盯着声音传来的方向，抱怨声很快就消失了。

“有人觉得自己什么都不用做，什么风险都不用冒，就应该获得别人的帮助？是这样吗？”他大声地对着那个方向问道。

没有人回答。

“这个世界是残酷的。”张晓舟说道，“看不清楚现实、不愿意付出的人，没有资格在这个世界活下去。在城北是如此，我想在任何地方也都一样。我们将会尽力去保证每个人应有的权利，但前提是，他值得我们这么去做。”

从一开始，他的话里就已经以联盟的领导者自居，但包括他自己在内，没有人觉得这有什么不对。分歧最大、争执最多的几个要点已经得到解决，团队的目标也已经被他指了出来，联盟的成立似乎已经是顺理成章的事情。

但还有少数人心存疑虑，何家营这么大的威胁，为什么张晓舟根本就提都不提？是因为他觉得何家营根本就不算什么威胁，还是因为难以处理而刻意回避了这一点？

“那么，我们现在表决？”钱伟站起来问道。

这样的事情在安澜大厦已经做过很多次，虽然代表人数要远远多于安澜大厦平时开会进行表决的人数，但他们也算得上是驾轻就熟。

这样的表决也没有必要用什么选票，宣读什么程序，搞什么选举办法之类繁文缛节的东西。钱伟直接走上主席台，大声地说道：“同意成立联盟，并且愿意代表自己所在的团队加入的，请举手！”

这样的表决过程其实是有着很强的暗示性和强制性的，一些人也许其实并不愿意加入，或者是还希望能够把一些东西明确一下之后再进行表决或者是投票，但在现在这样的局面之下，他们已经没有了表达意见的机会。

身边的人都已经举起了手，个别人犹豫了一下，便有许多双眼睛看了过来，这样的压力让他们也不得不跟着举起了手。

全票通过。

“那么，我们开始第二项议程，也是最重要的议程。”钱伟继续说道，“现在选举联盟负责人，具体的称谓我们之后再来确定。我提名张晓舟，大多数人应该都认识他，所以我也不做介绍了。有人推选其他候选人吗？”

会议室里一片寂静。

既然事情已经成了定局，那也就没有人会在这种时候跳出来给自己找不自在。或许有人在背地里觉得张晓舟也不过如此，没什么了不起的，但就目前而言，无论是知名度、信誉度和表现出来的能力，获得的成果，对于联盟未来的规划等各个方面，都没有人能够与他相比。

联盟既然成立,那第一任负责人必然就是张晓舟,这已经是一种共识。

钱伟等待了一会儿:“没有其他候选人?那么还需要投票表决吗?”

有人轻轻地笑了起来。

“有不同意张晓舟作为联盟负责人的吗?请举手!”钱伟说道。

一片寂静,于是钱伟说道:“那让我们鼓掌通过吧!”

人们稀稀拉拉地鼓起掌来。虽然张晓舟之前说的那些话某种程度上已经打动了他们,但他们都清楚,这并不意味着他们就能很快过上像以前一样的日子,相反,这或许意味着无穷无尽的辛劳和冒险。

人们回味着张晓舟话里透露出来的那些东西,那和他之前在人们面前的表现不尽相同,如果说之前他在人们面前更像是一个无私的英雄人物,那现在,他所流露出来的东西已经开始有了一些铁血的味道。

但不管如何,他至少给出了一条看似行得通的道路,也许会充满了汗水甚至是血泪,但总比什么都没有的绝望强。

大多数人依然抱着怀疑的态度,等待着他的第一个举措。别的不说,虽然张晓舟口口声声说向人们借粮,而且会加倍偿还,但谁会第一个站出来?安澜大厦,康华医院,还是新洲酒店?

在这里举手表决很容易。在特定环境的干扰下,人们很容易就会受到话术和身边人们情绪的影响,做出一些决定。但当他们回到自己的团队,当他们把在这里听到的东西讲给自己的队员们听后,他们又能不能把张晓舟说的这些东西原封不动地传达给那些人,能不能获得他们的赞同?

张晓舟对于这样平淡的反应早有准备,人们需要的不是口号,而是一个能够真正带他们走出困境的人。他们现在信任他,是因为他以往的成功,只要他能够成功下去,他们就会用信任和服从回报他。

未来他所要面对的局面将会比之前在安澜大厦时复杂得多,所要处理的事情也将多许多倍,他曾经迟疑过,迷茫过,怀疑过,走过错路,也做过错误的选择,但他现在已经做好了准备,去迎接这沉重的责任。

“感谢大家的信任。”他重新站了起来,“空话、大话、多余的话我就不说了,我之前所说的那些东西也将是我努力的目标。我会尽我所能，让这些东西一一成为现实。请你们相信我、支持我、帮助我，和我一起战胜所有困难，让我们的家人和我们自己重新过上美好的生活！”

掌声再一次响了起来，而这一次，终于变得热情了一些。

“那么，让我们抓紧时间，把该做的事情完成吧。”张晓舟说道。

联盟的名称暂定为城北幸存者联盟，简称联盟，而张晓舟之前向人们阐述、用来说服人们的话语则被提炼出来作为联盟的宗旨和目标。

由于现实条件的限制，人们决定暂时不对联盟的构架做什么大的调整，所有成员依然以现有的团队作为生活、工作的基本单位，只是在其上设置一个联盟执行委员会，作为管理日常事务、协调各团队之间的关系、调集和分配物资、安排各个团队任务、组织调动人手的办事机构。

张晓舟为联盟执行委员会主席，其下有秘书长一名，负责处理日常的具体事务，同时设多名执委，负责协助他们的工作。执行委员会下设若干部门，不久后将从各团队抽调人员来组成。

出乎张晓舟意料的是，人们对于秘书长这个职务完全没有热情，他预想中人们踊跃出来自荐的场面并没有出现，相反，人们都在想方设法地推掉别人的推举。

“我？不行不行！张主席你开什么玩笑？就我这水平，做秘书长这么重要的工作那不是坑大家吗？我看老孟不错，你不如去问问他！”

“老李你可别乱说！我连自己那么个四五十人的队伍都带不好，哪能做这个事情？还是刘队长吧，年富力强，以前不是还当过老板吗？”

刘玉成急忙摆手：“别开玩笑了，我那么个小公司，算什么老板？让我打打下手还行，秘书长这么重要的职务，我真干不了！要不还是钱队长来，你和张主席肯定配合得好！”

钱伟的眉头也皱了起来，他倒是愿意承担责任，但一个一百五十人的安澜大厦就已经让他头疼不已，要不是在张晓舟离开前安澜大厦就已经建立起了基本的框架，而且有王牧林和梁宇承担大部分日常管理的具体工作，安澜大厦不知道会变成什么样子。让他管理将近四千人？

“张主席，要不你就一肩挑了这个事情吧？”突然有人说道，“别人哪有这个本事！

秘书长这个位置要点水平，而且肯定吃力不讨好。心要细，能力要强，精力要旺盛，还得人头熟，有威信，管得了事。要是你看得上我，让我做个执委，或者是跑个腿都没问题，可秘书长这个位置，真不是一般人坐得了的。”

一肩挑？

这当然不可能。

联盟成立之后，必然会有大量琐碎的事情要处理，如果他的精力全被这些事情牵绊，那他就没有办法策划和组织人们去做那些更为紧迫的事情，他所说的那些东西也将成为泡影。

“如果没有人愿意承担这个责任，那这个职位就由我来指定？”张晓舟问道，“好，那么，现在我们把执委选出来吧。”

执委的选举则简单了许多，张晓舟把城北按照幸存者的分布划分成了几个区域，每个区域推选一名执委。这个职务显然也和秘书长一样，属于吃力不讨好的事情，但终归要负责的范围小了很多，责任也轻了不少。

一些有野心、自认不凡的人对于这个规模下的事务也比较有信心。在这个阶层，可以看联盟的发展和张晓舟的行事，决定自己是实心实意地干活，还是想办法从中谋利，更进一步，又或者是在势头不妙的时候及时抽身。

于是在这样的心思之下，站出来自荐为执委的人倒是不少，不花钱的承诺也抛出了不少。

张晓舟以执委会主席的身份对各个区域的推选进行了一些不易察觉的干预。当然不能让之前说不过别人就准备动手打架的那些人上台，那些借公事解决个人恩怨的也被他不动声色地否决，然后便是那些在之前的争执中夸夸其谈说不到重点，又或者是刻意胡搅蛮缠的人自然也被否决了。

这样一来，五名执委很快就确定了下来。

安澜大厦区域的执委毫无争议是钱伟，新洲酒店团队也归属安澜大厦区域管理；而红叶酒店区域、沁园小区区域等四个区域的执委也多半来自区域中比较大的团队，毕竟，要让周边的二三十个小团队听从安排、接受协调，自身没有一点实力和影响力也是不可能的。

唯一存在问题的是康华医院，他们不像其他地方，往往由三十甚至四十个团队合并成为一个区域，选一名执委。康华医院本身就有六百人，单独就能成为一个区域。来的八名代表坐在一个角落，看着周边的人们讨论得不亦乐乎，自己却迟迟拿不出结果来。

昨天晚上在康华医院内部抛出惊人之语而突然得到了大多数人拥护的王兴虽然没有来，但这八个人里，有两个人是得了他的授意专门来看情况的。他们得到的指示是不表态、不支持、不反对，如果有机会就浑水摸鱼，但如果没有机会，只要盯好蒋老五和段宏，别让他们有机可乘就行。于是，他们这里根本就没有办法进行推选。

"康华医院的执委选出来了吗？"当周围安静下来之后，张晓舟便站在主席台上问道。

段宏无奈地摇了摇头。张晓舟推行的这些东西完全对他的胃口，甚至让他产生了一种希望，康华医院可以不用像张晓舟私下对他和蒋老五说的那样被强行拆分掉，而是通过民主手段来解决问题。但本来应该有十二名代表，结果只来了八名，这就已经名不正言不顺了，其中还有两个一直在捣乱，又怎么可能选得起来？

王兴的一名心腹站起来答道："这个……张主席，我们康华医院的情况比较特殊，我们几个人在这里说了也不算，得要回去以后……"

"那么，就由我来推选一名候选人吧。"张晓舟却没有管他，而是直接说道，"康华医院的情况的确特殊，既然是医院，由外行来领导肯定不行，要出大问题的。段宏之前就是康华医院的主治医生，科班出身，据我所知，他从康华医院这个团队建立以来一直都是管理层的重要成员，出任康华医院区域的执委应该没有问题。"

这个人急忙说道："这怎么行！段医生他在我们那里……"

"你的这一票不同意是吧？"张晓舟再一次打断了他的话，"那么，康华医院的其他代表呢？蒋师傅，你们的意见是什么？"

蒋老五知道这是张晓舟给自己表现的最后机会了，他想了想张晓舟之前说的那些话，联盟对于医院既然是势在必得，而自己现在又未必是王兴的对手，那搅和在里面有什么意义？倒不如按照张晓舟的说法，跳出来另立门户或许还更好。

"我们当然同意！"他站起来大声地说道，"段医生医术精湛，在康华医院内部的口碑也很不错，我相信大家都会支持他的！"

他这么一发话，本来和他一条心的两个心腹当然表态支持，段宏自己当然不会反对，其他两个持中立态度的代表看不清楚形势，也不反对，这下子，八个人里面，六个人都表示了支持。

“那就这么定了。”张晓舟说道。

“这不行！”之前那个王兴的手下急切地说道，“这不算数！”

“你是哪位？”张晓舟的脸沉了下来，“选举结果算不算数，我说了不算，我们大家说了不算，你说了才算？”

“我不是这个意思！”这人急忙说道，“但是，我们的代表本来就不够，这六票根本就不能代表大多数人的意见。”

“按照我们开会的原则，你们可以推选十二名代表，但是最终只选出八名代表，自愿放弃四个名额，然后八名代表中有六名同意、两名反对，赞成票已经超过了三分之二，这有什么问题？”

这个人并不是那种很有急智的人，一下子不知道该怎么说，急得满头大汗。

他当然明白王兴的本意是根本就不愿意看到这个联盟成立，让他们来也只是看看情况，甚至是准备看笑话。

在王兴看来，虽然康华医院因为内乱而暂时出了问题，但在城北，不管是比人力还是比资源，康华医院才是毫无疑问的老大，以安澜大厦和新出来的新洲酒店的实力，加起来也不过两百多人，有什么资格跳出来充大头？

这个联盟要成立，就算不是康华医院出来牵头，也必须先征求康华医院的意见，给足好处。这样不声不响地就直接通知开会，把偌大一个康华医院当成是那些二三十人的小团队来对待？简直是目中无人！

段宏要来，王兴阻止不了，但他却成功地说服了许俊才。蒋老五要来，那显然是狗急跳墙，想拼一把，在王兴看来只是个笑话。作为康华医院新实权派的王兴和老实权派的许俊才都不出现，十二名代表只八个出席，本身就已经表明了一种态度，这个联盟，他们不认！

但他们却想不到，就算是没有王兴和许俊才出席，张晓舟照样把联盟拉了起来，而且现在利用代表人数和规则来强压他们接受既成事实，这怎么行！

“张主席，你要这么说我们也没有办法。”王兴的另外一名心腹眼看不好，拉张晓舟坐了下来，“不过王队长和许队长都没来，我们这些人也确实代表不了康华医院真正的民意。这个结果有效没效，我们也没有资格说，那就等段医生回去之后看大家的意见吧。”

他们都清楚不能把康华医院真正的态度在这里说出来，但也不能接受张晓舟强加给他们的既成事实。反正我们就是不承认，段宏要是有本事，就让他回去做主好了，看他能不能坐稳这个执委。

这样暗带钉子的话让旁边的很多人都听出了其中的深意，正当他们考虑这里面有什么问题的时候，张晓舟却笑了笑，在之前划分区域时画出来的城北简图上用红笔画了一个圈出来。

“大家可能会觉得奇怪，我们现在只分了几块区域，为什么要设多名执委？”

这话把人们的注意力吸引了过来。很多人都注意到，他画的那块区域位于安澜大厦的东侧、康华医院的南侧，面积几乎是联盟现有土地的三分之一，是一片工业区。里面虽然零零星星也有一些类似安澜大厦这样的办公大楼，有为数不少但却彼此分离的绿地，但更多的却是宽大的厂房、仓库和一块块的混凝土地面。那个区域没有人居住，也不太适合人们求生，也正是因为如此，那里成了一块真空地带。

“我们有些区域的人口过于集中了。据我所知，很多地方的绿地里已经找不到什么东西可吃，问题已经很严重。”张晓舟说道，“而这块土地却还空着，没有被利用起来。虽然我们现在没有能力把这里的所有土地都开发利用起来，但那些工厂里的物资有很多是我们急需的，对于我们下一步所要实施的计划非常重要，必须有人去做这个事情，那些办公楼和绿地也能提供至少四百人的生存空间。

“之前康华医院的段执委和蒋队长都和我谈过这个事情，康华医院的人口过于集中，成员之间因为某些原因分歧很大，内部存在很大的问题。之前的赵老板、康队长和樊队长都因为这个而死。蒋队长不愿意看到同样的惨剧再一次上演，来找我说希望能够得到联盟的支持，终结这样的内讧。他愿意带着一部分队员离开康华医院，去开发这片区域，也欢迎其他区域有这个志向的人加入。因为团队还没有正式建立起来，也为了鼓励他的付出和牺牲，我在这里要特别动用一下执委会主席的权力，任命蒋队长为执委。”

人们都愣住了，尤其是王兴派过来的那两个人。

拆分康华医院?!

这怎么行!

其中一个人下意识地站了起来。

“我们就需要这样的精神。”张晓舟却在主席台上继续说道,“我们的时间本来就很紧迫,力量本来就很有限,为什么要用在对付自己人上?像蒋队长这样,尽自己最大的努力去平息纷争,把矛头对准外敌,把力量用在征服这个世界上,才是我们应该秉承的信念。在这里,我也要颁布联盟的第一条禁令,绝对禁止联盟内部的恶性竞争,禁止任何形式的内讧。任何人、任何团队如果违反这一条,都将受到最严厉的惩罚。大家同意吗?”

矛头直接对准了康华医院,但真正反对这个的人却并不在现场。

大部分人对于这样的禁令并没有什么特别的感觉。虽然在这一个多月的时间里,他们很多根深蒂固的观念都已经被彻底改变,但基本的道德准则并没有被摧毁,所谓的大团队与小团队之间的差别并不是很大,绝大多数人都希望能够得到公平的对待,这样的禁令对于他们来说,无疑是对自己基本权利的一种保护。

表决通过。

“那么,今天的会议之后,请各位执委首先熟悉自己辖区内的人员和物资情况,为我们下一步的工作做好准备。”张晓舟说道,“明天中午十二点,我希望除了段医生和蒋队长之外的其他五名执委都能完成这项工作,并且组织起一百人左右的队伍,带到安澜大厦旁的那个路口集合。这是我们今后所有行动的一次预演,让我们帮助段医生和蒋队长,把康华医院从内乱当中解救出来,顺便也把康华医院借给联盟的第一批粮食搬运出来,分配给有需要的团队。”

第18章 杀鸡儆猴

“张队长，你这是什么意思?”王兴的心腹急得跳了起来，甚至连张主席都不叫了。

“我刚才已经说过了。”张晓舟看着他们说道。

“你！你这是……你这是抢劫！这是侵略!”其中一个人大声地叫了起来。

“是吗?”张晓舟却微笑了起来，“你之前所有的话里，只有一句话是对的，康华医院的情况确实特殊。在这样的特殊时期，医院这样的特殊资源不能成为某些人牟利的工具，而是应该为更多人的福祉而贡献力量。你们想把那些本来就不属于你们的东西作为筹码，左右逢源，而不是为人们服务，这本身就是极端自私、极端错误的做法。康华医院掌握在你们这些人手里对所有人来说都是灾难，而我们将在明天纠正这个错误。”

那个人继续大声地叫着，试图从会议室里冲出去。王永军一把抓住他，把他按倒在了地上。

“明天中午十二点，记得让每个人都带上武器。”张晓舟说道。

人们感到悚然，新洲酒店团队的人进来把这两个人带了出去。

“他们俩不会怎么样，”张晓舟对人们说道，“只是委屈他们一个晚上，明天中午就让他们和我们一起到康华医院去，然后，就看他们自己的选择了。还是那句话，我们不会无端剥夺任何人的财产、自由和生命，但我们也不会容许任何人损害联盟的利益。”

人们沉默不语。张晓舟突然变得强势，让很多习惯了他温和一面的人有些不知所措，但在这里的代表几乎都是每个团队的负责人，最起码也是一个骨干，这样的强势让他们对于联盟的未来反而多了一些信心。

“继续我们的会议吧。”张晓舟说道，“时间很紧，今天我们就要把大部分原则性的问题确定下来。大家如果觉得有什么问题没说清楚也不怕，你们可以通过自己所在区域的执委反映问题，也可以在今后联盟的例行会议上提出来。我建议联盟例会每个月举行一次，大家觉得合适吗？”

在把来自康华医院的两名代表赶出去之后，会议秩序突然就变得好了很多，张晓舟的提案几乎都没有经历什么波折和质疑就获得了通过。对于人们来说，重要的是他将会怎么做，将会用什么样的办法帮助人们走出困境，在张晓舟看来很重要的这些原则对于他们来说反倒没有那么重要。新洲酒店团队的后勤人员送来了午餐，人们便一边开会讨论一边吃饭。下午四点不到，张晓舟想要达成的议案和想要通过的原则、想要颁布的禁令便全都表决通过，被记录了下来。

张晓舟提前从安澜大厦借了大量的肉干出来，按照会议代表的人数分成重量均匀的小份，在他们离开的时候一一亲手递给他们。

“多谢。”他对他们说道，“接下来，让我们共渡难关吧。”

执委们则留了下来，有更多的细则要由他们来完成，联盟的主要日常工作也要由他们配合秘书长以及联盟下设的部门来完成。虽然秘书长的人选还没有确定，但张晓舟还是和他们畅谈了自己的设想，并听了他们的想法。

安澜大厦的失败让张晓舟吸取了很多经验和教训，今天的所有一切可以说都是建立在了安澜大厦的经验上，这也让城北幸存者联盟从诞生的第一分钟开始就带着强烈的安澜大厦团队的印记。

但张晓舟并不准备把它变成一个对联盟成员控制力强大、组织严密的存在，他们没有这个精力，也没有这个时间，更没有这么多的物资。张晓舟准备让它变成一个相对松散的部落联盟。他们不会直接去负责每一个成员的吃喝拉撒，也不会直接去管他们的行为。团队依然由现在的领导者来负责管理。

联盟所要做的，只是协调团队与团队之间的关系，组织他们出人、出力、出物，竭尽所能地按照张晓舟的规划去解决问题，并根据他们做出的贡献给予他们相应的回报。当然，如果有人或者是有团队故意违反禁令，联盟也将抓捕违法者，并做出相应的惩罚。

“我的考虑是，让违法者在某个时限内从事最危险的工作。”张晓舟看着执委们说道，“也就是到森林里去完成探索、采集、捕猎这些工作。当然，我们也会从一些团队中抽调人员接受训练后从事同样的工作，区别在于，这些人是有报酬的，而违法者没有。”

“我们将会面临一个空前复杂的报酬支付体系，”钱伟摇了摇头说道，“还有向各个团队借用粮食和物资的记账、计息、偿还……”

“所以我准备让梁宇来做这个事情。”张晓舟说道，“他一手建立起了安澜大厦的工分制度，到目前为止都还算是运行得很正常，我想他也可以做好联盟的事情。”

“你要把他从安澜大厦调出来?”钱伟有些吃惊。王牧林和梁宇之前和张晓舟因为对康华医院不同的应对思路而发生了争执，甚至已经相当不愉快，他没有想到张晓舟会这么打算。

“你舍不得吗?”张晓舟开玩笑地问道。

“只要他自己愿意，我当然不会有什么意见。”钱伟说道，“你不会是想让他……”他想到了还悬而未决的联盟执行委员会秘书长的职务。

“你觉得他会愿意吗?”

“我不知道。”钱伟摇了摇头，“从能力和细心程度来说，他做这个事情没问题，但他的性格……”

张晓舟点了点头：“你和我想的一样，不过你猜错了，我心目中最合适的人选不是他。”

当所有要交代和讨论的事情都说清楚之后，天色已经开始暗下来，张晓舟安排了一队人护送执委们回家。预警体系在这样的光线下已经很难发挥作用，而新洲酒店团队的成员们在经历了之前的考验之后，对于突然遭遇到中型恐龙的情况已经一点儿也不惧怕了。至于遇到暴龙的情况，那也不成问题。联盟成立之后，达成的又一项共识就是在遇到险情的时候，任何团队都应该在保证自身安全的前提下敞开大门接收附近的遇险者，同时打出信号旗通知作为联盟主战力量的新洲酒店团队前来支援。

之前人们不敢这么做是因为彼此之间没有任何信任和约束，害怕遭遇到抢劫和暴力伤害，但现在，所有人都已经在同一个联盟内，并且接受相同禁令的约束，这样的担忧也就减少了。

每个团队几乎都不需要付出什么额外的代价，但这样的举措却可以让人们在联盟的范围内更加安全地活动，可以预见，人们外出工作、外出寻找物资和食物的时间将会大幅延长，遭到袭击的可能性则大大降低，这对于每一个人来说都会是立竿见影的好处。

“小心些！”张晓舟半开玩笑地对他们说道，“你们就是我最大的依仗了。”

“你放心吧！”队员们信心十足地答道。

“走吧，”张晓舟于是对钱伟说道，“陪我去‘三顾茅庐’吧。”

安澜大厦的管理层早已经等在那里。

会议结束，钱伟要留下来开会，而刘玉成和吴建伟早就回来了，也把联盟成立和会议的情况告诉了他们。吴建伟本身很少参与安澜大厦规章制度方面的事情，他的精力主要都在与工程和土木结构有关的事情上，因此没有多大的感觉，但刘玉成却明显地感觉到了张晓舟的变化。

“真是今非昔比了！”他感慨地说道，“康华医院要完了！张晓舟已经下了命令，明天要出动五百人去把他们强行拆分掉！”

王牧林和梁宇惊讶不已。

张晓舟的迂腐是他们最无法接受的事情，在他们看来，很多事情本来可以用简单的办法解决，但张晓舟却往往要过分地考虑人性化的东西，让事情变得复杂化。

这样的东西对于其他人来说关系不大，但对于他们两个负责安澜大厦日常管理事务的人来说，真的是苦不堪言。那天晚上王牧林对张晓舟说出那番话，其实也是一段时间以来心中郁闷之气的爆发。

但他们却没有想到，仅仅是过了一个多礼拜的时间，张晓舟就发生了这么大的变化。

“也许是被你骂醒了？”梁宇隐秘而又低声地说道。

会是这样吗？

王牧林无法确认，但不管对于什么人来说，这都是一件好事。

张晓舟跳出安澜大厦这个地方的时候，他们俩抱的是看笑话、等他碰壁之后回来的态度。而在面对康华医院咄咄逼人的要挟时，两人都出现过动摇，但他们并不觉得这有什么错。

张晓舟的成功在他们看来有很多时候都只是侥幸，换个地点，换个时间，也许就是一场惨败。一个团队或许可以凭借一两次侥幸的胜利获得生存的空间，却不可能一直凭借侥幸发展下去。

安澜大厦团队的先天不足决定了它没有壮大的可能，在这个前提下，王牧林和梁宇并不认为自己的选择有什么错误。幸存者们一直这样各自为政下去，唯一的结果只会是走上绝路，这样的局面张晓舟能够看出来，他们俩当然也能看出来。唯一不同的是，他们相信凭借自己的智慧、能力和在安澜大厦的地位，在安澜大厦团队被强大的团队吞并后，他们也可以获得不错的待遇，至于其他人的命运，他们认为自己没有办法，也没有责任去考虑。而对于张晓舟来说，他绝不容许何家营或者是康华医院那样的团队主宰这座城市的命运。

但这样的分歧现在已经没有了意义，王牧林和梁宇都没有想到，张晓舟能够仅仅是借助安澜大厦的一点帮助就重新拉起一支队伍，更没有想到他会有那样的胆识，从内部瓦解了他们。与此相比，他现在拉着城北的幸存者成立联盟固然也是一件让人想不到的事情，但反倒没有那么惊人了。

也许城北真的能够自成气候？

两人不得不这样想道。

如果张晓舟真的能够像他所设想的那样，把城北的这些人力物力统合起来，一步步地做到他在成立联盟时对所有人说的那些，那事情真的大有可为。

作为远山三足鼎立之一团队的管理层和作为一个被吞并的小团队的管理层，孰重孰轻，他们当然能够很简单地进行判断。一旦联盟真的成立起来，再加上张晓舟心态的突然变化，他们对于城北的格局也就有了信心。

人对团队的信念，有时候就是这么一回事。

“秘书长的职务没人干，我看张晓舟的意思，说不定就是你们俩其中之一了。”刘玉成继续说道。

王牧林和梁宇都心动了起来。

说起来，别人或许觉得这样的事情琐碎麻烦，但对于他们俩来说，却是早已经习惯了的事情。

两人在来的世界就都是长期从事这种日常而又琐碎工作的人。

王牧林之前是一家有着将近八十名员工的4S店的副经理，对于他来说，协调各个部门之间的关系，平息争执，合理分配资源，应对那些挑剔而又麻烦的客户就是家常便饭。整个联盟说起来有四千多人，但他并不需要面对每一个人，需要面对的只是七个执委和将近一百六十个团队负责人，经常要面对的也许不会超过五十人。按照刘玉成的转述，秘书长下面还会有更多的部门设置，那对于他来说，就更没有什么问题了。

而梁宇以前则是一家大型工程施工企业的人力资源部主任。在他看来，现在联盟所采取的模式，恰恰和他之前所在的那家公司的架构极为相似，无非就是总公司与各个项目部、各个外协施工单位之间的关系。他所供职的那家公司只有不过两百名正式员工，而且还有大量人员从事与工程施工没有直接关系的工作，但一般来说，公司同时开工的项目在二十个以上，其中少说也有三四个是需要同时动用三四百名劳动力的大型工程项目，最繁忙的时候，公司同时开工将近四十个项目，高峰期总用工人数超过了九千人。

这是怎么做到的？其实一点儿也不复杂，不过是层层传递、层层分包而已。一个项目部里，项目经理、技术员、物资材料员通常会是他们的正式员工，而其他的统统都是外聘人员或者是外协施工单位派来帮忙的人。某些非重点项目和小项目，他们甚至仅仅是出一个项目经理，其他工作全部交给外协施工单位完成。

长年跟着他们公司干活的外协施工单位有将近五十家，如果算上项目经理们经常临时叫来帮忙的没有资质的只能出劳动力的那些小队伍，那这个数字至少还得翻两番。

联盟这点人听起来很多，但细细地算下来，男丁不过一千五六百人，放在以前那个世界真的不算什么，一个大一点的小区就有这么多人了。每个团队无非就是一个小施工队，一个大一些的团队可以看成是一个有资质的外协施工单位，七名执委算是项目经理，这样算下来，只要建立起一个不太弱的班子，联盟的管理其实一点也不复杂，具体工作交给项目经理，他只要负责建立规章制度，严格进行奖惩考核，保证它的顺畅运行就可以。因为没有了很多额外的管理工作，也没有了审计、工商、税务和上级主管单位的审查，繁琐程度甚至远远比不上他以前公司的正常业务。繁琐一点的，无非就是大量的施工计划、用人计划、物资采购和使用计划、工程款拨付、分配奖金并且提取总公司的管理费，其中有些东西对于他来说是老生常谈，而其他的东西他虽然没有真正经过手，但公司的各种会议人资部都要参加，对于他来说，都是驾轻就熟的东西，上手并没有太大的问题。

两人表面上没有什么变化，但却暗自较起劲来。在等待张晓舟到来的过程中，两人都已经考虑了很多东西，只等张晓舟过来之后与他交流。

这样的情况让张晓舟和钱伟都愣了一下，钱伟随即笑了起来："看样子，大家都没有什么芥蒂了。那就好！张晓舟，看来不是你三顾茅庐，而是姜太公等着你上钩了。"

大家都笑了起来，不过这种程度的玩笑无论是对王牧林还是梁宇都只是毛毛雨，甚至不会让他们感觉到尴尬。

张晓舟看着王牧林和梁宇热切的眼神，心中叹息，然后说道："梁宇，我们俩先单独谈谈吧。"

这样的情况如果放在以前真不算什么，但现在，还是让梁宇小小地兴奋了一下，他对着其他人故作镇静地点点头，然后跟在张晓舟身后进了他的房间。

王牧林感到非常失望，但钱伟却拍了拍他的肩膀："别急。"

这样的话让王牧林又有了希望。对啊，梁宇的长处很明显，但他的缺点也同样刺眼。与人相处是他最大的弱项，也许是办公室待得太久，他对别人总有一种居高临下、盛气凌人的态度。即使是在安澜大厦这样一个小地方，他冷冰冰地严格执行规定，决不徇私的做法也为他带来了不少负面评价，得罪了不少人。如果让他去管理和协调整个联盟的关系，那必定是一场灾难。

几个人于是找来小板凳，坐在门外的走廊上闲聊起来。

"没有了你们，安澜大厦这块我可要头疼了。"钱伟说道。

这样的说法让王牧林越发变得淡定了起来，他于是笑着说道："哪有那么夸张？规则现在运行得已经不错了，日常性的事务孙然、江晓华他们几个都做得不错，不会有什么问题。要是有什么大问题，难道张晓舟和我们会看着不管？倒是你现在要管的已经不仅仅是安澜大厦的这些人，还包括新洲酒店、对面那个小区和北面那几幢房子，想好怎么管了吗？"

“就是头疼啊。”钱伟说道。作为一个技术工人，他管理安澜大厦这一百五十人都已经很头疼了，现在一下子增加了两倍的人，真是头疼得要命。

“你有安澜大厦打底，还有张晓舟和新洲酒店的人给你撑腰，这要是还头疼，那别人就没法管了。”老常摇着头说道。

正说话间，房门打开，梁宇走了出来。

他的表情有些奇怪，既算不上兴奋，也说不上有多失望，秘书长的位置应该是没有到手，但却依然得到了张晓舟的重用。尤其是他看王牧林的目光，似笑非笑，越发显得古怪。

王牧林下意识地站了起来，等待张晓舟的召唤。

“老常，”从张晓舟口中吐出的名字却让所有人都大吃一惊，“我们俩谈谈吧？”

老常？

在听到张晓舟口中叫的是这个名字的时候，王牧林的精神竟然恍惚了一下。

听错了，还是他叫错了？

就连老常自己也觉得很奇怪，但张晓舟对着他点点头，于是他便有些困惑地进了房间。

“这……大概是想让老常负责治安之类的事情吧？”刘玉成迟疑了一下之后说道。

这样的解释合情合理，但梁宇马上就残忍地说道：“不是，张晓舟有意让老常来担任联盟执委会的秘书长。”

这怎么可能？

王牧林差一点就叫了出来。

场面变得很尴尬，对于钱伟来说尤其如此。

张晓舟之前的确表明了不会让梁宇来担任秘书长，也没有说过就是王牧林，但他们两人在安澜大厦的内政管理系统中向来都是干将，在张晓舟离开之后，钱伟事实上已经只是名义上的队长，日常管理中大多数的事务其实都是由他们俩来完成。于是在钱伟的想法里，既然不是梁宇，那唯一的人选肯定就是王牧林了。

谁能想到，张晓舟最后却选择了老常？

走廊上一下子安静了下来。

黑暗中，大家看不清楚王牧林脸上的表情，但可想而知，肯定不会好看。

钱伟斟酌了半天，却不知道应该怎么说，最后只能干笑了一下，道："是我会错意，胡乱猜测……"

王牧林摇了摇头，勉强笑道："哈哈，这样也好，本来我也……"

但他自己到后面都说不下去了，之前闲聊时的种种表现和言辞现在都变成了一种巨大的讽刺和侮辱，他心里像是有一股火在烧着，憋闷得令人无法忍受，甚至想要找个人打一架来把它宣泄出来。片刻之后，他低声地说道："昨天晚上睡得太晚，白天事情又太多，有点支撑不住了。大家慢慢聊，我先睡觉去了。"

"王牧林！王牧林！"钱伟自觉正是因为自己的那些话才让他期望值变得过高，以至于一下子承受不了这样的落差，心里很是愧疚。但王牧林却没有理他，摇摇晃晃像是喝醉了酒一样地沿着走廊离开了。

"怎么会?"刘玉成和吴建伟都压低了声音惊奇地问梁宇。

梁宇干笑了一声，之前心里的那一点不爽在王牧林的失落面前也烟消云散了。至少张晓舟还是承认了自己的能力，把联盟目前唯一一个直属部门交给他来全权组建，并给予了他很大的信任和权限。而王牧林显然暂时只能继续在安澜大厦待着。在两个人之间隐蔽的竞争当中，他已经率先跨出了一大步。

"我一开始也觉得奇怪，但后来想想，老常的确是最适合的人选。"梁宇说道，"你们不要忽略了他的身份。"

钱伟很快就明白了过来。

说起来，他们最初那个小小的团队里，真正的负责人从来都不是他，更不是后来才加入的张晓舟，而是老常。

在遭遇突变之后，老常带着李洪、张孝泉、刘雪梅等人从隔壁的派出所里逃过来，组成了他们最初的那个队伍。他的身份天然就是面对这种危局时人们依仗的对象，理所当然地，他也就成了队伍的负责人。

按照常理，他应该会在团队的发展过程中发挥重要的作用，但他却偏偏在不久之后被人捅伤，如果不是张晓舟在极端简陋的条件下成功地替他进行了外科手术，他早就已经死了。

此后很长一段时间他都是团队的负累，直到杨勇组织去找粮食的队伍出事，张晓舟决定按照梁宇的建议对安澜大厦进行改造的时候，他才成为管理团队的一员，出任安全保卫部的部长。但事实上，他也只是在精神好的时候出出主意，没有做多少具体的工作，更多的时候依然是在养伤，越发变得默默无闻。

在安澜大厦的所有会议中，他都很少说话，很少表态，多半只是对张晓舟和钱伟表示支持。唯一可以说得上的事情，大概只有和张晓舟一起去康华医院，放了两把火，分散了康华医院众人的注意力，成功地掩护张晓舟逃出来。但因为张晓舟在这个事情里的表现太过突出，他所起到的作用几乎没有被人注意到。

但他能做的事情绝不应该只有这些。

别的不说，作为从弘昌路派出所建立就一直在这里任职，干过片警、治安警、经侦警，最后才因为年龄限制晋升无望而转做户籍工作的老警察，见证了这片区域从一开始的农田变为今天的开发区，他对这个地方的熟悉程度无人能比。而这么多年警察工作干下来，虽然到老也一直没有能够升上去，但他的经验，他的调解协调能力，配合他警察的身份，对于那些对安澜大厦并不熟悉，甚至还带有一些怀疑的团队来说，无疑比王牧林这个卖车修车的副经理好用得多。

或许执行委员会那些繁琐而又错综复杂的事情并不是他擅长的，但张晓舟既然已经用了梁宇，那这个短板就已经补了起来，更何况，派出所里那些日常工作同样琐碎而又繁杂，他能够十几年如一日地做下来，那类似的工作他未必就做不好。

老常和梁宇一老一壮相互补充，效果也许比王牧林和梁宇这样的组合要更好一些。

“你就对我这么有信心?”老常苦笑着问道。

“我只担心你的身体恢复情况。”张晓舟说道，“你觉得安澜大厦有什么人可以用，就提出来，我去找钱伟说。如果没有合适的，咱们慢慢在日常接触中从其他团队里找也没问题，只要你提要求，我一定尽可能满足你。那些繁琐的日常性的工作、书面工作、得罪人的事情都由梁宇负责，你只要把把关就行。但与不同身份、不同阶层、不同需求的人接触，说服他们，调解人们之间的关系，这些事情别人做不好，只能请你来。老常，我知道以你的身体情况，让你来做这个有点勉为其难，但现在这个时候，我真的很需要你来帮我做这根定海神针。”

老常缓缓地摇着头：“我这把老骨头也是你救回来的，那还有什么可说的？我的身体你不用担心，火都放得了，还有什么不能干的？大事我做不了，但你既然相信我，决定用我，那这块事情你就不用操心了，再难，我也会想办法帮你理得服服帖帖的。你就专心去做那些重要的事情吧！”

高辉回头看着那庞大的队伍，心里突然有些惘然。

五百人听起来不是个什么大数字，在他以前看的那些小说里面简直不值一提，只能当成是村与村之间的械斗。但当他真的置身于这么多人中间，而且所有人都手持武器排成队列时，真的很让人感到震撼。

什么一万精兵瞬间从埋伏的地方杀出来把敌人团团围住，什么一声令下十万铁骑同时启动冲向敌方的方阵，全他妈是胡扯！

仅仅是五百人的队伍排成四列走在街头就已经是黑压压的一大片，让人感觉到巨大的压迫感，一万人是什么概念？他们现在走在队伍前列，如果突然有个什么事情要通知队尾，从张晓舟下令，到派人跑过去传话，再到对方做出反应，怎么也要两三分钟才能做到。

什么样的精兵能够无视距离和时间，做出违背客观规律的行动来？

张晓舟当然不知道高辉脑子里乱七八糟地在想些什么，他很认真地对高辉说道：“你可别随口乱说，我们这是应康华医院领导层和有识之士的要求，帮助他们解决内部纷争。”

自古以来的人做事都讲究师出有名，虽然归根结底还是靠实力说话，但一件事情如果严重违反人们心中根深蒂固的道德观念，那在做之前，气势上首先就弱了一层，精气神肯定也要大打折扣，效果也就难以保证了。

而且康华医院在城北的确是一个特例，它现在分裂内讧的状态对于城北的所有人，包括康华医院内部的人们来说都很不好，不妥善地解决，它就永远是联盟内部的一根刺，甚至有可能变成一剂毒药。如果有什么人在内斗失败的时候，绝望中再给医技楼放上一把火，甚至是把段宏他们几个比大熊猫还要金贵的医生拖去陪葬，那对于整个远山都是沉重的一击。

而另外一个方面，段宏和蒋老五透露出来的所有关于康华医院现状的信息都反映了一个基本事实，那就是康华医院的人们并不认同自己是城北的一员。虽然他们之前在赵康和康祖业等人的统治下，生活未必有多好，他们也未必有多么拥护这些人的统治，但在这些人死后，他们在内斗的同时，却更看不起城北这些零零落落的小团队。可以预见，只要康华医院还是一个整体，这种毫无理由的优越感就将一直存在，让他们变成游离于联盟外的一个超然势力。

如果放任他们这样下去，联盟的权威和命令将难以推行，甚至有可能会影响和干扰到其他团队，最终让联盟成为一个笑话。

权威的树立往往需要通过打倒一个看上去强大的目标来实现，而在城北，还有什么目标比内乱中的康华医院更好？

正是因为这样的原因，张晓舟才不得不出此下策，以强制手段拆分他们来保证医疗资源能够得到最好的维护和最高效的使用。但这并不意味着，他准备经常对联盟内的成员们使用这样的办法，更不意味着，他会容许联盟内的人在面对困难时首先考虑用这样的手段来解决问题。

人与人之间的斗争永远都应该有一个限度，应该尽最大的可能避免。张晓舟的观点从来到这个世界的第一天起就没有改变过，他们的敌人应该是恐龙，是威胁到他们生存的自然环境，是这个世界本身，而不是与他们流着相同血液的人。

他一边走一边回头看了看新洲酒店楼顶的旗帜，那面专门用来标示暴龙行踪的旗帜没有什么变化，这也代表着，它还停留在原地没有移动。对于他们今天的行动来说，这是最好的消息了。

队伍在距离康华医院将近两百米的地方停下了。为了保证行动的隐秘性和成功率，他们特意选择了一条避开康华医院哨兵视线的路线。有蒋老五这个熟悉康华医院防御体系的人在，行动从一开始就可以说已经成功了一大半。

“交给你们了！”张晓舟对蒋老五等人说道。

他们负责在不惊动康华医院整体的情况下打开这个入口，让后面的队伍进去，但今天真正负责具体行动的，其实是新洲酒店的队伍。

包括刚刚通过考验的预备队员在内，所有人员今天全副武装。张晓舟并不希望事情发展成为惨烈的大规模冲突，今天他带来的那些临时征调来的人也不会有这样做的勇气。大部分行动都要由新洲酒店的队伍来完成，那五百人的庞大队伍，与其说是来作战，倒不如说是像张晓舟昨天安排的那样，只是来进行一次拉练、一次预演，让他们熟悉联盟这种从各个团队抽调人员完成某个既定任务的行动模式。

蒋老五带着他的两个心腹和段宏一起走向康华医院南侧的一个入口，站在那里的守卫惊讶地叫道："蒋大哥？你们怎么从这里回来了？"

"绕了点路。"蒋老五一边往里走一边随口答道，"昨天我走了之后，王兴他们那些家伙又干了什么？"

他选择这个点正是因为这里的守卫中绝大多数都是倾向于他的人。

"这个……"这个守卫看了看队伍中倾向王兴一派的那个人，低声地说道，"昨晚蒋大哥你们没有回来，他们都说联盟的事情应该是谈崩了，安澜大厦的那些人把你们都扣押起来了。"

"乱讲！"蒋老五大声地说道。这时候他已经进入了通道，并且爬到了挡住通道的卡车车厢上。

"蒋队长……"那个属于王兴派系的人感觉到了有什么不对，但蒋老五和他的两个心腹突然发难，捂住他的嘴狠狠地给了他肚子上一拳，一下把他放倒了。

"蒋大哥?!"其他人一下子愣住了。

"给我找条绳子！再找块布！"蒋老五紧张得满头大汗地说道，"王兴那帮人都不是什么好人，想方设法地排挤我和段医生，还暗地里和城南的人联系，想拿康华医院的东西换好处！你们以为他是真心想给大家谋个未来？根本就不是！他们只想稳住大家，抓紧时间为自己争取更大的好处！"

蒋老五昨天想了整整一个晚上，觉得自己如果没有个说法，很难让康华医院的人心服，更不要说带一批人跟自己走，毕竟，王兴给出的是不劳而获的希望，而跟张晓舟走却是把好端端的康华医院拆分，要付出实实在在的努力，要流血流汗。

不往王兴身上抹黑，不把水搅浑，他将成为人们眼里的叛徒，根本就不可能拉得起队伍。他把自己的想法和张晓舟说了，张晓舟表示，这个事情就当我不知道，你可以做，但我不会替你背书，更不会正式承认有这么件事情，不过我们也不会否认。

对于蒋老五来说，这就已经足够了，只要能蒙混一部分人，把队伍拉出来，后面慢慢再想办法笼络就行了。

"这是真的？"人们惊疑不定地问道。

"当然！我还会骗你们吗？"蒋老五很笃定地答道，"你们也不想想，王兴以前跟着赵康那家伙欺压我们乡下人有多狠！你们真相信他有了好处会分给我们？这次他派去开会的那两个人，说是参加联盟的事情，其实是找机会想到南边去，结果被我们抓住了。昨天我们一晚上没回来，就是在审他们！”

他们在这边动手的时候，张晓舟已经带着新洲酒店的人跑了过来。一名守卫紧张了起来，他刚刚想喊，蒋老五在他后脑勺上敲了一下：“你傻呀，那是来帮忙收拾王兴他们那群骗子的人！快点帮忙把路障拉开！”

就缓了这么一下，张晓舟等人已经到了面前。这些守卫之前在救火的那次就已经感受到了这支队伍的不同之处，而现在，这支队伍给他们的感觉就更加彪悍了。他们再也没有半点阻止的意思，老老实实地站到了一边。

“王兴那帮人应该在医技楼！”蒋老五亢奋地说道，“许俊才和他的人应该在后面那两幢宿舍里，我的人也在那里！”

“你留下带路。”张晓舟马上下令，“等大部队过来，你让钱伟带一半人到医技楼支援我，另外一半跟你去威慑许俊才，把你的人拉出来。”

“好！”蒋老五说道。

张晓舟带着段宏和新洲酒店的队伍匆匆忙忙地往医技楼赶。路上有不少人看到了他们，但在他们意识到发生了什么事情之前，他们已经像一阵风那样冲了过去。而那些分散在康华医院周边大楼上的守卫虽然看到了他们，也开始示警，短时间内却不可能集中到一起，对他们构成威胁。

只用了不到两分钟，他们就已经到了医技楼大门外。缺乏锻炼的段宏气喘吁吁，而张晓舟和队员们则刚好进行了热身。

“你们想干什么？”二十来个守卫挡在了他们的面前。警报虽然响起，但却无法表达太具体的信息，有敌人入侵？那是恐龙还是人？有多少？在什么地方？

好几个看到张晓舟他们入侵的哨位都发出了警报，这反倒让王兴和许俊才等人无所适从，到底是什么地方出事了？怎么到处都在发警报？

“是我！”段宏急忙站出来大声地说道，“有紧急情况！我们要进去保护设备！”

他在康华医院这个地方没什么威信，但多多少少也算是一个知名人物，因为他的身份和医术，不管什么人上台唱戏，最终肯定都要对他客客气气，这多多少少给了他一些权威。他突然出面，守卫们一下子迟疑了。就是这么一分神，王永军等人脚下不停，已经冲到他们面前，随手就把他们的武器给解除了。

有心算无心是一个方面，但更重要的是，新洲酒店团队最近一段时间以来高强度的训练和大量的营养补充让他们的体能远远胜过这些仅仅是半饥半饱而且一直缺乏训练的守卫。即使是真的正面打，见过血也杀过恐龙的他们，也绝不是这些人能够抵挡的。

一行人脚下始终不停，不时有人听到声音从房间里出来，但这些零零散散的人手根本没有阻挠他们行动的可能。几分钟之后，他们就把王兴等人堵在了房间里，顺便把最近跳出来争权的几个小头目也一起控制起来。

“你们想干什么？！”面对着明晃晃的矛尖，知道大势已去，但王兴还是色厉内荏地问道。

“就算你们能杀掉我们，康华医院这么多人你们杀得光吗？”他大声地叫道。

情况比预想中还要好，这让张晓舟心情不错，他没有心情向王兴这个已经失败的人解释什么，而是站到窗口看外面的情况。

一些守卫和分住在周围楼房里的人这时候已经三三两两地聚集到了医技楼周围，大概有四五十人，他们在一些看上去是小头目的人的带领下聚集在了一起，但却明显犹豫不决，不知道应该做什么。而这个时候，惊叫声和人们的叫喊声从南边传了过来，这些人马上就四散着逃开了。

钱伟带着大部队过来了！

大局已定！

康华医院本身也不过有两百多精壮，所有男丁加起来也许有四百人，但他们分散在一个相对比较大的区域内，被分隔开来，没有统属，各自为政。而联盟的五百人却全都是精壮，集中在一起，以百人、十人为单位分别由执委和团队负责人指挥，双方一对比，高下立判。

许俊才等人也被堵在了住的地方，他本身就不是什么很有魄力的人，面对这样的局面更是彻底没了主张。蒋老五趁机在人群里散布关于王兴等人的谣言，康华医院的人于是更加犹豫，干脆带着家人躲在了各自的房间里，听天由命了。

蒋老五的声音很大，隐隐约约地飘到医技楼这边，让王兴的脸一下红一下紫，变得很难看。

“卑鄙！这是赤裸裸的栽赃陷害！”他终于忍不住叫道，“你们太卑鄙了！”

“这是蒋老五的事情，和我们无关。”张晓舟终于第一次回应了他，“但这些事情你真的不会做、从来都没有考虑过吗？”

王兴等人被控制在房间里，张晓舟直接推开窗户，大声地让钱伟安排一百人进医技楼，跟随段宏清点物资，为后面的事情做准备。大概过了半个小时，蒋老五终于赶了过来。

“张队长……不，张主席，现在……”

“你那边的情况怎么样？有多少人愿意跟你走？”张晓舟知道他必定危言耸听，说了不少不着边际的话，但现在拆分康华医院才是最重要的，那些事情可以等到以后再慢慢来处理。要是蒋老五带着队伍到了新的地方能够服众，那这些问题就都不是问题。

“只有四五十人，算上家属，大概九十多。”蒋老五的脸色有点难看。

情况比他想象的还要糟糕，前有王兴的蛊惑，到陌生的地方去从头开始又面临着未知的风险，真正愿意跟他走的人还是比想象中要少得多。尤其是那些拖家带口的人，虽然大多数都没什么反抗的想法，但他们不相信蒋老五说的话，不信好端端的联盟会把他们强行从这里赶出去。虽然他好说歹说，但还是只有这么一点人愿意跟他走。

“九十多？”张晓舟微微地叹了一口气，“许俊才呢？让他来见我。”

“我刚才叫他了，他死活不肯来。”

这种鸵鸟心态让张晓舟无法理解，现在整个康华医院都被他们控制，如果自己真的想对他们这些人不利，难道躲在房子里就能保证安全？

“你告诉他，想活命就老实过来，不然我就让人过去解决他。”张晓舟说道，“除了他之外，你们那一派的人还有什么有头有脸的？一并叫过来。”

十几分钟后，乡村派的几个头面人物都到了。大家都有些恐惧，不知道张晓舟叫他们来想干什么，大家多多少少都是要脸的人，也都是现代社会里成长起来的，总算没出现一进门就跪下的情况。

白天的时间有限，这里的事情如果不能尽快处理好，到了晚上就会很麻烦，张晓舟决定快刀斩乱麻。“许队长。”他对许俊才说道。

“啊？是！是！”许俊才胆战心惊地答应道。他目睹过张晓舟杀死康祖业的一幕，对于新洲酒店和安澜大厦后来赶来救火的那些人也有着深刻的印象。在他的认知里，张晓舟把康华医院搅成现在这个样子，绝对不可能撒手不管，肯定会有后招。以康华医院内乱的状况，根本就不可能有反抗的力量。这也是他没有在赵康和康祖业死后大肆扩充力量，让王兴、蒋老五这些人得以跳出来的最主要的原因。没有参加联盟成立会议，与其说是反对，倒不如说是本能地害怕一切改变，只想躲在自己的一亩三分地里。

但今天，他所惧怕的事情终于还是来了。

“今天以内你们乡村派就要全部搬到南边去，一个也不能留。”张晓舟说道。这也是唯一的选择。乡村派和城市派的矛盾在被康祖业激发之后就愈演愈烈，短时间内根本就平息不了，但段宏等医生和护士肯定要留下，那么，就只能牺牲乡村派了。

“你能动员多少人跟你一起走？”张晓舟直接问许俊才。

“这？”许俊才一下子愣神了。

“你们几个也是一样。”张晓舟说道，“现在十点钟，我不管你们几个想什么办法，说什么、做什么，两点钟以前一定要把所有乡村派的人从这里带出去！不肯走的，五点钟之后我们就直接轰他们到街上去，让他们自生自灭！蒋队长，你的人现在就可以带过来排队领物资和粮食，一会儿我让新洲酒店的队伍替你们开道，护送你们安全地到目的地去，你们看哪幢房子条件好就先占哪幢，其他的留给后来的人。但你以后是这个区域的执委，我希望你选择的房子能够在一个比较中心的位置，方便以后你管理其他人。还有，一旦进驻之后，第一件事情就是安排岗哨，把示警旗立起来！”

“是！是！”蒋老五喜出望外，张晓舟这是以联盟的力量敲打其他人，同时给他撑腰了，“我这就去！张主席你放心，我一定办得妥妥当当的！”

有张晓舟这几句话在，他说不定还能多拉几个人。

剩下的那几个人面面相觑，他们不像蒋老五那样经历了昨天的联盟成立会议和今天的事情，还有点搞不清楚情况。

“现在拉到的人，以后就是你们的下属。”张晓舟说道，“你们要是有本事拉走一百人，那你以后就管一百人，不比在这里瞎起哄的好？”

“张……主席，你说的是真的？”其中一个人问道，“那个……我拉到的人，联盟以后就保证这些人归我管了？”

“当然!”张晓舟答道,“除非你自己没本事被自己人赶下台,不然的话,联盟内的任何团队都禁止相互攻击,禁止进行恶性竞争。”

“只能拉乡村派的人?”另外一个人问道。

“要是你有把握不发生矛盾,以后能和平相处,那都没问题。”

其中一个人马上就往门外跑去,其他几个人也跟着跑了出去。

许俊才迟疑了一下,同样跑了出去。眼看是没有办法赖在康华医院不走了,那能当个小团队的头头,再怎么也比孤家寡人强吧? 这种时候,手快有手慢无,要是用得上的人被拉走了,那就完蛋了。

“高辉你下去找孟哥要二十个人,去监督他们。说服可以,哪怕是欺骗利诱都可以,但不能威胁,相互之间也不准恶性竞争,不准因为抢同一个人而发生冲突!”

高辉答应一声去了,王兴和城市派的那几个人就在旁边看着,心情颇为复杂。

“你们有什么想法?”张晓舟问道。

“乡村派被你赶出去了,城市派你也要赶?”王兴惊讶地问道。

“这里情况太复杂,要置换一下。”张晓舟坦率地说道,“这里以后将成为联盟的总部,大概会安置三百人左右在这个区域居住。医生、护士和以前医院的工作人员可以留下,我已经让段宏找他们谈话了。其他人都得离开,和其他团队调换位置。你们要是愿意出力,那我给的承诺也是一样,拉走的人以后就是你的人。如果不愿意,我们马上要派人开发森林里的资源,你们将会成为第一批探索者。”

他说这些话的时候很平静,但听在这些人耳朵里面却满是杀机,他们马上就叫了起来,说是愿意去动员下面的人搬家。

张晓舟点点头让他们去了。经过蒋老五他们那些人一搅,康华医院的人心已经散了,心气也灭了,放他们出去也不可能弄出什么事情来。

“严烨,你也下去找孟哥要二十个人,盯着他们。另外,现在估计已没有人还在放哨了,让孟哥安排几个人到四周去,主要是看恐龙的情况,别让它们趁乱进来制造麻烦。”

“知道了!”严烨答应了一声,快步走了出去。

他这几天的心情大起大落,那天和何家营对峙的时候,他真的很怕被那些人看到,更怕何春华嘴里突然说出“张队长麻烦你帮我们抓几个逃犯”这样的话来。

王哲现在算是主管新洲酒店内部事务的大管家，他也算是张晓舟身边的传令兵和副官的角色，但他真的不知道，如果把他们的命和整个城北的安危放在一起，张晓舟会怎么选择。

要把真实情况说出来吗？

他和王哲商量了几次，但一直拿不定主意。

王兴本想跟着那些人出去，但张晓舟却挡住了他，这让他心里一凛，这还是要对他赶尽杀绝？

“我听说你以前开了一家健身中心？”张晓舟问道。

“我只是店长，帮别人打工的。”王兴答道，他有些摸不清楚张晓舟的意思。

“做过教练？”

王兴点了点头。

“有些健身中心好像有拳击或者是搏击操的训练，你懂吗？”张晓舟问道。

“知道一点儿。”王兴终于稍稍明白一点儿了，“我以前学过跆拳道，黑带三段。”

张晓舟不知道“黑带三段”是个什么水平，也不知道跆拳道在实战当中的真实威力有多大，但现在这个时候，不管是什么，有总比没有强，是菜就得夹到碗里。

康华医院已经打散，大势已去，只要王兴这个人不过于偏执，不钻牛角尖，应该不会还有不切实际的想法。在这个时候，加入联盟显然比一心一意报复或者是搞破坏更有前途。

“你应该知道，联盟成立之后，肯定需要一支能打的队伍。”张晓舟说道，“我现在有三十个人，但这个数量太少了，至少要扩充到五十人。以后粮食供给情况如果有好转，每个成年男子肯定也要定期进行军事训练。我现在勉强算是有一位枪术教练，老常也稍稍懂一点军事方面的东西。但体能和个人搏击这块，现在都是自己摸索着瞎来，效果不太好。难得你懂这些东西，你愿意来做教练吗？”

王兴沉吟了一下，随后点了点头。

康华医院正在被强行拆分，对于他来说，最好的结果也就是拉一支队伍另立山头，如果得罪了张晓舟，又有蒋老五之类的人在旁边使坏，说不定就把他弄去森林里当第一批炮灰了。

张晓舟开了口，那成为联盟武装力量的教练，对他来说当然是更好，也是唯一的选择。

“希望我们能够合作愉快!”张晓舟和他握了握手,然后准备把身边的队员介绍给他认识。

这样的情况让王兴觉得有些尴尬,于是他对张晓舟说道:“张主席,我在康华医院也算是说得上话的人,让我下去帮忙吧。”

“好!”张晓舟说道,“那就拜托了。”

事情的顺利程度远远超出所有人的意料,虽然有蒋老五和段宏这两个内应在,但人们之前多多少少都已经做好了战斗而且流血的准备。

康华医院毕竟是一个有着六百多人的大团队,而且他们此行的目的是要剥夺他们的权利。之前的担忧中,人们最关注的时段甚至不是冲进康华医院时受阻,而是在强令拆分团队的时候遇到人们绝望中的暴动。

但这一切偏偏都没有发生。

不得不说,他们高估了人们反抗的能力。

在承平日久的年代成长起来的人们,身体里早就已经失去了血性,失去了反抗的意识。虽然康华医院之前在赵康等人的逼迫和影响下曾经对无辜的人举起过棍棒,但骨子里,被困于这一隅之地的他们,对这个世界的适应远远比不上外面的人。另一方面,安澜大厦和新洲酒店之前的那次救火也起到了一定的作用,让他们心里多多少少知道,这些人多半不会将他们逼上绝路。

从安全的康华医院搬出去当然是令他们痛苦并且是难以接受的命令,但面对五百名手持长矛的精壮汉子,面对那如林的矛尖,被分割开而无法联合更没有办法组织起来的康华医院的成员们最终选择了接受。

说到底,康华医院这个由赵康临时拼凑起来的团队本身也缺乏凝聚力和团队意识,他们当中有一些小团体,比如段宏周围的医务人员群体、许俊才周围的保安群体、原先在康祖业周围的施工队群体,相互之间的确比较有认同感,也抱团取暖,但各个群体之间身份、价值观和生活习惯等之间的差异让他们在作为一个整体时格格不入,并且在康祖业的刻意推动下形成了严重的对立。

他们在确保安全的前提下也许还可以为了共同的利益而勉强站在一起,拿起武器保护自己的权益不受损害,但在面临灭顶之灾的时候,却没有人想要为了这个团队而殉葬。

即便是那些大大小小的头目也是如此。

能够保住康华医院的基业当然好，但如果没了，那也没有办法。反正这东西也不是他一个人的，别人都没拼，自己为什么要拼呢？

这些头目反而成了拆散康华医院最有力的工具，在蒋老五的示范作用下，他们很快就众口一词地引发了群众的恐惧，让他们不再眷恋这本就不属于他们的家园，开始以一个个小头目为中心，拖家带口地聚集了起来。

蒋老五最终收拢了将近七十名男丁，加上家属差不多有一百二十人，第二大的团队则是许俊才，他收拢了差不多九十人，而其他人也聚集了三四十人的规模。除去将近四十名由段宏挑选出来对于医院有所帮助的人员之外，整个康华医院被瓜分一空。

张晓舟让康华医院原本的炊事员们抓紧时间做饭，另外一边则加紧把食物和开辟新基地所需要的工具、武器等整理出来。一队人吃完饭之后，就由头目带领去领取物资，然后跟随新洲酒店团队的队员们向南进发。站在医技楼的楼顶上看着远处一幢幢房子的顶上终于一一竖起了代表安全，也承载了希望的绿色警示旗，张晓舟的心也终于安定了下来。

老常和梁宇带着一群人，跟着返回的新洲酒店队员们来到了这个地方。

梁宇并没有多大感觉，但老常看着医技楼至今还是一片废墟，已经被彻底搬空的东侧副楼，看着那幢因为没有余力救火而彻底被烧掉的宿舍楼，颇有些唏嘘。

“今后这里就是你们的地盘了。”张晓舟半开玩笑地对他们说道。

为了防备来自何家营的袭击，也是为了防备和消灭来自城南的恐龙，杀掉那条滞留在西南位置的暴龙，新洲酒店团队在一段时间内依然要留在新洲酒店。

康华医院却不可能这么空下去。安澜大厦本身也是人口过于集中，周围绿地无法存留的典型，于是像刘雪梅这样对于医疗稍有常识、可以为医院所用的人，像李雨欢这样对于未来推广玉米种植有帮助的人，像吴建伟这样对于土木建筑比较熟悉而肯定要划入联盟的人，还有老常和梁宇挑选出来作为最基础班底的人和所有这些人的家属，都搬了过来。

人数不多，只有三十人左右。

张晓舟计划在整个联盟内招募有一定医学常识和基础的人，擅长某个方面对联盟未来施政可能有帮助的人员，逐步充实这个地方，再加上他们的家属，最终让在这里生活的人达到三百左右。

不过这已经不是他要操心的事情，而是老常和梁宇的事情了。

康华医院的粮食被分发了一大半，张晓舟随即让梁宇接手，对剩下的进行清点造册，并且抓紧时间下发给每个区域，让执委们根据自己辖区内的实际情况分发并且进行登记。

这些都是繁琐而又细致的工作，张晓舟把它们交给梁宇和他的助手，终于彻底轻松了下来。

又一队原属康华医院的人离开，不过这一次是向着西面一幢空着的写字楼走去。那里的条件应该会比较差，但这也是没有办法的办法。他们不离开，康华医院的事情就不算真正解决。

“你们猜我看到了谁?”高辉突然很神秘地跑了上来。

“谁?”

“你肯定想不到，是张元康!”高辉摇着头说道。

“张元康?”张晓舟已经想不起这个名字，但钱伟却惊讶地叫了起来：“他怎么会在这儿?”

这个在他们成立第一个团队的时候就因为极度自私而与他们分道扬镳，后来一直带着老婆儿子单独住在他们最初那幢楼里的人，一直以来，大家都刻意地不去管他。

他曾经在他们最需要帮忙的时候把他们拒之门外，大家虽然没有故意去为难他，但在众人，尤其是李彦成的心里，一直都等着他山穷水尽，回过头再来求他们的时候。

他们也曾见过他独自爬到楼顶天台上去取水，看到他小心翼翼地到外面寻找食物。但在不久前，却再也看不到他了。那时候大家以为他死了，或者是过不下去投奔了某个团队，但却没有想到，他竟然来了康华医院?

他们早就已经不接纳外人了，怎么会收留他?

“我问过段宏，当初康祖业、樊武他们决定对我们动手，就是这个家伙提供的情报。”高辉有些恨恨地说道，“他把粮食吃完了，就带着老婆孩子跑到这里，把我们安澜大厦和城北其他团队的情报卖给了康祖业他们，以此换取了进入的机会。要不是他拼命鼓动，康祖业他们也许也不会动那样的歪脑筋……”

张晓舟不禁有些后怕。

如果他投靠的不是康华医院而是何家营呢？如果他投靠的时间刚好是何家营向城北进发前不久呢？如果当时何春华知道所谓的联盟不过是张晓舟胡乱拉起来吓人的虎皮大旗，那现在又会是什么样子呢？

“你们没有看到他面对我的时候是什么样子……”高辉继续说道。

张晓舟却和钱伟对视了一眼，彼此之间都看到了对方的后怕。

好在，现在城北已经真正形成了联盟，让何家营知道真相也不会带来根本性的危害了。

当然，张元康到康华医院的这条路要比去何家营近得多，路上遇到恐龙的概率也小得多，他投向城南的可能性并不大。但作为承担了巨大责任的团队的领导者，张晓舟他们得想到更多的东西。

心怀怨恨的人在这种情况下能够造成的危害无法估量，对于这个城市中脆弱的幸存者定居点来说，破坏永远比建设要简单得多，却很容易就能制造让他们无法承受的危害。

看着那队人远去的身影，钱伟忍不住叹道：“应该会有很多人不满吧？”

“肯定会，”张晓舟答道，“但他们有食物，管辖那个区域的执委也会想办法帮助他们尽快安顿下来，等到我们杀掉暴龙，向大家分发鲜肉，然后开辟森林获得第一批食物补给，他们应该就不会再留恋康华医院的生活了。人们现在最需要的不是舒适的生活，而是看得见的未来，不是吗？如果我们能给予他们未来，他们就没有铤而走险的理由。”

“也许吧。”钱伟点了点头。

两人站在医技楼的顶上，不约而同地看向了北方。

那里是一望无际的丛林。

康华医院的位置已经很靠近城市的边缘，事实上，医技楼距离最近的悬崖只有一百多米的样子。

站在这里就能看到那些在雾气中摇曳着的高大绿色植物，但却看不清楚那下面有什么。

无数各种形状各种大小甚至是各种颜色的叶子和藤蔓挡住了视线，他们所能看到的，只是在森林表层，那郁郁葱葱，看上去毫无危害的树冠。明媚的阳光下，一些个头不大的翼龙和原始的鸟类在树冠间飞行，追逐着昆虫，寻找着嫩叶和果实，看上去恬静而又悠闲。

但他们都清楚，那里面隐藏着无数的危险。

他们即将踏出的每一步，都必将付出沉重的代价。

但即便是那样，他们也必须迈出这一步。

而这，将是他们跳出远山这个小小的圈子，跳出人与人之间两败俱伤、鼠目寸光的争夺，征服这个世界，改造这个世界的开端。